阿午，展信佳。

你那里天气好吗？

你还记不记得，我们刚认识的时候，你喜欢问我这个问题。

其实很多时候是雨天，我也回答你是晴。

那个时候我以为你喜欢晴天，就像我以为你对我而言，注定只能是一场短暂的相遇。

过去的每一分，每一秒，每一个瞬间，对我来说都是有今朝无明日的纪念。

然而命运垂青，赠予我们这长长的五年，我心里深怀感激，能够拥有这样难忘奢侈的幸福。

曾经我说我不是你喜欢的海。对不起，那些只是气话。

我别无他求，只是太想要一直陪伴在你身边。

我想永远做你的海，你的船。

我爱你。

你是我这平凡一生中，最为珍贵的颁礼。

时 笺 × 宋 淮 礼
Wuhai
Songli

午海颂礼

浮瑾 著

江苏凤凰文艺出版社

图书在版编目（CIP）数据

午海颂礼 / 浮瑾著. — 南京：江苏凤凰文艺出版社，2023.6
 ISBN 978-7-5594-7597-8

Ⅰ.①午… Ⅱ.①浮… Ⅲ.①长篇小说 – 中国 – 当代 Ⅳ.① I247.5

中国国家版本馆 CIP 数据核字 (2023) 第 038116 号

午海颂礼

浮瑾 著

责任编辑	王昕宁
特约编辑	翟羽茜
装帧设计	殷 舍
责任印制	刘 巍
特约监制	杨 琴
出版发行	江苏凤凰文艺出版社
	南京市中央路165号，邮编：210009
网　　址	http://www.jswenyi.com
印　　刷	三河市兴博印务有限公司
开　　本	880毫米×1230毫米　1/32
印　　张	8
字　　数	209千字
版　　次	2023年6月第1版
印　　次	2023年6月第1次印刷
书　　号	ISBN 978-7-5594-7597-8
定　　价	49.80元

江苏凤凰文艺版图书凡印刷、装订错误，可向出版社调换，联系电话 025-83280257

目录

CONTENTS

001　第一章　遇见海
033　第二章　相信海
064　第三章　想见海
091　第四章　看见海
119　第五章　陪伴海

目录

CONTENTS

144　第六章　爱上海

170　第七章　需要海

190　第八章　告别海

212　番外一　平行世界的他们

224　番外二　午海颂礼

"你叫什么名字?"
"我叫阿午。"
"为什么?"宋淮礼凝视着她,认真地问。
"因为我是在夏至正午出生的呀。"时笺有点害羞地摸了摸自己的脸,看向他漂亮温和的琥珀色眼眸,弯起眼睛笑道,"我爸爸就叫我阿午喽。"

第一章
遇见海

六月初,气温逐渐升高,热意加身。窗外蝉鸣阵阵,宣告着这个并不寻常的夏天已经来临。

茂城是沿江小城,正午时分的餐厅里很热闹,人声鼎沸,欢声笑语夹杂在邻桌之间仅存的狭小缝隙中,空气中甩荡出汗水的沉闷。

时笺在这种沉闷中一刻不停歇地在后厨和前厅之间穿梭,这家香茂吴越菜馆营业了很久,她还是第一次见到生意这么火爆的景象。

也许,也许因为已经六月了。

马上要高考了,但今天是儿童节。她一眼扫过去,看到不少一家三口的组合。

"阿午,过来帮忙!"

时笺觉得微微恍惚,听到有人叫她,是直爽大方的老板娘张玥。对方掀起已有些斑驳的塑胶门帘,递给她一盘香喷喷的清蒸鲈鱼。鱼肉已剔骨,看上去鲜嫩肥美,经酱汁一浇,更加让人觉得有食欲,色香味俱全。

"端给角落那一桌,十二号。"张玥努嘴示意她。

"好。"

时笺今天有些不在状态,她刚在后厨匆匆扒了两口饭就一直忙前忙后,人群聚集使大厅的温度升高,热空气让她呼吸困难的症状变得严重,到了角落处的桌前才看清顾客的模样。

赵馥雪仰头，露出脖颈，形成一个优雅的弧度。她身旁坐着的是一个时笺没有见过的学生。

今天是高三最后一次模拟考试放榜的日子，看样子赵馥雪考得不错，两个人趁中午从学校溜出来庆祝，赵馥雪的笑容很标致，像是个公主："时笺，原来你在这里打工啊？"

语气不像询问，仿佛只是在陈述事实，时笺的视线落下，有些怔忡。

赵馥雪身上穿着的是那条纯白色的连衣裙，之前还曾经在寝室里炫耀过，是她的母亲特意从北京给她带回来的，一件要几千块钱呢。

其实赵馥雪有许多时尚的名牌衣服，每一件都有意无意地拿出来在大家面前晃过，时笺之所以对这条连衣裙印象深刻，是因为两天前回寝室时舍友们正因为它而兵荒马乱。

"阿彩，好像丢了，怎么办？好重要的，我妈妈知道的话要骂死我了！"赵馥雪带着哭腔的声音从半掩的门扉里传来，其后紧跟着梁彩的安抚："你别着急啊，我们帮你继续找找！"

另一个舍友也凑过来："阳台没看到，我还翻了一下自己的衣柜，应该没有误把你的裙子收进去。"

"我的也没有。"

"我也是。"

寝室内一阵短暂的安静后，不知是谁鬼使神差地说了一句："时笺……时笺的柜子看了没有？"

又是一阵沉默，有人说："时笺……"

"会不会是时笺拿了你的衣服？"

为什么？

为什么在别人那里就是"误收"，到了她这里就变成"拿"？是否应该感谢她们没有用更脏污的词汇？

时笺安静地站在门外，指尖却不自知地捏紧书包带子，那种力道仿佛也随之传送到心脏上，感到一阵疼痛。

她的脚仿佛被钉在原地，却又听到有人开口。

"时笺在寝室里都不怎么说话,每次回来就是戴着耳塞学习,不至于吧……"

"哈哈,谁知道她趁我们不在的时候又是什么样?"

"就是,我感觉每次我那些护肤品和化妆品好像都会莫名其妙地少掉一截。"赵馥雪出声,似乎在拿手比画,"这瓶新的,不到一个月,就变成这么少了。"

"可是时笺是尖子生啊,虽然和我们有点聊不来,但是偷东西……"

"成绩好和穷又不矛盾,"赵馥雪直白地笑起来,声音在空气里如铃般轻灵动听,"她就算考满分也改变不了她是个穷鬼的事实。看我和阿彩用的护肤品是这么好的牌子,她肯定会好奇吧,毕竟她可能这辈子都从来没见过呢。"

"这么说的话,确实有点微妙。"

"哈哈,我说她怎么皮肤好像变好了呢,原来是这样吗?"

"不过,阿雪……"

"以后你妈再从北京给你带东西,你在寝室里说话可得小心点,时笺听了指不定心里怎么想的。"

有人压低声音:"哎,我听说啊,她没爸没妈的,她的妈妈在她很小的时候就跟人跑了……"

"她的爸爸呢?"

"啊,她为什么复读一年你们还不知道吗……"

后面再说什么,时笺已经听不见了,只觉得耳边轰隆作响。六个人的寝室,她的室友你一言我一语,有如玻璃弹珠坠地,仿佛整个世界天崩地裂。

不知怎么,时笺的手一松,盘子低空坠落,在木桌上发出响动。仿佛蝴蝶效应,一滴油溅到了赵馥雪的白裙子上,领口的蝴蝶结带子的尾端出现一个不大不小的、烧焦似的圆点。

"啊!"

赵馥雪皱眉,立刻收起了笑容。

时笺反应过来,一声"对不起"还没出口,便听见赵馥雪斥责:"你怎么搞的,端个盘子也端不好?"

外校男生原本跷着二郎腿,这会儿也坐直身体,眼神很是异样地打量着时笺。

也许是因为她身上洗得泛白的廉价短袖、T恤。

时笺的指尖蜷缩起来,她低头抽了两张纸巾,递给赵馥雪,想帮赵馥雪擦一擦裙子。

她垂着眼,从这个角度看,睫毛落下来也很漂亮,赵馥雪的心里突然冒出一阵火,挥开她的手,扬声道:"你知道我这件衣服有多贵吗?现在被你弄成这样,以后还怎么穿?"

这场纠纷在傍晚之后还在时笺的脑中不断重演,赵馥雪的盛气凌人让时笺产生了由内而外的自卑,但她当时仍旧努力抬起头,抿着嘴唇道:"对不起。"

时笺问:"这个蝴蝶结能拆下来吗?我帮你把它洗干净。"

赵馥雪像是听到什么好笑的笑话:"给你?弄丢了怎么办?洗坏了怎么办啊?"

周围人的目光都向这边打量,还有人在窃窃私语,赵馥雪停顿了一下,这才收声,脸色很差:"算啦,就这样吧,我不追究了。"

赵馥雪低头去玩手机,旁边的那个男生仍旧盯着时笺。

时笺感到在这样的目光中无处遁形,几乎狼狈得要被人用打量的目光戳穿,这时候有人喊她的名字:"阿午。"

"阿午,过来。"

张玥在后厨的门口招呼她,时笺机械地转身,仍有细碎的声音往她的耳朵里钻。

"阿雪,刚才那个人你认识?"

"没有啦,"身后传来赵馥雪软软的声音,"不太熟的同学。"

"我说呢,"男生笑着道,"你平常怎么会和这种人交往,土了吧唧的样子,掉价。"

张玥把时笺拉到后厨。

因为热，时笺清丽的小脸红扑扑的，鼻尖缀着薄汗，睫毛也被蒸汽熏得湿漉漉的。

"阿午，刚才那个人，"张玥问，"是你的同学？"

"嗯。"时笺低低地答应一声，"室友。"

张玥垂眼凝视着时笺，没再说什么，从钱包里拿出三十元纸币递给她："今天的，你累了就早点回去，晚上也不用来了。"

"张妈。"时笺蓦地仰头。

"今天是我最后一次来了。"时笺悄悄吸了吸鼻子，垂眸轻声道，"我马上要高考了。"

傍晚，时笺背着书包，在斜阳下沿着江边慢慢地走。

时笺的手里捏着几张折叠成小方形红色的百元旧纸币，略有些锐利的边缘硌在掌心里，眼前十字路口的景象突然变得不再那么清晰。

时笺从三年前就开始在这家餐厅帮忙打下手，张玥一向待她很好。

一开始时笺不知道该如何跟顾客沟通，在对食物挑剔的客人面前胆怯得头也不敢抬，也好几次被挑事的人刻意刁难，这些时候都是张玥站出来，把她拉到自己的身后。

有时候她会轻声慢语地同客人道歉，有时候则是不卑不亢地反驳对方，时笺默默地观察这一切，慢慢地学习。

人的性格改变不了，但有些东西能够由后天弥补。时笺对各种各样的活儿上手很快，很少犯错误，哪怕犯过一次，被纠正后也不会再犯，张玥许多次都夸她聪明，笑着感叹若能有她这样的女儿当真是福气。

时笺没有母亲，于是叫她张妈。

张妈问："我是不是往后再也见不到你了？"

时笺说："我想去北京读大学，我爸爸在北京务工，他说等我考上那里的大学就带我去爬香山，还要带我去吃烤鸭和卤煮。"

张妈笑了："我们阿午的学习成绩这么好，一定能考上的。香山很漂亮,烤鸭也美味,但是我听说卤煮不太好吃。不过没关系,等你回来,阿妈给你做更好吃的卤水拼盘。只是不知道什么时候你才会回来,这五百块你先拿着,就当作路费。还有,还有这个你也拿着。"

张玥包了个红包给她,里面厚厚的一沓,几乎数不清楚是几个月的薪水。

最后临别的时候,张玥站在门口看着她,说:"阿午,高考加油。去北京一路平安,有事随时找我。"

张玥比了个打电话的手势,落日的余晖降下来,暗橙色的光影在天边铺开,映入远处的平野深林,很美的景色,时笺忽然觉得一阵鼻子发酸,朝她扬起笑容,隔着一段马路回了个接电话的动作。

时笺没有告诉张玥,其实这次模拟考试她考得并不好,如果高考还是这样,按照以往的分数线,可能去不了想去的学校了。

书包里躺着几张写着分数的试卷,红笔的痕迹令人触目惊心。

甚至连班主任都单独找她谈话,可能是高考在即,不愿说得太直白,但是眼神里的失望显而易见。

时笺走到路口,心不知道为什么跳得很快,这里是最接近江边的一带,晚上沿江的酒楼会亮起霓虹,而现在天色渐晚,有些霓虹已经陆陆续续亮起来了。

时笺走了一刻钟才回到自家住的那条深巷,七拐八绕地摸到最里面的几幢楼。院子里黑灯瞎火的,斑驳的墙角生着青苔,门口的公共储物箱卷着几张冷清的报纸。

时笺这几年一直跟着姑妈一家生活。他们住在二楼,铁门拦住了她的去路,还没等她按门牌号呼叫,隔壁邻居大婶这时恰好下楼倒垃圾,匆忙间瞥了她一眼,顺手给她拉开了门。

铁门的边缘早已生了锈,发出"嘎吱嘎吱"的声响,在这片安静中显得格外清晰。踏上台阶的"啪嗒"声让头顶的声控灯亮起,昏黄撒了一地。

时笺在家里一向是帮忙做饭或者洗碗的,她今天回来得晚了点儿,姑妈少不了会斥责她几句。

钥匙插入房门之中,正欲扭开,就听到客厅里有人说话。

"时笺没几天就要高考了吧?要是考去外省,你们还供吗?"是表哥袁越懒散的声音。

姑妈时夏兰漫不经心地应着:"看她能考去哪里了,她之前说过想去北京吧?"

"去北京读书?那也太贵了吧?"袁越感到不满,"家里供她还是供我啊?"

"在哪里读书能决定什么?供出来谁知道会不会和她妈一个样?"姑父袁志诚接腔,冷漠地精打细算,"就让她在我们这儿随便读个学校,然后回来帮家里赚钱。一个女孩要那么远大的志向干什么?这辈子寻个好人家嫁了才是头等大事。"

时夏兰没有再应声,时间一分一秒地拖长,慢慢变成难挨的沉默,时笺站在门外,心慢慢凉下来。

时笺的心跳得越来越快,渐渐有些失常,手指僵硬地放在身侧,钥匙的冰冷刻进心底。脑海中却在犹豫着要不要这个时候进门,装作不知情的模样不经意地打断他们的对话。

这时,袁越吊儿郎当地再次开口,声音里有几分奚落的嘲笑:"赚钱这回事,我看她挺在行的。她自己偷偷摸摸地藏了几万块,要不是我去她的床头柜翻还真不知道她有这么多钱。"

"……"

"去北京?呸!我都去不了北京,她做什么白日梦?"袁越冷笑道,"她也不想想自己配得上吗?赔钱货,这种人活该一辈子做牛做马!"

头顶昏黄的灯光好似在讽刺时笺的形单影只,她全身的血液仿佛在这一瞬间凝结,时笺想也没想,一把推开房门,冲进客厅。

大门撞击在墙上发出一声"哐当"猛烈刺耳的响动,几个人的话音戛然而止,时笺发着抖看向桌面——是她偷偷存的钱,藏在卧室里的那个粉红兔形瓷罐里,瓷罐已经被敲破一个不小的缺口,里面的硬币七零八落地摊开，纸币全都不翼而飞。

"钱呢？我的钱呢？"

时笺气得直发抖，始作俑者却只是云淡风轻地笑："我拿走了。"

"谁允许你偷我的东西？"时笺的心底感到一阵阵发冷。

"怎么能叫偷？小笺，藏私可不好啊。"袁志诚这时候插话，脚步却迫近几分，居高临下地道，"姑父、姑妈养你这么久，怎么着尽几分孝也不算过分吧？"

看样子他竟打算直接为她做主，轻描淡写地道："就这样吧，以后你有什么需要跟我们说，我们再给你钱。"

时笺攥紧双拳，指甲几乎掐进肉里，也感觉不到疼痛。

那是她攒了整整三年，要去北京的路费和生活费。

平常她为他们做饭，打扫卫生，省吃俭用，除了必备的衣食和学业用品，从未多花一分钱，甚至偶尔会拿自己打工的钱来补贴家用。

而他们除了给她提供一个栖身之所，再没有给予多余的东西。别的同学都是家里给买触屏手机，她却一直用着张妈给她的一部二手老式翻盖按键机，而现在，他们就这样没脸没皮地把她辛辛苦苦攒下来的钱直接抢走。

时笺的胸口颤抖着，平生第一次用了一个重词："你们这群强盗。"

话音未落，时笺的脑袋偏向一边，脸上火辣辣地疼。

袁志诚用力扇了她一巴掌。

他酗酒、抽烟一样不落，喝醉了还爱打人，平常这种时候，时笺都把自己关在房间里，蜷缩着听外面空酒瓶"噼里啪啦"作响，刚才她有一瞬间忘了自己是谁，敢在拥有暴力倾向的姑父面前叫嚣。

眼泪顺着发红的颊滑落下来。

时笺被一股浓稠得发胀发皱的绝望淹没。

她去不了北京了。

时笺没吃晚饭便回屋了，反锁上门，钻进被窝。

屋内没有任何光线，极致的黑暗涌过来，将她完全包裹在内。时笺蜷缩起来，将脑袋埋进散发着陈年味道的被褥中。

钱没有了，被抢走了。

而她考砸了，梦想也要坍塌了。

要一辈子待在这个小地方，被人踩在脚下。一眼能看得到头的，低到尘埃里的人生。

尘埃里是开不出花来的。

时笺崩溃而无声地哭泣，眼泪泄洪似的，很快浸湿被褥。

其实，其实她和张妈说谎了。

在北京已经没有等待她的人。什么香山、烤鸭、卤煮，全是她编出来的谎话。

去年高考，时笺想要父亲回来给她送考。恰逢工地上有一个项目，他抽不开身，可挨不过她撒娇着恳求，还是请了假打算坐火车回来。

可能是因为赶时间，在过马路时却被一辆疾驰的货车撞倒。

后来父亲没能回来，时笺也没能参加高考。

她之所以这么想去北京，是因为父亲曾经说过，他会在那里等她的。

他的囡囡是世界上最聪明、最可爱的姑娘，要去最好的学校读书。

时笺的桌面上有一个笔筒，里面有一把轻微生锈的美工刀，她控制着自己想去握紧它的强烈念头，颤抖着手拨通了曾经保存下来的学校心理紧急救助中心的老师的电话。

那是一个和蔼可亲的男老师，不过时笺不记得他的模样。

时间已经将近午夜，"嘟嘟"的长音让等待显得更加漫长，时笺垂眸望着自己手腕上的肌肤，思绪已经纷乱到无解。

她决定等到第十声，如果那时还是忙线，她就去取那把刀。

"嘟——"

在响到第九声的时候，电话被人接通。

"喂？"

和想象中不同，那是一个十分低沉、温柔的男人的声音："抱歉，刚才拿手机花了一点时间。"

那一瞬间，就像是儿时和父亲在海边看海，深色的海潮连绵着席卷过来，拍打在岸上抚平细沙。

时笺的心跳空了一拍，喉头仿若被扼住，说不出话。

大约过了几秒钟，电话那头的人又问："喂？有人在听吗？"

眼泪突然争先恐后地涌出眼眶，时笺一瞬间觉得鼻子发酸，哽咽着哭出声："求求你，可不可以模仿我家人的语气对我说一句话？

"一句话就行，求求你……

"我撑不住了，我撑不住了。

"越临近高考，我越害怕，我连握笔都在发抖……

"我总是做噩梦，梦到爸爸。

"我考不好了，再也考不好了……我去不了北京了……"

室内响着压抑颤抖的哭音，时笺死死地咬着唇，直至尝到一丝淡淡的血腥味。

生理上的疼痛也不能让她暂时感到麻木，所有的苦痛涌过来，恍如灭顶之灾。

这时候，时笺在一片混沌中听见电话到那头传来一些细微的响声。

像是有水滴落下来，剥丝抽茧一般显得越发清晰，又像是晚潮汇入海里，随轻风微微荡漾。

"都差点忘了今天是儿童节了。"

男人似乎掩唇轻咳了几声，旋即温和地笑了起来："宝贝，祝你儿童节快乐！"

时笺被闹铃惊醒，她拿起手表一看，六点十五分。

大哭过后，她的眼睛还有点浮肿、干涩，时笺慢慢裹着被子坐起来，思绪短暂地放空了一会儿。

可也仅仅是一小会儿，那种被浪潮温暖拥抱的感觉再次回归，润物细无声般地漫过心间。

昨晚的一切都像是一场梦，她是一条无家可归的可怜的游鱼，而大海收留了她。

"你可不可以模仿我家人的语气对我说一句话？"

在被全世界抛弃的那个瞬间，她的"海"对她说："囡囡，我很想你。"

心理老师在有意陪她，扮演家人的角色，久违的称呼让时笺丢掉自己一贯清醒的理智，去不顾一切地沉浸其中，相信他说的所有话。

都是真的。

都是真的。

"真的吗？"

"嗯。"男人低低地应道，"我在北京等你过来。"

时笺钻蜷缩在被窝里，双膝屈起，背过手用力地抹泪。

过了好一会儿，她才吸着鼻子开口："可……可是去北京的路费好贵，我的钱全被姑父、姑妈拿走了，我没法在那边生活。"

"怎么会让囡囡自己花钱？"电话那头的人的声音和缓，显得格外动听，"我会给你买好过来的机票，准备好衣食住行需要的物品。

"你什么都不用管，只需要过来，只需要过来而已。

"别怕，不要怕。"

他怎么会知道她在害怕？怎么会知道她在发抖？

泪水浸湿了时笺的脸，她像一只受伤的幼兽，一再反复地向他确认："你真的，真的会在北京等我吗？你发誓，不会去别的地方？只要我过去，你就会在那里出现。"

"会的。"他说，"我一直在这里等你。"

皎洁的月光倾泻到表面已经磨损得不成样子的床脚边，很长一段时间的安静，时笺闭上眼睛，轻声答应道："好，那我们说定了。"

"嗯，说定了。"

片刻的停顿后，男人的声音又响起来，显得更加低沉而温柔，像是晚风拂过树梢落下的"沙沙"声："不要有压力，好好考。等考完了，再接你去吃好吃的。"

他们聊了一个小时，时笺最后放下电话，如同梦呓一般："晚安。"

"晚安。"他轻缓的呼吸声近在咫尺,犹如清风拂过耳畔,"做个好梦。"

那晚,时笺真的做了一个美梦。

离高考还有几天,她却因为一通电话重获力量。

时间过得很快,茂城的六月,人潮汹涌,高考的钟声敲响。

别的同学都有家长送考,时笺也有,张玥特意关店半天,送她到学校门口。什么也没多说,只是抱了她一下,时笺背着书包,脊背挺拔地走进教学楼。

四载寒窗苦读,到今日终于能有一个结果。

放榜的那天,张玥借她用家里的台式电脑查成绩。时笺紧张得手心里都是汗,后来还是张玥帮她输入考生信息,点击查询。

时笺之前已经估过分,她觉得应该能达到分数线,但还是捂着眼睛不敢看。这时听到窗外的鸟鸣声,清脆婉转,一口气没呼出来,只听张玥高昂地"啊"了一声。

"怎么了?怎么了?"

她的心脏猛烈地跳动起来,未睁眼便已被张玥抱了个满怀,带起来转了半圈。

张妈亲昵地贴着她的脸笑:"我们阿午能去北京啦!"

惊喜决堤般汹涌而来,时笺这才看到屏幕上的数字,一瞬间竟然反应停滞,好半天才捂着嘴唇。

竟然比想象中还要好上许多。

她很想哭,但是又更想笑,于是又哭又笑,撒娇般地扑进张玥的怀里,闷闷地笑出声。

那天中午,张妈给她做了一桌丰盛的菜肴,时笺的胃口很好,捧着米饭猛吃,嘴角的弧度止不住似的。

张玥就坐在一旁瞧着她,欣慰地叹息道:"小姑娘笑起来多好看。"她摸时笺的脑袋,"以前老是耷拉着嘴角,以后要多笑笑。"

时笺抬起亮晶晶的眼睛,用力地点点头,双颊抿出小酒窝:"嗯!"

快乐四溢的感觉直到走到老式居民楼的台阶处才将将平息下来,时笺拍拍因为兴奋过度而有些僵住的脸颊,整理仪表,慢吞吞地进了家门。

"考得很好?"袁越瘫在家里的沙发上,冷冷地盯着她。

时笺目不斜视地越过他,去茶几上取水喝。

"你……"

"表哥,我的钱已经都被你拿走了,往后只能继续留在这里。"时笺平静地道,"你也不必再处处针对我。"

时笺没有回头,但能感觉到此刻他一定是在死死地盯着自己的后脑勺。

血缘这种东西很奇妙,既能无缘无故地爱,也能无缘无故地恨,没有因果。

时笺回到卧室里,锁了门。

窗外是盛夏的光景,灿烂得能够照耀一切的阳光溜进了窗沿,撒向她平常学习的桌面。

时笺点开手机联系人,找到那串号码,抿着嘴唇凝视了那串电话号码半晌。

仅仅是想跟他分享自己的喜悦,也许他并不会再回复。

时笺反复输入,想到很多解释的说辞以及感谢的话语,但最终全部都删掉,只保留一句:"我考上心仪的大学啦!"

时笺又想起情绪全盘崩溃的那一天。

第二天她依旧早起,为大家做了早餐,过桥米线加个蛋。

时笺特意走得很早,避开和他们打照面。

短时间内再也凑不出那么多钱,但是昨天张玥给了她三千五百元,至少去北京的路费是够了。

她打定主意,这笔钱不能再被姑父一家发现,她没有把信封放在卧室里,而是和书包一起带去了学校。

经过香茂吴越菜馆的时候,菜馆还是闭门状态,但她知道一般这个时候张妈已经在后厨忙前忙后了——香茂吴越菜馆的第一笼鲜肉包,一定是热气腾腾、香喷喷的。

时笺从后门摸了进去，果不其然，见到正在弯腰"吭哧吭哧"搬运锅子的张玥。

张玥看到她很诧异，还没说什么，时笺的眼泪就掉下来了。

张玥放下手里的东西，摘了厚厚的橡胶手套，二话不说把她拥进怀里。

一切都会好的。

张玥摸了摸胸口紧紧埋着的小脑袋，宽慰地笑起来。

时笺把信封交给她保管，张玥接过去，让时笺高考完再过来拿，她要亲自下厨给时笺做好吃的。时笺点头说"好"。

步入学校大门的时候，只有稀稀落落的几个同学随行，时间还早，时笺提起塑料袋子，看到里面有两个圆滚滚的可爱肉包。

包子掰开来的一瞬间，一阵扑鼻的香气袭来，时笺吹了一会儿热气，"嗷呜"咬了一大口。

真好吃。

蒸汽熏得眼睛也起了点潮气，时笺低着头将两只包子吃得干干净净。这时恰好经过榕树底下的校园墙，她的脚步不由自主地停了下来。

心理救助中心的电话，上回就是在这里看到的。

时笺的视线下意识地落到那个熟悉的角落，看到老师的简介，同时再次看到下面的那串电话号码。

她愣愣地看了半响，觉得有哪里不对。

时笺拿出翻盖手机，有些笨拙地按着键盘，调出通讯录里存好的联系人信息。

她一个数字一个数字地去比对，竟然发现倒数第二位号码输错了。

时笺茫然地对着偌大的校园墙，后退一步，不知该何去何从。

她又仔细、谨慎地对比了一遍，却仍然得出相同的结论——确实错了。

她的"大海"，不是海报上这位看起来和蔼可亲的男老师，而是一位无意中被缘分接通电话的陌生人。

"扑通","扑通"。

时笺的心突然毫无征兆地快速跳了起来。她睁大眼睛,情不自禁地去回忆他的声音,通过声音再去想象出他的模样。

然而,脑海中空空,什么也没有。

除了极致温柔的感觉,她对他一无所知,如同现下吹拂过来的和风。除了柔缓的树叶拂动声证明它的存在,风过了无痕。

时笺不知道他的名字,她给他的备注是"海"。

作为南方孩子,时笺最喜欢在海边听着涛声,她觉得大海有种深沉的、无可匹敌的魅力,能够让人的心一瞬间变得沉静下来,神秘而不可捉摸。

哪怕并没见过面,他在她心里却是有样子的,有温度的。

隔了一天他才回复消息。

时笺没忍住弯起嘴角,但他到底还是回复了:"恭喜囡囡得偿所愿。"

茂城这样的小城,每年能出一个名校的学生就已经很不错了,可是时笺这次的分数一骑绝尘,考取了整个省的前五十名,还是市里的总分第一名,被两所名校招生办的老师抢着联系。

这件事一时之间轰动全市,她的母校将之作为重点进行宣传,新闻媒体也络绎不绝地登门拜访,时家的门槛几乎被踏破。

"时笺家长,时笺的学习成绩这么好,您在她学习时有给予过什么样的指导吗?"

时夏兰在媒体前倒是一副端庄的模样,微笑着回答:"我常督促她向老师们和优秀的同学们多多请教,这孩子也确实听话、刻苦,平常没少下功夫。"

"别的经验?"

"哎,就是衣食住行上要照顾到位,多让孩子吃点好的,补补身体。高中三年是持久战,只有身体健康了才能学得好。"

姑父袁志诚在旁边插话，笑意堆得满脸褶子都出来："对孩子就是要求严格，不然容易懒散。我们家时笺，我们可是要求每个月月考都是至少全校前三的。"

"那时笺考得这么好，以后打算选择去清大还是京大读书呢？"

时笺被锁在卧室里，背靠着门，听到袁志诚的回答模模糊糊地传来："哈哈，我们家里还没具体商量过这个问题，不过看小笺的意思还是比较恋家，也许会留在省里读大学也说不定。"

记者当他在说玩笑话，附和着道："这么优秀，不去清大和京大太可惜了。"

几个人又说了一会儿客套话，记者起身："好，谢谢时笺家长的配合。不过时笺有空的时候，麻烦您再通知我一声，我再过来。"

时夏兰笑着："不客气。不过时笺的时间我们说不准的，您也知道她最近很忙。"

她的话说了一半没说完，意思却很明显，记者回答道："那您和时笺方便的时候我再登门拜访，麻烦您了。"

记者招呼摄影师收拾装备的时候，顺带笑着提了一句："时笺是不是还有个哥哥？学习一定也很厉害吧？"

时夏兰的唇角略显僵硬，模棱两可地说："她哥就比不上她啦，小孩子就是顽皮。"

记者也没多说什么，两个人恭敬地将人送走之后，袁志诚这才打开时笺的房门，将人放了出来。

因为各色人马吹捧骤增的虚荣得意这会儿已经消化得所剩无几，袁志诚在饭桌上板着一张脸，斥责时笺："你说你也真是的，考这么好干什么？害得我们家受多少关注，还要请客吃饭。"他心疼地说，"你算算这几天摆酒请客的钱就花了多少。"

时笺埋头吃饭，一言不发。

见她不回应，袁志诚的声音骤然拔高："我跟你讲话你没听到？我告诉你，你别以为考了个第一名就可以去北京读书，我们不会给你这个钱的。"

马上要填报志愿了,袁志诚警告她:"你最好不要做这种不切实际的梦,安安心心地给我待在这里,毕业了踏踏实实地找份工……"

北京。

指甲戳进掌心,时笺紧绷着咬肌,用痛感将自己的委屈全部打碎了咽下去。

晚上她回到卧室,蜷在被窝,点开与"海"的聊天框,看到他最后给自己发的那句话——得偿所愿。

时笺悄悄地抹掉两滴泪,给他编辑消息:"姑妈和姑父不同意我去北京。我很害怕他们会用各种方式阻止我填报志愿。"

后来,在很多时候,时笺才发觉,其实她从一开始就没有把"海"当成一个素未谋面的网友,或者是一个曾给予她帮助的陌生人,而是把他当成哆啦A梦的百变口袋、阿拉丁神灯,或者有求必应屋、午夜密语许愿盒,像是一个稚童般放肆、任性地去依赖他,也不管这是否会有隐患,是否合时宜。

但"海"的反应总让她觉得自己是合时宜的,让她觉得自己有特赦权,是被命运宽待的。

他问:"你有信得过的人吗?"

时笺唯一信得过的人就是张玥。

"海"告诉她:"这段时间,找你最信任的人陪在身边,给予支持。保护好你自己,不要和他们正面对抗,安心。"

时笺怔怔地看着那一长串对话,这是他第一次给自己发这么多字过来。尤其是最后那个"安心",时笺觉得自己的心好像真的就那么安定了下来。

手机"滴"地响了一声,时笺看到他又发来一条信息,寥寥几个字:"你叫什么名字?"

时笺告诉他:"我叫阿午。"

他说:"阿午,不要怕。"

她红着眼睛回复:"谢谢你!"
他没再回复。

2014年高考结束过后,许多省市高考成绩第一名的学生采访视频都做成了合集,在网络上广为传播。

但没有时笺的。

时笺看到大家自信而又落落大方地在镜头面前坦诚自己的梦想时,会产生很短暂的羡慕。他们的人生才刚刚开启辉煌,要去更美更好的远方追梦,表情充满了对于未来的希望。

高台之上,有人欣喜,有人缅怀,有人陈情,有人追忆。

"我要感谢的人是我的爷爷、奶奶,他们含辛茹苦地将我养大,每天起早贪黑地做鱼丸和水饺等小吃食挣钱,一直给予我很多的爱和包容。我想对他们说一声,谢谢你们,我的爷爷奶奶。"

"很高兴能够达成小时候妈妈对于我的期望,现在终于可以大声告诉她,您的儿子没有让您失望,虽然她已经听不到了。"

"七年前,我经历过惊心动魄的时刻,家乡突发地震,当时水泥柱要砸下来的时候,我记得一个哥哥挡在了我的身前。如果没有他,我现在不可能完整地站在这里,考上理想的大学。他是救我的英雄。不知道他现在怎么样了,但是这段恩情永远铭记在我的心里。以后如果有人需要,我也会像这样去帮助他们。"

"我从小的愿望就是去当新闻记者,这次被清大新闻系录取真的好高兴,没有想过能考得这么好。"

"现在的心情,真的很难描述……啊!说着说着就想哭了,知道实现人生夙愿的那一刻,我真的想去操场上狠狠跑几圈,不管不顾地放声大喊。回首这三年,真的有过很难的时刻,好几次崩溃大哭,但是好在我一直都没有放弃。"

…………

还有很多很多的欢笑、泪水、感想,时笺体会到那样热烈的感觉在心中奔涌,感受到无穷无尽的力量。

只要心不死,梦想仍会开花——哪怕低在尘埃里。

时笺料到袁志诚和袁越会想方设法地阻止她去北京,所以让张玥协助先提交了一遍志愿。却没料到之后他们竟然把她关在房间里,说如果不按照他们的想法去改志愿,就哪里也不许去,没收她的手机,连饭和水都不给。

时笺在房间里待了一天半,到了次日中午终于敲响房门。

门打开了。

牛高马大的袁越站在外面,冲她坏笑:"想通了?"

时笺的喉咙干涩,如刀尖划过,缓缓地点头。

袁志诚把她按在电脑前,看着她机械地填下他们写在白纸上的几个学校的名字,都是省内或者当地的二本。

鼠标移动至"提交"按键的时候,外头响起拍门的声音,震耳欲聋,把屋内的人都吓了一大跳。

张玥带着居委会和派出所的人来了,张玥的声音中气十足:"我说怎么都没办法联系上阿午!你们把她藏到哪里去了?"

直到警察把时笺带走的时候,袁志诚还在狡辩:"派出所的同志,您看,这就是管教自家小孩……"

"我已经快两天没喝水、吃饭了。"时笺揪紧张妈的袖子,站在她的身后,哑着嗓子开口,"你们这是虐待。"

能够获取志愿验证码的手机回到时笺的手里,张玥心疼地把她接走,到家给她下了一碗阳春面。

填报志愿有三次机会,已经消耗两次。时笺第三次重新将志愿改成清大,点击提交。

系统加载完毕,再也无法更改。

阳春面热乎乎的香气冒上来,电脑的屏幕似乎也泛起潮气,时笺一颗摇曳的心终于放了下来。

夜长梦多,她想。

待得越久,变数越多。

"张妈。"时笺抬眼,抿着嘴唇说,"我想现在就去北京。"

张玥原本坐在她的身边织毛线,听后坐直身体,慎重地问道:"想好了?"

"嗯,想好了。"

2014年夏天,时笺来到北京。

仍旧是张玥为她安排的住处——是张玥的一个远房堂姐张茵,正好在北京务工,住大学城旁边,在小一居室里挪地儿给她腾出部分空间,用躺椅布置出一张"床"给她睡。

离开那天,时笺没敢再回姑妈家,免得让他们觉察她的计划。衣物都是张玥为她准备的,因此带的东西很少,只有一个小小的手提箱,里面装着一些必备的生活用品。

时笺也是到了张玥的堂姐那儿,打开行李箱,才发现一个崭新的触屏手机静静地躺在透明封层里,连带着五千元现金。

那一瞬间她的眼泪流出来了。

张妈的餐馆小,除了扎扎实实的店面租金、人工和水电成本,一天的净利进账也就大几百块。

这样的恩情,她要如何回报呢?

现在的她还无以为报。只有好好学习,成为更好的、对社会有用的人,才算不辜负了这片苦心。

在北京的第一夜,时笺望着窗外的月亮发愣,迟迟无法入睡,想到去世已久的父亲。

直到走出茂城,她才意识到自己曾经所处的世界究竟有多么狭小,绿皮火车经过乡野,驶入开阔的都市,一座座高楼大厦拔地而起,车马川流不息,条条康庄大道,到处都是她没见过的新奇景象。

父亲曾经也是这样吗?一个人孑然行走在钢筋水泥之中,蝼蚁般仰视、欣赏这座城市里并不属于他的美丽和繁华。

他曾给时笺寄过一整盒国外进口的樱花巧克力,时笺到现在还记得那个味道,很甜,甜得发了腻,想要把舌头都咽下去,却是她吃过的最好吃的巧克力。

就像她现在看月亮,也觉得月光更皎洁、明亮一些。

凌晨三点钟,时笺窝在小小的躺椅床里睡着了。

久违地梦到父亲,梦到父亲带她去爬香山。秋叶落满地,很漂亮的金黄色,下坡时遇到陡路,父亲一直牵她的手没放开。

花了几个小时才下山,时笺又累又饿,父亲又带她去吃烤鸭和卤煮。

烤鸭皮酥肉嫩,还在流油,十分美味。卤煮是炖好的猪肠和猪肺,时笺舀了一大勺放入口中,味道和想象中的不太一样。

救命!张妈说得对,真的有点难吃!

北京的一切和时笺想象中的有些不同——好像要更加美好。

她原以为自己是这座陌生大城市的不速之客,却发现自己似乎也在小心翼翼的试探中逐渐被接纳、包容。

张玥的堂姐张茵是老北漂,走街串巷的事儿很熟,带时笺逛胡同还能和大爷大妈们唠上几句嗑。时笺过来没几天,张茵就早早地叫她起来,说是要一起去天安门看升旗。

"那场面老壮观了!"张茵笑着说。

天色还蒙蒙亮,在《义勇军进行曲》的伴奏下,时笺仰起头看红旗飘扬,眼睛睁得大大的。

是很壮观。

后来,张茵又带她去后海坐三轮车,吃了正宗的北京烤鸭。出来的时候在街口碰到一个抓着一束卡通氢气球的服务员小哥,对方塞了一个气球到时笺的手里。

"我们在做店庆活动,送给你。"小伙子笑着说。

气球上是派大星的模样,膨胀起来更显得滑稽、可爱,时笺握紧了她的气球,以及来到这座城市收获的第二份善意。

她忽然就有点想她的"海"。

时笺为了和原来的生活一刀两断，换了新的手机号，却还没有告诉他，也不知道后来他有没有再发消息过来。不过幸好她仍保留着他的电话号码。

他们是换了手机号还要提醒对方的关系吗？

他不会主动来找她吧？

不管怎么说，时笺牵着派大星，还是给他发了一条信息："我是阿午。"

其实她是想不到什么说辞，他有点神秘，让人不敢过于轻慢，却又有种天然的亲和，时笺微蹙起秀眉。

时笺刚换手机，不太用得惯触屏。她的指尖还悬停在按键之上，对话框里跳出来一个字："嗯。"

派大星在空中小小地扑腾了一下，短暂地和太阳的位置重合。

时笺打字："我来北京了，所以换了手机号。"

过了几分钟，他回道："好。"

时笺盯着屏幕上的这段对话，说不清自己的心里是什么感受。

只有两个字，她却觉得好开心。

"好"是什么意思？在这种情景下，比起"我知道了"，更像是"我存下了，你再来找我的时候，我就不会不知道你是谁了"。

张茵给时笺买了一串糖葫芦，她津津有味地吃起来。

街角的花儿开了，花朵尽情地沐浴在阳光之中。山楂的酸甜味从舌尖细密地弥漫开来。

她的触屏手机是比较初代的杂牌，并不显示电话号码归属地。

时笺莫名不想让对话戛然而止，慢吞吞地给他发了一句没头没尾的话："你那里天气好吗？"

这回等了大约有两个小时，她才收到"海"的回复："晴天。"

时笺的小酒窝又露了出来。

下午，张茵带她去颐和园和鸟巢，还请瘸脚师傅画了张写实的肖像画。不过时笺觉得颇有毕加索当年的风范。

"瞧，这就是清大了。"张茵给时笺指向校门口的牌匾，不到闭校时间，街边仍有许多游客等着排队入园。

时笺咋舌："好多人呀！"

好多人呀！

报到的第一天，她切身体会到了什么叫作人山人海。

手里拖着张妈给她置办的小行李箱，时笺抱着不确定的心情走入陌生的校园，心底的那一点惶恐还没来得及发酵就被热情的志愿者消磨殆尽。

她的手提箱直接被学姐接走，学姐领着她穿过人潮："来，我带你去报到地点。"

学姐耐心地教她："这里是C楼，那边是紫荆操场和宿舍楼，然后附近有桃李园和紫荆园两个餐厅，你要有什么疑惑也可以随时去找像我这样穿志愿者工作服的同学……哦！对了，你叫什么名字？"

时笺谨慎地回答，对方很爽朗地道："很好听的名字呢！"

后来和学姐加了微信，对方叫周愿，时笺生疏而小声地夸赞她："学姐，你的名字也很好听。"

周愿善意地笑笑，带她办理齐全证件，又把她送到紫荆公寓底下，全部托付给了宿管阿姨。

时笺第一次住四个人的宽敞寝室，上床下桌，感觉很新鲜。

第一天和三个舍友客气地互相做了自我介绍，时笺的视线扫过去，看到对方的桌子上又摆放着花花绿绿的护肤品瓶罐和名牌包包。她将自己的柜子关紧，锁好，抿着嘴唇爬上了床。

时笺不认床，但是和室友同寝的第一夜难免有些失眠。

一夜无话。

原以为这种状态会持续很长一段时间，没想到很快被打破。一个舍友善意地出声开启聊天，紧接着第二个、第三个人加入，后来又合力把时笺拉了进来，她们一直聊到凌晨四点钟。

女孩子之间怎么会有这么多话可聊啊？美食、时装、娱乐八卦等。时笺这才体会到集体住宿完全不同的一面。

姚乐安是北京本地人，性格开朗坦诚，有什么说什么；褚芸是申市人，俏皮又爱美丽，全宿舍最精致的飒 girl（女孩）；江唯唯和时笺一样，都是从小地方来的，却比时笺更爱笑，也更自信大方。

这些都是时笺对她们的第一印象。

时笺默默地观察，接收到善意，慢慢地敞开自己。

和赵馥雪她们不一样，姚乐安不会刻意炫耀，只不过经常忘了自己作为帝都人的优势，讲到自己家的四合院，后知后觉地说了不得了的事情，吐吐舌头，插科打诨地将话题带过去。

褚芸每天早中晚护肤流程一步不落，每次看见她时总是在敷面膜。然而她常夸赞时笺漂亮，夸时笺的皮肤又白又嫩，夸时笺的睫毛好长好翘，还用"出水芙蓉，雾里看花"这样夸张的词汇去形容时笺，把时笺逗笑。

江唯唯更圆滑些，但是邀请时笺出去吃饭的时候，总能奇迹般地选中合时笺心意价位的餐厅。时笺不必找任何借口去粉饰自己的拮据，可以肆意在江唯唯的面前袒露真实的处境。

时笺穿最廉价、最普通的衣裳，也从未得到过室友们半分异样的眼光。

时笺觉得自己的运气真是好。

这里的每个人都是那么真实、可爱、善解人意。她梦回幼时自己吹泡泡的那种感觉，彩虹膨胀到极致时爆开来，"扑通""扑通"的，把她的心里装满。

晚上入睡的时候，时笺没忍住，点开通讯录。

她已经快两周没有找过"海"了。

时笺一字一顿地输入："我已经在学校报到，安顿下来了。这个学期都是一些基础课，微积分好像没有想象中那么难。"

他回复："嗯，学校的食堂好吃吗？"

时笺："很好吃，还很便宜。"

时笺说："我觉得自己好像很幸运。"

"海"问:"因为食堂吗?"

时笺能够想象出他说这句话时低沉温柔又轻轻含笑的语气。

她出神地望着天花板,头顶是和室友们共同挑选团购的一款星星遮光帘,时笺告诉他:"因为认识了你。"

后来,她没再收到"海"的回复,失落一点点如潮水般涌过来,时笺等了快半个小时,实在太困,没撑住,就这么睡着了。

第二天,她起床再看,收信箱仍旧是空空如也,时笺的心像是泡在盐水中一样皱巴巴的。

她是不是不应该那样说的?

有点太直白,时笺后知后觉地感到了难为情。

她把他当成是午夜时可以述说心底事的大海、神明。

"海"会毫无芥蒂包容她所听到的这世间的一切,可她到底忘了其实他和自己一样,也是活生生的人。

一两次因为紧急情况容忍她的莫名其妙的行为还行,次数多了会让人想要退避三舍吧?

时笺感到有些惶恐,可是发出去的话如覆水难收,她也不知道该用什么方式补救。

时笺抱着手机,一整天都觉得十分苦恼。她正坐在寝室的椅子上发呆的时候,姚乐安凑过来拍拍她:"笺笺,在想什么呢?"

视线扫过时笺桌子上摊开的线性代数习题,惊呼道:"不是吧?你都预习到矩阵的秩了?"

"没有啦。"是刚才窗外的风替她翻的页。

"哦。"姚乐安很快将这个抛之脑后,亲昵地揽住她的肩膀,兴奋地道,"今天有百团大战,一起去凑凑热闹吧?"

"百团大战"其实就是各个社团招新,会绕着紫荆操场搭帐篷,展示不同社团的活动内容和才艺——例如艺术团的朋友们可能会在食堂的那个十字路口用手风琴加管乐合奏一曲,吸引这些不谙世事的大一新生。

整个过程就像马戏,各个社团为了招人都使出浑身解数,街舞社当众 Free style（即兴表演），古琴社现场请汉服美人弄弦，魔术社表演十秒钟还原魔方，还有调酒师提供各色鸡尾酒，投篮、转盘、套圈组成的各色抽奖等。

时笺很少去这么嘈杂人多的场合，天然有些抵触，但是望着舍友带着真挚笑容的脸颊，还是轻轻点头："好啊。"

姚乐安挽着时笺的手臂带她汇入摩肩接踵的人潮，清大的校园里纵贯的都是柏油马路，冒着飒爽的暑气，和茂城潮湿的沿江青石板完全不一样。来来往往的都是形形色色的人，动漫角色扮演的、西装革履的，还有穿齐胸襦裙汉服跳舞的。

大一妹妹最容易成为高年级学长、学姐拉拢的目标，尤其时笺和姚乐安在众人之中确实显眼，很快就有人向她们抛出橄榄枝："过来看看吧！我们是摄影队的，假期一起去爬长城啊！"

摄影队也是艺术团的，清大的艺术团十分专业，一共十支队伍，时笺一一看了过去，话剧队、键盘队、京剧队、国标队，海报上是之前一些专场演出的照片，新奇有趣，丰富多彩。

"我们每个学期都有汇演！要去综体演出的！"

"学妹，过来看看吧，国标舞专场好精彩的！"

"哈哈，不如来我们舞蹈队，我们是民族舞，国标累死了呢，一周要训练十个小时。"

"喂，哪有这么夸张啦！妹妹不要听她的，舞蹈队需要基础的，我们国标不需要！零基础我们学长和学姐手把手地教哦！"

姚乐安兴致勃勃地去扫码报了名，还领取了免费的纪念胸针，转头看时笺还站在原地，连忙招呼道："笺笺，你不来试试吗？"

"我就算啦。"时笺腼腆地笑了笑，不知怎么和她解释，一周十个小时，她就没时间再去外头做兼职了，况且这种需要社交的社团，时笺本能地想退缩，于是便拉着姚乐安往前走，"去那边看看？"

姚乐安的注意力很快被转移，蹦蹦跳跳地跟上来："好啊。"

就这么逛了两个小时，姚乐安几乎是雨露均沾，隔几个铺子就新奇地报名,相比起来,时笺觉得自己的表现乏善可陈。

为了让自己不要显得那么扫兴,她象征性地填写了几个小社团的报名申请——尽管在落笔那一刻,时笺就知道自己不会参加。

多姿多彩的大学生活即将徐徐展开,时笺决心要更好地融入集体,其实她有许多感兴趣的社团,但是除掉兼职的时间只允许她选其中一个。

时笺选择了校学生会——传说中最能锻炼人的地方。

她的第一志愿是文艺部。

到了面试那天,时笺非常紧张,手心里全是汗,心跳也很快。

没有为什么,她只是很不擅长当众自信、大方地说出自己的优点。

面试官是三个高年级的学长、学姐,两女一男,其中坐在侧位的学姐时笺认识,竟然是周愿。

这个小小的偶遇让她稍微放松一些,尽量镇定地做了自我介绍。

时笺在门外等待的时候,模模糊糊地听到其他同学的陈述,那些惊人的履历,或表演或主持的丰富经历,她一项都没有。

"你认为你的优势在哪里?"坐在主位的面试官这样问。

时笺的手指蜷起,按照之前准备的说辞开口:"我很喜欢跳舞、唱歌这样的文艺表演……我做事很细致,会认真地完成任务,还有……还有,我很愿意去学习,多和前辈们请教……"

她竟然控制不了自己的磕巴。

时笺感到十分懊恼,却听见周愿笑着说:"还有一个优势在于长得很可爱啊,来文艺部当门面,之后校歌赛的票都会好卖呢。"

室内传来善意的笑声,时笺朝周愿递去一个感激的眼神。

她知道自己的回答不出彩,中间的面试官学姐的表情还是很严肃,但她真的没有任何多余的亮点可以拿出来展示。

就在时笺感到惴惴不安之时,坐在另一侧的学长开口:"会唱歌吗?"

"啊。"时笺抬头,小声地回答,"……算是会的。"

她这才注意到这个学长的表情很温和,并无刁难的意思。刚才也是他笑出声来,缓解了室内的尴尬气氛。

头顶的聚光灯落下来，照着他一双清澈、好看的眼睛。

"算是会？"学长又笑起来，"随便给我们唱一首吧。"

时笺很喜欢唱歌，最为丰富的表演经历就是每天洗澡的时候，她的沐浴液和莲蓬头会听她自娱自乐。时笺握着话筒，指尖有些发颤，学长又开口，说了一个当下挺流行的慢歌名字："会吗？"

他这样微笑着看她，问道。

时笺点点头，又看周愿，只见对方的眼神也是带着鼓励的。

十分钟后时笺从面试的房间里溜出来，才觉得能够自由地呼吸。

她完全不记得了，不知道自己唱成什么样，只觉得过程很煎熬，在聚光灯下，有人看着她，她会控制不住地发抖，出汗。

时笺对这次面试完全不抱希望了，没想到两周后却收到了面试通过的通知。

"恭喜你，已经成为学生会文艺部正式的一员了！我们的迎新团建在xx餐馆，下周六晚上六点半，不见不散哦！"

时笺几乎从床上弹起来，捧着手机又仔细地看了两遍。

真的啊！是通过了！

喜悦一瞬间从心里漾开来，她的嘴角要弯到天上和太阳肩并肩——怎么会通过的啊？是周愿帮了她吗？

或者，有没有一种可能，她其实没有自己想象中那么差？

意外之喜让时笺开心得要命，按照短信提示加了附在最后一行的联系人的微信。

看头像是一个男生，文艺部的前辈，时笺按捺着雀跃的心情，谨慎地措辞："学长您好！我是大一新生时笺，刚收到通知短信，请您多指教。"

那头很快就通过，弹出一条信息："时笺你好！"

后面跟着一只萨摩耶狗狗的可爱动图。

"我是文艺部副部长陆译年，之前面试过你的。"

就是那个学长吗？

时笺抿了抿嘴唇，还没回复，对方又发来一条："别称呼您什么的，我又不是小老头子。"后面发了一个憨笑的微信表情。

玩笑话让时笺奇异地放松下来，她思来想去，还是回了个一模一样的憨笑的微信表情。

时笺："好的，请学长多多指教！"

文艺部团建选择的地点是湘鄂火锅餐厅，这种吃起来有气氛，又够劲。一共五六十人，包了整个餐馆，点了十箱啤酒，大家互相干杯，欢声笑语。

部长和两个副部长就是当时的三位面试官，陆译年和周愿跟在部长后面做了自我介绍，众人起哄捧场。

接下来就到了新人，今年招进来快二十个大一的新生，部长让大家挨个站起来，让大家伙儿认识认识。

前面的几个同学都落落大方，或介绍家乡，或介绍各式各样的兴趣爱好，而轮到时笺的时候她显分外局促——茂城估计是他们听都没听说过的地方。

于是她囫囵地说了几句，笼统的爱好，比如很喜欢唱歌、跳舞，然后又干巴巴地说："我们那里的粽子很好吃哦，争取端午节带一些给大家分享。"

时笺是最后一个自我介绍的新生，陆译年恰好坐在她的右手旁，闻言带头鼓掌，大家也给面子地一齐喝彩——正宴就这么自然而然地开始了。

吃饭间觥筹交错，哪怕只是学生，也已经学会说很多场面话——学生会向来就是小社会，时笺曾经有所耳闻，但真的身处其中，才意识到这种场合对于她来说有如揠苗助长。

干部们为女生们点了果酒，时笺没有看懂花花绿绿的标识，于是问坐在她正对面穿连帽衫的女同学这是不是酸奶。

"啊，这是桑葚酒，你没喝过吗？"穿连帽衫的女生心直口快，诧异地瞥了她一眼。

小小的一瓶桑葚酒二十八元。时笺一时之间觉得手足无措，猝不及防地露馅,她僵硬地低头去取湿毛巾擦手,却听陆译年在一旁笑着接话:"挺好喝的,是不是?"

很自然的搭话,穿连帽衫的女生的注意力转移,用力点头以表认同:"我好喜欢的!幸亏C楼有卖的呀,我在寝室了囤了好几瓶呢。"

时笺默默地捧起果酒喝起来。

初尝有点酸,但又混杂着甜味儿,后调是酒精轻微的辛辣。

她不擅长和别人交流沟通,因此多数时候都是在默默地观察、学习。

陆译年是时笺到目前为止见过最好看的男孩子。他的鼻梁挺拔,山根很高,勾唇的时候双眸也会弯起来,颊边露出一个浅浅的梨涡。

这个小装饰令他英气的脸颊削减了一丝锋利感,形成某种奇异的和谐。

就像是他这个人的性格,让人感觉很舒服。

席间很热闹,大家都起身互相敬酒,来回走动。

时笺先前尝了一口啤酒,实在不习惯,便一直安静地坐在原来的座位,偶尔有一两个前来搭讪的男生、女生,聊过几句之后也会选择默默地离开。

没什么,无非觉得她有些不合群、无趣,接不上话,虽然他们礼貌地找寻别的借口逃离,但潜藏的神情已经告诉时笺一切。她能够读懂,却没有能力解决。

转了一圈之后,陆译年回来,重新在她的身边坐下。

"他们都在唱歌,"他的视线扫过台上,善意地寒暄,"你不打算上去唱一首吗?"

现下握着麦克风的是新闻系的一位大三的学姐,名叫徐妙勤,穿一条时髦的黑色小皮裙,笑容自信,漂亮,从周围的叫好声中就能看出她在同龄人中很受欢迎,与时笺形成强烈的反差。

学姐整个人就好像在发光一样。

"啊,我?"时笺觉得这个问题令她有些受宠若惊,不知道怎么搪塞,只能小声地正面回答,"我唱得一般,就不献丑啦。"

"我觉得你唱得挺好听的,嗓音条件也很好。"陆译年专注地凝视着她,少顷微微一笑,"不然也不会在面试时选择你。"

后来火锅餐馆被大家整成了卡拉ok,场面喧闹混乱,二十岁的年纪活力无限。

团建完的这个晚上,时笺回到宿舍把衣服洗了晾起来,又去做数学题。

她此刻的感觉有点混乱,就像是游鱼刚刚涉足一片陌生的海域,也许有对未知的天然期待,但更多的是小心、谨慎和恐惧,像是在走钢索,担忧而缓慢地试探着,感到患得患失。

不过更直观的感觉是疲惫。时笺的好精神因为刚才的派对消耗殆尽。舍友们还没回来,她手脚并用地爬上床,蜷缩在被窝里小憩。

主观上还不想睡,但是又想保持着这样的状态"休眠",消化一下这与众不同的一整天。

安静的时候很容易追溯什么。

时笺将脑袋埋在枕头里,再没有曾经她如何也甩不脱的陈年发霉的气味。

一片漆黑中,时笺感觉呼吸有些过于落寞冷清。

"海":"阿午。"

手机的屏幕亮了一下,时笺的目光顿住,确认几秒钟前刚收到他的信息。

床帘中偷溜进来的月光好像比之前显得更熠熠生辉一些,她的心"扑通""扑通"地跳,登时坐直身体:"在!"

他问:"怎么不继续给我发消息了?"

时笺下意识地咬住嘴唇,抱紧双膝,心跳似乎停止,如坐上摩天轮一样轻盈。

他希望能收到她发的信息吗?

屏幕在黑暗中微弱的光也照亮了她莹润的双眼,时笺垂落的眼睫毛微微扑朔轻闪,仿似秋夜里表面附着潮湿雨露的蝶翼。

也许有什么原因,他没看到之前的那条信息。

不是因为反感了她,反而是期待的。

他一直在等她的消息。

时笺飞快地敲字输入,绝口不提自己前几周在心底偷偷闹的小别扭,把那一页翻篇:"刚开始接触大学课程,排得很紧,感到有些吃力。学校的活动很多,一时之间有些忙不过来。我加入了校学生会文艺部,今晚才刚参加完迎新团建。"

这条信息刚发出去两分钟,就收到"海"的回复:"好,加油!好好学习,你可以做得很好的。"

时笺忽然觉得有些鼻子发酸:"其实这次社团迎新我的表现不是很好。我不会喝酒,也不会恭维人,不会说场面话,显得格格不入。他们总是聊一些我没有办法参与的话题,我听不懂他们究竟在笑什么。在那种环境里,我觉得自己好笨拙,一点也不灵光。没有人喜欢和我聊天,因为我会让他们感觉到无趣、厌烦。"

时笺和他说话的时候总是很容易哭,抽抽搭搭地抹着眼泪,许多年后她才明白,那是对于自己亲近之人表达依恋的一种方式。

"不会。""海"说。

时笺吸了吸鼻子,看到他又发过来一句:"我觉得你很灵光,很讨人喜欢。"

第二章
相信海

这个学期很快过去,时笺终于开始习惯在清大的校园里生活,不过有一件事是她没料到的——北京的冬天怎么这样冷?

穿好几件棉衣,外加羽绒服还不顶用,冷风呼呼地刮,寒意可以渗入肌肤。

时笺不再从事需要体力劳作的兼职,相反,她在网上帮人撰写一些报告、文稿,用知识来换取金钱。这样效率和金额都要比原来高得多。

她也经常会和张玥联系,得知对方的生活一切如意,时笺也就放心了。她也慢慢地攒了一点钱,说要给张玥寄回去,被张玥严词拒绝。

不过张玥提醒她:"你姑妈家自你走之后一直都没消停过,其间还来我这里闹过两次,不过我什么都没说。"

时笺明白张玥的潜台词——以袁志诚和时夏兰的性格,总会从学校那里查到她的去向,说不准还会来北京找她。

但这毕竟大动干戈,目前来看可能性不大。

"张妈,给你添麻烦了。"时笺内疚地道。

"没有,哪里的事。"张玥的声音一下子扬起,"倒是你,学习累不累?辛不辛苦啊?"

今天下了北京今年的第一场雪,雪花纷纷扬扬地落下,时笺的鼻尖冻得有些红,裹紧自己的棉服领口,很乖地回答:"不累。"

"那就好，那就好。"

挂了电话，时笺看到一片纯白的操场上有三三两两的学生在堆雪人，雪地松软，他们互相追逐着打雪仗，时笺专注地看了一会儿，感受到口袋里震动一下。

是她的"海"。

他说："北京天冷，多穿衣服。"

时笺看到他的信息就将烦恼短暂地抛到九霄云外了，她笑眯眯地弯起眼，向他汇报："我穿了五件呢，很暖和了。"

"要带防风口罩。"他像长辈一样叮嘱。

他怎么会知道她的鼻子都冻得没知觉啦？时笺听他的话，把围巾提上一点，只露出一双乌黑又圆溜溜的眼睛。

时笺主观上认为他发这句话的时候是在笑的，她问："你那里天气好吗？"

这回等了有五分钟，他回复道："和你一样。"

时笺的颊边笑出了小酒窝。

"和你一样"有种令人欣喜的巧合及缘分感，比所有其他的回答都要好。

时笺："那你也要多穿件衣服。别受寒。"

同时引用、重复他的话："要带防风口罩。"

"海"说："我很少去室外。"

时笺愣了一下，疑惑地输入："为什么？和职业有关吗？"

然后又删掉后半句，只留了个"为什么"。

时笺到现在仍没有问过他的名字——有关于他的一切、现实中的任何信息她都不想知道，哪怕知道一分一毫都是对脑中已经构建起来的那个具象的破坏。

这次一直到时笺晚上回到寝室都没有收到他的消息。

认识大半年以来，虽然次数不多，但他偶尔会出现这样的情况——突然一下就消失了，好像世界上没有这个人似的，杳无音信，但是隔几天再去敲门,时笺发现他仍停驻在原地。

这有时会让时笺忍不住地胡思乱想,不过他们之间的这段关系本就不可捉摸,也无法定义。她认为他是亲近的长辈、可依赖的人,只要他还回信,她也就不纠结于这样那样的问题了。

2015年夏季学期之后,时笺成为系里学习成绩最好的学生。

很多同学开始慢慢地和她熟络起来。虽然时笺在这中间往往都是被动社交,但一切都在向着更好的方向发展。

参加文艺部让时笺得到了很大程度的锻炼,第二年秋季学期要办校歌赛,决赛大约在十一月进行,从七月的时候部员们就开始忙碌起来。

一场文艺晚会成功举行背后的要素很多,场地、灯光、舞美、嘉宾等,缺一不可。

密集的集会和排练铸就了战友情,文艺部的这些同学之间的情谊要比他们各自班级里的同学还要好。

紧锣密鼓的安排之下,校歌赛重磅推出。

他们这次请到了华语乐坛金曲奖歌手过来坐镇当评委,时笺在灯光组,听总指挥调度——陆译年竞选成为部长,是这次校歌赛最高的负责人。

全体部员花费四个月的时间准备这次大型比赛,其中包括多次歌手试音彩排和走位,加上外联赞助和现场设备乐器的沟通。

每一秒钟的神经都高度紧绷,直到主持人最终念完总结词下台,大家才蓦然放松下来——忽略小磕小绊,这是一场近乎完美的文艺汇演。

校歌赛庆功地点仍然定在学校附近的餐馆,这回直接上了白酒。

时笺能够看出来陆译年很高兴,眼角眉梢都带着笑意,这是他第一次亲手操办的校级活动。

室内灯火通明,饭菜佳肴配着美酒,香气四溢。

一直到凌晨两点钟,众人才四散回校。

有人是坐公交车过来的,这会儿没有公交车了,于是大家便各自分配,有自行车的男生负责载女生回去。

时笺为了省钱，从来都是骑共享单车，现下街道上冷冷清清的，一辆共享单车都找不到。

餐馆距离学校一两千米，眼看着大家陆陆续续地都找到人带，她想实在不行也可以自己走回去。

就是有点危险。

还在踌躇之时，时笺看到徐妙勤跑到路边，软着嗓子对陆译年说："年哥，你带我吧？"

陆译年身高腿长，一只脚蹬着踏板，一只脚支在地上。

他置若罔闻地将视线越过徐妙勤，看向更后面的地方："时笺，过来。"

时笺有些怔愣，周围好几个人都看过来，徐妙勤的脸上有些挂不住，原先明媚的笑容变得盛满薄怒，陆译年温和地解释道："时笺的宿舍位置比较远。"

说完陆译年按了按铃，笑起来，直接看她："发什么呆？"

他有些喝醉了，但还是骑得很稳很快。时笺抓住陆译年的外套，风扬起她的围巾，冷空气让她的心跳变得更快了。

冲下新民路那个大坡的时候，时笺觉得自己都快飞起来了，车身颠簸之下不得已抱紧了陆译年的腰。少年衣袂翻飞，迎着猎猎风声，时笺不可避免地又想到今晚的校歌赛——鲜花、掌声、歌曲、恣意的青春。

"想不想大喊一声？"

前方传来陆译年含糊地混在风中的清朗嗓音。

时笺愕然，却下意识地对这个提议心动。

空旷的柏油路上，凌晨两点钟，她双手作成喇叭状，长长地"啊"了一声。

原以为声音很大，但实际上还没挥散出去就被淹没在风里，陆译年恣意地笑："看我的。"

他也喊一声，结果却如同她一样，连声回响都没有。时笺突然觉得这个举动有些傻气得可爱，"扑哧"一声笑出来。

到了宿舍旁边的马路，陆译年停好单车，送时笺到楼下。

时笺刚要上楼，被他用力抓住手腕。

陆译年的耳朵还有些红，眼睛却很亮，如雨后长街下的灯光，一个轻柔的吻随之落在时笺的脸颊边。

年少的情意最是来去无由，不可追究。有人陪你疯，陪你笑，就以为是地久天长。

时笺不知道恋爱应该是什么样的，却是第一次这样被人认真地追求。

陆译年在学校里小有名气，他的追求也是坦荡直白的，隔三岔五地给时笺带早餐，等候她上早课，也会制造惊喜，不经意间拿出一束漂亮的桔梗。

起先姚乐安和褚芸等人见了还要起哄，一段时间后也就见怪不怪。

其实时笺也有点期待。她期待一下楼就见到早早等待在门口的陆译年，期待他载着她去上课，她也会期待收到陆译年的花，心情会因为他的出现而发生变化。

时笺并不排斥陆译年的靠近，只是这种感觉有些令她茫然无措——她分不清楚这种感觉。

时笺给"海"发短信："我好像喜欢上了一个人。"

彼时上一段的话题仍旧停留在十月，时笺说自己有两门课期中考试考得不好，才八十分左右，她明明有努力学，所以难过得要命："我好像进入一个什么都做不好的阶段了，这种阶段一旦开启就会保持下坠之势。"

"海"说："你的精力是有限的，事情太多也可能导致注意力不集中，但那并不代表着你不聪明。"

他是真心这么认为？还是只是说说哄骗她的话，时笺不在意。

她很相信他。

他说："你只是需要一点'魔力药水'。"

他鲜少开玩笑，但时笺感觉得到他是一个乐观的人。

千疮百孔的生活，需要用童话来面对苦痛，用魔法打败魔法。

"唔？"时笺甚至忘记了擦眼泪，整个人呆住。

"海"说:"看过《哈利·波特》吗?类似'福灵剂'的那种幸运水,'只要一滴,短时间内什么事情都能做成功'。这样的东西也许能够解决你的烦恼。"

时笺这才反应过来,他是在说她需要自信。

"福灵剂"的原理更像是安慰剂的作用,人从根本上需要先相信自己,才能做成事情。

他是一位富有学识、风趣体贴的神秘绅士,和她谈话总是扮演着倾听者的角色,他的镇定和从容会让时笺在某种程度上觉得没什么大不了。

是的,这世上没什么真正的困难,一切都没什么大不了,放马过来就好。

时笺的思绪不由得跑偏:"我只看过第一部,很喜欢,但我们那里条件有限……"

当时还是张妈买的DVD,让时笺在家里看的,她很感兴趣,但由于各种原因,就不了了之了。

"海"没有多说什么,只是问:"方便给我一个你的地址吗?"

时笺对他天生就有种信任感。

或许是因为,他是她在"濒死情况"下第一个实施救助行为的人,就像是在即将溺亡时将她捞起来的那双手臂,会让人格外眷恋、依赖。

时笺给了他学校集中快递点的地址。

没过几天,时笺收到了一个崭新的小型粉色的DVD播放机,还有《哈利·波特》的八集DVD光碟。附一句话:"送给阿午。希望你能够找到属于你的'福灵剂'。"

"海"的笔迹原来是这样的,行云流水,如苍松翠柏,挺拔隽逸。

时笺爱不释手地把那张纸放在手心里反复摩挲,按在心口,笑得像个小傻子。

未必有多昂贵,但是送礼讲求的是心意,她很喜欢。

时笺又看了看寄出地址,但发现被隐去了。

时笺的心跳空了一拍,他不想让她知道自己是谁吗?

她想了好几分钟，又觉得释然。

没关系，这样也好，反正她也不是很想知道他是谁。

他是谁也不重要，重要的是他是她的"海"，独一无二的。

现下他还没回复，时笺又问："喜欢究竟是什么样的感觉呢？我不明白。"

这时候才收到他回复的第一条信息，"海"问："对方是什么样的人？"

文字有这点不好。

发信人的情绪、语气全部都被掩藏起来，只剩下平淡的表意。

时笺诚实地坦白："是校学生会文艺部的学长，我们一起办校歌赛。"

她把认识陆译年的过程一五一十地说出来，说第一次面试的时候他如何照顾她的感受，后来无数次，他又是如何不动声色地替她解围。

陆译年是那种被命运偏爱的人。上好的家世，开朗的性格，聪明的头脑，说是天之骄子也不为过。

"海"问："跟他在一起你会有期待吗？"

他没有说得很清楚，期待什么？但时笺觉得她能给出答案："会。"

"海"也给出肯定的回答："那就是喜欢。"

时笺似懂非懂地道："可是，我在等你回复信息时也会期待。"

很多年后，时笺才意识到，她其实让"海"感到有些啼笑皆非。

真的是个孩子，对于感情还很懵懂。

时笺苦恼的点在于，她清楚地知道自己把他当作"家人"这样的角色看待，但是没分清这两种期待有什么区别，明明是同一种心情——她真正想问的问题是这个，但是不好意思直白地说出来，只能这么七拐八绕地旁敲侧击。

"海"宽慰地告诉她："这不一样。"

他应该是在笑，时笺窘迫地又问："那我应该答应他吗？"

"海"说："如果他有能力让你开心，你可以进行尝试。但是我必须提醒，真心没有那么容易鉴别，需要时间的沉淀。"

他停顿了一下，补充道："虽然大多数人的教义都是及时行乐。"

时笺没有那么确定，她决定先把这件事放到一边。

时笺问："那你呢？"

"海"："嗯？"

时笺："及时行乐，你是大多数人吗？"

她没有意识到自己已经开始对他感到好奇。时笺以前习惯幻想出他的一切，从而远离触碰他的真实，将他放置在真空玻璃罩中，隔着一段恰好观赏的距离，而现在却不然。

"海"说："人这一生，想要痛苦很容易，欢愉却很难，何必再延期。"

时笺说："我明白了，我也是这么想的。"

时笺问："你平常空闲的时候一般会做什么事情呢？"

她等了半个小时，收到回复："我可做的事情不多。有时候会听老歌的碟片，或者看看电影，那种老电影。以前年轻时会出远门旅游。"

大概是他的工作太过忙碌，所以没有什么多余的空闲时间。

至于年轻时……她猜不出他具体是什么年纪，只能判断出那样低沉磁性的男性声音绝对不是某个毛头小伙子发出来的。

像他这样富于内涵和智慧，又活得通透的人，一定去过特别多的地方，见过特别多的人和事，拥有很多她不敢想象的人生阅历。

时笺更加崇拜他一些，用年轻人特有的莽撞的语气提议："这个周末你有时间的话，可以连线陪我看一部电影吗？"

她也喜欢看电影，很少能有这样放松的时刻，也许除开文字的联系，他们还能有其他交流的方式。

五分钟后，"海"说："如果我没其他事情的话。"他又说，"会提前和你说的。"

时笺为这次不算正式的约定期待了许久，到周五的时候发信息和他确定时间，"海"说周六晚上大约可以。

她又要给他打电话了，想想都开心。不过对于电影的选择，时笺倒是有些苦恼，她请求"海"来挑选，后来他选了一部2009年的外国老电影。

到了周六晚上,约定的八点钟,时笺给他发短信,问是否方便开始,他没有回。

他不是容易失信的人,时笺等了二十分钟,没忍住,给他打了一个电话。

电话能够打通,可是一直占线,没几秒变成忙音。

时笺在一个小时内打了八个电话,无一例外,都被自动挂断,发去六条信息,没有人回复。她独自坐在寝室的椅子上,感觉非常茫然无措。

那一刻她才意识到,这个号码是她唯一能够和他进行对话的方式,只要他关闭出口,她就再也找不到他了。

那是时笺记忆中一次很长时间的断联。

将近一周之后,时笺才再次收到"海"的消息:"我回来了。对不起,阿午。"

时笺感觉到自己一点一点地重新活过来,她的眼泪还没涌出来,又看到他紧跟着的十分详细的解释:"之前在国外出差,坐船的时候正想给你打电话,手机'扑通'一声掉进水里,没能捞起来。重新办卡花费了好些工夫。"

画面感也太强了,还有些谐谑,时笺破涕为笑。

他知道她有多害怕吗?她还以为他出了什么事,又联系不上。

那一晚她不安地入眠,随着聊天框一天天地沉寂下来,越想越怕,甚至到最后没忍住躲在被子里偷偷哭,她以为要失去他了。

他诚恳地道歉:"对不起,以后不会再失约了。"

时笺捏紧手机,想着不能这么轻易地就原谅他,强迫自己硬着心肠,没有很快回复。

果然,他又主动提议道:"还想看那部电影吗?我们现在一起看好不好?"

是不着痕迹又小心的温柔轻哄,时笺抿着嘴角,一板一眼地给他发消息:"舍友都回来了,寝室也已经熄灯了。"

"海"说:"确实有点晚,是我没考虑周到,下次再找你比较方便的时间。"

时笺:"哦。"

"海"提道:"我在荷兰,这里的巧克力很好吃,你喜欢什么口味?"

时笺:"我不喜欢吃巧克力。"

"海"说:"哦。"

过了两分钟,"海"又问:"那糖呢? De Zee 这个牌子,西柚、山楂、苹果、葡萄、水蜜桃,喜欢哪一种?"

时笺抿着的嘴角终于不动声色地翘起一点,大发慈悲地给他回复:"水蜜桃。"她又补充道,"我喜欢吃甜的。"

等待了仅仅一小会儿,他就回复:"他们说水蜜桃售罄了,葡萄可以吗?"

时笺不想再折腾他:"那就算啦,没关系的。"

时笺问:"你还要在那里待很久吗?"

"海"说:"马上就回国了。"

时笺:"哦,我听说荷兰的冬天很冷哦,你要注意保暖。"

"海":"知道了。"

"海":"晚安,阿午。早点休息,做个好梦。"

时笺盯着那句话看了一会儿,弯唇输入:"嗯,晚安啦!"

世人常说福祸相依,否极泰来。

与"海"失去联系那崩溃的一周过去之后,时笺的运气逐渐变好,感觉生活越发顺利。

有时笺的地方就会出现陆译年,他明明比她要大上两届,却仍然愿意陪她去听一些低年级的基础课。

他们出双入对的次数太过频繁,落在其他人眼里,关系早已板上钉钉,时笺也很少去辩驳什么,于是她和陆译年就这么顺理成章、自然而然地在一起了。

陆译年无疑是个满分男友，体贴，也有耐心，他们有许多共同语言，都喜爱艺术，能够围绕相关的主题畅聊一整天。

陆译年正值大四，课程没有那么紧，他们有更多的时间可以待在一起。

唯一有个问题，就是在金钱观上不太一致。

时笺觉得这是小问题，因为陆译年在花销开支方面很尊重她。通常是他陪着她去她力所能及范围内的地方用餐，在时笺的坚持下按照AA制付款，但陆译年偶尔也会带她去环境比较高雅的昂贵餐厅约会，由他来请客。

虽然陆译年学的是计算机专业，但他的父母都是金融机构的高管，他的生活条件从平时所穿衣物品牌就可见一斑。

有时候他会不经意地道出某个时笺没听过的知识细节，比如吃西餐的时候，知道Tenderloin（里脊肉）是牛脊上最嫩的肉，煎五分熟最可口；Rib-eye（牛肋肌）则在牛肋上，肥瘦相间，三分熟最合适。他念佳肴菜名的时候用一口流利的英语，字正腔圆，动听又自如。

煎三分熟，时笺一开始听到的时候，下意识的反应是觉得这都没熟透，吃生的会不会得病？她的刀叉用得也不怎么雅观，陆译年有时候会看着她笑，不过是那种善意的笑，时笺按照他的示范、指导重新修正自己。

两个人的关系在文艺部早就成了公开的秘密，男友的人气太高，时笺在系里和在学生会中总会收到打趣和吹捧，如今她也逐渐学会应付这些场面，只不过有时还是会因面薄而被调侃到脸红。

学生们私下里会说时笺捡了便宜，措辞往往都是"虽然她长得挺好看的，学习成绩也好，但是其他方面……"

他们认可她，但也客观地觉得她是肯定比不上陆译年的。

时笺这颗刚开始散发自己光芒的小珍珠，被男友的光环完全笼罩。她听了这些话也不会太生气，又或者说，她太过习惯于接受外界施加在她身上的东西，反而是陆译年听过几次之后，还会笑着纠正："我们笺笺很优秀，能和她在一起是我占便宜。"

当局者和旁观者必定不可能感同身受。

大多数人还是友善热络的态度，只有徐妙勤每次看到时笺都会直白地选择视而不见，完全不给她面子。

不过很快就被陆译年发现，他说这件事交给他来处理。

后来徐妙勤的态度就变得好多了，见到她还半真半假地挤出一个笑，时笺也就回以笑容——她也开始做这些虚与委蛇、不循心意的事情，这是小朋友成长，变为大人的标志。

因为大部分的时间都留给学业、社团或分给恋爱关系，时笺找"海"的次数没有以往频繁。

不过她知道他们之间的关系不一样，哪怕很久不联系也不会变得生疏。有时候"海"问她在做什么，她回答说，在和男友约会，他还会叮嘱一句，不要玩到太晚，或者早点回校。

时笺会兴致勃勃地同"海"分享，"今天他教我弹钢琴，我已经学会简单的即兴伴奏啦"，或者"今天他带我去798，我很喜欢那里的现代画"。

"海"的态度都是支持的："只要你享受这个过程就好。"

有时候，时笺也会问他在做什么？他通常只有四种回答："工作社交应酬""休息""听音乐""看电影"。

之前"海"说过要找她方便的时间一起看那部老电影，后来他没再问，她也就没再提，只不过时常会反过来叮嘱他，工作不要太累，要注意休息。

他说"好"。

这种聊天是很坦荡开放的，陆译年偶尔会看到她在用手机"噼里啪啦"地打字，几次之后终于没忍住，好奇地询问："那是谁？"

时笺说："是我的远房表叔。"

这是她觉得最能够以假乱真、化繁为简的身份。

"你们关系很好？"陆译年问。

"挺好的。"时笺说，"我什么事情都能和他讲。"

陆译年笑起来："真好，我好像还没有这样交心的长辈。"

时笺知道他的父母工作很忙，经常在各大城市之间飞来飞去，只有逢年过节才能同他见面。

他们在金融业内的人脉很深，口碑也好，本想让陆译年也走这条路，但他有自己的想法，选择了计算机专业。当初因为这件事，他和父母闹得不是很愉快，家里还一度停了他的信用卡，但没能叫他回心转意。

"父母总是想让孩子少走些弯路。"时笺这样安慰他。

他们很少聊与家庭相关的事情。陆译年隐约知道这不是时笺能够随心所欲谈论的话题，因此只是笑笑："我也知道他们是为我好的。"

这段恋爱关系一直到时笺大二学期结束都是顺畅无龃龉的状态。时笺读的是新闻系，暑期时托院里老师的关系找了一份电视台的实习。

这个专业是她当时的高考分数所能够到的最好的专业，同时也蕴含着一定的情怀——她擅长文字撰写。时笺当时认为记者是保卫真相的最后底线，她希望在发挥自己优势的同时又能对社会产生一定的价值。

实习记者大多是负责与采写相关的工作，但是有时候也可能会获得一些上镜的机会，不过具体要看实习过程中的表现情况。

还有一周就要正式入职，时笺同"海"表达她的焦虑："真的好紧张啊，第一次实习，不知道能不能和同事们处好关系。"

第三天，是时笺的生日，她收到一个装饰精致的粉色礼盒，上面绑着大大的蝴蝶结。

打开礼盒，是一套崭新、漂亮，任何职场佳丽都梦寐以求的西装套裙。没有任何品牌标记，她辨认不出是哪家的衣服，只能察觉到布料的质感上乘。

附着一张卡片："生日快乐！属于阿午的'战袍'。"

旁边画了一个弧度直白的笑脸。

时笺把柔软的衣服贴在脸颊旁，嘴角止不住地往上扬——这是她收到过最好的生日礼物。

好喜欢。

好喜欢。

他怎么知道她正在苦恼穿什么衣服才好？还担心自己随行带来的那

些衣服拿不出手。

　　巧合的是,当天下午陆译年来接她去外面吃晚餐,神神秘秘地提了个包装完好的纸袋。一开始还不让看,到餐厅后才给她:"送给笺笺的实习礼物,预祝一切顺利!"

　　竟然也是一套职业装。

　　时笺看到纸袋上印着的清晰的英文logo(标识)——之前和陆译年一起逛商场时曾看到过这个牌子,一件衣服起码要上千元,这么一套下来估计得三四千,能抵上她一个月兼职赚来的钱。

　　"谢谢!"时笺抿着唇笑,却还是将纸袋推回去,低着头婉拒,"但是这有点太贵重了。"

　　时笺最后还是没有收陆译年的礼物,他看起来有些失落,但还是尊重她的意愿。

　　"礼物不收,让我请你听一场音乐会总可以吧?"

　　二百八十元一张的门票,肖邦的钢琴曲独奏,他早就订好了票。时笺松了一口气,笑起来,乖乖地点头。

　　陆译年无奈地看她一眼,没再说什么。音乐厅在天安门附近,中山音乐堂,饭点,正堵车,陆译年叫了专车送他们过去,抢在音乐会开始五分钟前到场。

　　时笺的古典音乐鉴赏水平的培养全亏了陆译年,他很早就考完国内钢琴十级,是艺术团键盘队的骨干成员,每年都是压轴出场,有时候他在琴房练琴,时笺就在一旁安静地写作业。

　　陆译年钟爱肖邦,这次音乐会侧重演奏了肖邦几曲遗作——小众的玛祖卡舞曲,他因此而感到兴奋。时笺不太明白这背后创作的隐情,无法完全与他感同身受,但是美好的音乐还是会让人心神沉静,极度放松、享受。

　　时笺去实习报到前,陆译年说他的父母近日恰好会来北京。

　　"他们一直很想见你,请你吃顿饭,方便的话就见一见,好吗?"他这样问她。

他们谈了大半年的恋爱，关系很融洽。这种不算正式的与家长的会面倒也不会太仓促。陆译年的父母很少会来北京看他，时笺能看出他很珍惜这样的机会。

时笺隐隐觉得有什么东西应该认真考虑，但是他那样放松地问了，她也就答应了。

会面选择在北京的一家高端私人会所，是时笺从未接触过的场合。

中午，陆译年带着她先过去，她左顾右盼，打量着周围高雅而陌生的装饰物，心下不由得有些拘谨。

两个人在安静、宽敞的包间里坐了一会儿，很快便有侍应来敲门。宛如电影中的那种慢镜头，头顶的吊灯撒下些微让人感到眩晕的光圈，时笺看到两位衣着矜贵的中年男女缓步进门。

他们比时笺想象中的更加年轻，人靠衣装，哪怕一句话都不说，也散发着强悍的磁场，精英气质显露无疑。

和想象中有些不同，陆译年的父母打量着时笺，既未带偏见，又不够亲近热情。

只是很客气。

"时笺对吧？听译年提起你好久了，幸会。"

时笺是第一次应对这样的场面，她后悔没能在前一天晚上跟"海"交代自己的处境，如今感到慌张无措，手心里都紧张得出了汗。

陆译年在一旁试图递来安抚的眼神，但她没能顺利接收到。

上位者的压迫气息太过严重，哪怕偌大的圆桌将四人分隔开来也没能削减一星半点。时笺觉得自己回到第一次踏入清大校园，去文艺部面试时候的模样，僵硬地吞吐字眼。

她的局促和不安难以自抑，在形容端庄的女人抛出那个温和的问题时达到顶峰。

"你是哪里人？你家里都是做什么的？"

这时候陆译年出声打断："妈，不是说好就吃一顿饭？"他的笑容同样也有些紧绷，"菜要凉了。"

女人这才停下话头,但视线移向时笺领口的蝴蝶结。明明是很礼貌的注视,时笺的睫毛垂落下来,生出一种很强烈的、无所遁形的感觉。

　　她穿了一件价值一百多元的碎花裙,款式大方好看,时笺本来想着长辈会喜欢,可现在只觉得自己今天的衣服不够上档次。

　　他们闲聊时很多词汇她都听不懂,什么拍卖、艺术鉴赏、IPO（Initial Public Offering 首次公开募股）、外汇管理。陆译年试图将时笺拉入谈话,可是效果不大好,好几次她出言便弄巧成拙。

　　也许是太紧张了,影响发挥,可不管怎么说,没有人会在乎实际上的原因,他们只看结果。

　　侍者给每个人都上了一碗糊得看不清原形的东西,一团软滑的泡状肉躺在金黄色的高汤里——河豚。

　　时笺听说那种鱼类的毒性很强,不知道竟然还可以吃。她也不敢问,只是小心地观察、模仿旁人用餐的方式,用刀叉和勺子协助舀起来一点点吃掉。

　　陆译年朝时笺望过来,眼神露出自责。

　　局面超出他的想象。

　　他把一切想得太简单了,以为自己能够掌控,事实上他们都太年轻。

　　雪崩前每一片雪花的坠落都是无声而沉默的。

　　不需要明面上的审视,不需要出声羞辱,时笺也知道自己不够格。

　　陆译年为她精心打造的玻璃花房在这一瞬间坍塌,她不是闯出小城摇身一变,褪去土气的公主,廉价的布料紧贴着皮肤,浓重的自卑感涌过来,墙壁上悬挂的现代艺术画,男人手里的烫金烟斗,女人脖颈间围着的光洁丝巾,周围传来阵阵铃兰的香气,满桌子昂贵的佳肴,它们旋转、扭曲、变形,将时笺牢牢地钉在原位。

　　这顿饭像是一张颤颤巍巍的表皮,为了体面仍旧贴得四角到位,但时笺知道其实它内里早已千疮百孔,每一秒钟的流逝都让她感到如此煎熬。

　　她低微的出身,她破碎的原生家庭,她狭隘的眼界和视野,他们全部看得一清二楚，无法遮掩，无从遮掩。

他们是何等精明老到的人。

他们将时笺和陆译年送回学校。时笺强撑着精神对陆译年的父母道谢，笑着说再见，陆译年的父母坐在车内，朝她客气地点头致意，又吩咐司机到后备厢去拿送给时笺的礼物。

一条名牌裙子，一个奢侈品包包。

以时笺的见地已经估量不出价值，连拒绝的话都没酝酿出口，两个人已经接通车内视频，准备连线开视频会议。

"译年，你拿着，我送人去机场了。"司机将大包小包塞到了陆译年的手里，疾驰而去。

后来陆译年送时笺回寝室。两个人望着彼此，没有出声，一反常态的安静，到最后，上楼前互相抱了一下，陆译年提着东西走了。

他为了维护她的自尊，没有戳破那层窗户纸，自然也就找不到解释和安慰的立场。

时笺有些不在状态，等她反应过来，已经缩在寝室的椅子里发了好一阵的呆了。

这个时候只有找"海"。

她的"海"。

见识过她最狼狈时候的模样，唯一会温柔地倾听，包容她的存在。

时笺直接给他打了电话，铃声响了一段时间，电话接通了，时笺什么话也没说，趴在桌上静静地擦眼泪。

听筒里传来窸窸窣窣的声响，听上去反而像只小花猫在偷吃东西。

他叹息一声："是哪里的小爱哭鬼迷路了？"

久违的低沉的声音。

时笺吸了吸鼻子："我……"才刚说了一个字居然就想打嗝，是河豚吃多了，她羞涩地红了脸颊，时笺听到男人在电话那头低低笑起来。

"有没有水？"他的声音中总有一丝耐心的低沉，"憋住气，匀速连喝七口水，这样就好了。"

为什么是七口？时笺晕乎乎的，像只小金鱼一样，奉他的话为圭臬，按照指示执行。

　　放下水杯，她觉得好一点，正想缓口气的时候，又复发。

　　这顽强的嗝。

　　如同雪崩效应，引发了她心底强压着的那股委屈，时笺一边自暴自弃地打嗝一边抽噎："我不开心。"

　　她太天真。

　　她怎么会误以为金钱观上的差异是小问题。陆译年在同龄人中再怎么成熟，也只不过是个还没踏入社会的学生，有些事情他也没有能力控制，就如同今天。

　　时笺已经可以预料到，他们会遇到很多险阻。

　　陆译年的父母不会祝福他们。

　　他们也是真的不适合彼此。

　　"阿午，不要去想那些不开心的事情。""海"及时制止了她往更深处联想，他温和地说，"很多时候事情并不像我们想象中那样坏。"

　　也许吧。可她现在脑子里乱糟糟的，根本无法静心思考。

　　他提议："一会儿有空吗？"

　　时笺还在哽咽，声音闷闷的："嗯？"

　　"看部电影？"他说，"我知道有一个片子，你也许会喜欢。"

　　他说她也许会喜欢，她不需要仔细询问就相信。

　　时笺点点头，小声回应："好。"

　　原来是《你的名字》。

　　时笺没想到"海"会愿意陪她看这样的电影，她咕哝着提醒："是动画片哦？"

　　"动画片也可以有深刻的寓意。"他笑着说。

　　于是他们就这么连线看了起来。正值休息日，下午寝室里没有人，细碎的阳光印在窗沿，时笺抱着双膝撑着下巴，聚精会神地看他送的那台粉红色可联网的DVD机，慢慢地愈发入戏。

三叶原住在乡下小镇糸守町,而泷则在东京这样的大都市,彗星造访后的磁场改变,将两个人跨越时空联系在一起,能够互换身体。

这个女生不是和她很像吗?时笺这样想。

也是出生于小地方,对于繁华的都市充满向往。内心柔软,偶尔会感到怯懦,但其实很坚韧,很有勇气。

时笺的努力超乎任何人的想象,因为起点低,所以要花费比其他人多出百倍千倍的时间,最终将学业、功课完成得很好。

像她这样的孩子是野草,却也是尘埃里的花朵。

而陆译年的性格和泷也有部分相似之处,开朗、自信、善良,与身边的人相处得也很融洽。

跨越时空的交流并不容易,后来他们忘记了彼此,但心中仍保留着那一份念想,最终在人海中宿命般地相遇。

怪不得"海"说她会喜欢这部电影了,他对她的了解比她自己以为的还要多。电影是皆大欢喜的结局,他是想用这个来安慰她吗?

"就算我不知道你的名字,我也一定会把对你的感觉深深地印在脑海里,然后在汹涌的人潮里,一眼认出你,无论你在这个世界的哪里,我都一定会去找你。"

时笺喃喃着念出这句台词,噙着泪感动地道:"真浪漫呀!"

"嗯。"那头传来"海"低沉而悠长的声音。

电影到尾声,外面恰好将要日落。

时笺问:"再聊一会儿好吗?我不想挂电话。"

有点像是稚童似的撒娇,他温柔又缓和地应声:"好,想聊什么?"

"嗯……"时笺的鼻尖还有些红,迟疑地问,"你那里天气好吗?"

"挺好的。""海"说,"我这里有扇窗,视野很开阔。平日里看出去都是蓝天白云,还有几截绿枝,郁郁葱葱的,看了心情会变好。"

"北京也是蓝天白云。"时笺看向窗外,心里忽然有些隐秘的愿望。她停顿了一下,模棱两可地问,"你所在的城市离北京的距离不远吧?"

"怎样算远?"他轻笑。

"我不知道。"时笺抱膝，故作一本正经地道，"就比如，从北京到纽约肯定算远。"

"其他的就叫近？"他又笑。

"嗯。"时笺理所当然地点头。

夕阳落下来的那一瞬间，电话里他的声音也被温柔放大了，耳畔好似真的有沙岸沉缓拍拂而来的低沉海潮声："那我一直都在你的身边。"

和陆译年父母不太愉快的会面被时笺和陆译年共同粉饰——两个人都默契地不提及此事，见面时还是照往常的相处模式。

时笺实习去的是一档很有名的社会纪实调查类新闻节目，能够进这样好的节目组虽然离不开时笺优秀的履历，但也很大程度上是靠院系里老师的推荐。

报到的第一天，时笺在人事经理的带领下见了部门负责人，然后又领她去工位。

给时笺分配的直接负责人是一位近四十岁的资深记者崔成静，不过人现在在外地采访，时笺还没见到本人。

她的后座是不久前来的另一个实习生方敏，两个人小声地打过招呼，交换了院校信息。对方凑过来询问："带你的是崔老师吗？"

时笺抿着嘴唇点头，礼尚往来地问道："你呢？"

"我啊，是刘老师。喏，就坐在那边，那个戴黑框眼镜的。"女生悄悄地指了一下，然后压低声音说，"我听说崔老师不好相处哦，很严厉的。"

话音刚落，部门领导端着茶壶经过，对方赶忙转身，伏案看电脑。

人事经理把时笺和崔成静拉进一个群，在里面说："崔老师，这是我们新来的实习生，您可以和她聊一聊，看看有什么活儿可以给她做。"

时笺捧着手机，小心翼翼地措辞："崔老师，请您多多指教！您看方便加个微信吗？"

崔成静很快在群里冒泡——不愧是资深记者，风格一看就很干练，语句简短："好，现在加我，打个电话。"

说实话，时笺还是感到很紧张，她点击对方添加好友的选项，对方很快通过，下一秒钟，微信电话就打过来了。

一瞬间时笺感到心跳加速，慌忙拿上耳机，一边戴耳机一边小跑着到无人的茶水间，这才接通："喂，崔老师，您好……"

电话里的女性的嗓音低沉有力，不过语气几乎不近人情："时笺，做个自我介绍吧。"

时笺的实习经历几乎乏善可陈，没有能讲太久，就被崔成静打断："OK，大概情况我了解了。是这样，我手头有个活需要你做，具体要求微信发你了，大概下午做出来给我就好。"

时笺有些跟不上她的节奏，刚应下来，电话就挂断了。

崔成静在做的是某地区村里的化工染料厂污染的新闻，工厂私设暗管，违规排放剧毒污染物，非常严重影响了当地居民的身体健康。

崔成静想要了解污染程度，具体有什么样的化学物质，会引起什么样的危害，需要采访一些环境保护方面的专家，让时笺整理全国范围内有可能接受采访的化学方面或者环境保护方面的专家的背景信息和联系方式，大概需要一百个人。

时笺完全没有任何头绪，虽然她知道问这种问题很傻，但还是弱弱地发送："崔老师，请问这种专家一般怎么找比较好呢？"

崔成静说："网络检索、官网资料、邮箱、电话。"

时笺还是不太理解，多问了两句，对方回了条语音，隐约带着些不耐烦："就从网上的公开资料找，我说得还不够清楚吗？这些都是很基本的能力要求吧？"

时笺不敢再问了："好的，您先忙，我马上做。"

时笺按照自己的理解先尝试整理了一番，没有什么结果，她思来想去，直接微信私聊了系里一个和自己关系较好的学姐请求帮助。

连学姐都咋舌："你一个新人，一上来就让你在这么短的时间内找这么大数量的专业资深人士？太难了吧！"

学姐建议她先去各大高校公开的网页上找一找，所有专家的研究方向和擅长领域都列出来，比如环境系、化学系的教授。

这是一个很好的提示，时笺埋头苦干，但是无奈第一次做类似的工作，效率特别低，一上午才整理了二十个出头。

方敏去食堂吃饭的时候问时笺要不要同行，她想了想，还是婉拒，自己去楼下的咖啡厅买了一份三明治，草草解决了午餐。

刚吃完，就收到崔成静发来的消息："整理了多少？发我看看。"

下午上交，假设五点前需要完成。上午三个小时她只找了二十个专家，这么算下来后面就算一刻都不停歇也完不成一百个。

势必要露拙，时笺顶着压力将自己做的 excel 表格发了过去，等待暴风雨来临。

果然，崔成静很快给她拨来语音通话，语气一听就很不满："你自己看看，你这找的都是什么？暂且先不说数量，化工厂的专家，我需要的是纺服染料相关，而不是随便什么化学、环境类的专家都可以，你找的这个环境大气治理，你觉得有用吗？"

三个小时认真、努力的成果被贬得一文不值，时笺攥紧手心道歉："对不起，崔老师，但这个实在是不好找，所以能找到的我都放……"

"我找你实习，是来听你找借口的吗？如果好找，我需要你帮我做吗？我现在在外面采访，很忙，不想进行这种无效率的沟通。"

时笺在学业上一向表现优秀，从来没被老师这么厉声地训斥过。其间，陆译年发微信问她实习怎么样？时笺揉揉眼睛，强打精神给他回复："好难！感觉完不成任务了。"

陆译年问她是什么样的任务，时笺正在争分夺秒，只抽空粗略地和他讲了一下。

陆译年说："我认识的一个长辈就是在高校从事相关研究的，我帮你去问问。"

时笺："好，谢谢啦。"

陆译年："适应需要过程，不要灰心。"

时笺知道靠自己一个人大概率是做不完的，于是只好觍着脸再去请求学姐也帮忙找找,到下午三点钟的时候,陆译年发来专家的联系方式和背景——是环境领域非常权威的教授,专门研究污染治理,听说也了解这起污染排放案件,愿意接受采访。

煎熬着度过几个小时,到五点钟的时候,崔成静让她直接交表格,时笺将文件发给她:"崔老师,不好意思,我已经尽力找了,只找到大概八十个。但是按照相关度排过序了,请您查收。"她又说,"清大的环境教授是熟人的关系,接受采访的意愿较高。"

奇怪的是,之前崔成静隔一会儿就催一下,真正收到结果之后又没声儿了,时笺感到筋疲力尽,但一颗心惶惶不安,不敢放松,过了半个小时又发了一条消息给崔成静问:"请问还有什么需要我做的吗?"

依旧没收到回复,直到很晚的时候,崔成静才发过来简短的一句:"先这样。"

方敏后来几天拉她去吃饭,路上听闻这件事儿,后怕地感叹:"这是不是传说中的压力测试啊?让实习生做很难的活儿,知道实习生肯定完不成,但就是要好好地'锻炼'他们。"

方敏用的词很委婉,事实证明这种猜测不是没有根据的。

近一周的时间,崔成静基本上就是远程指示时笺找材料,或者收集相关论文,数量要求很多,时间又卡得很紧,时笺常常要加班到凌晨。

陆译年暑期不在北京,他回申市陪父母,然后八月就要入职某互联网大厂,两个人都处于很忙碌的状态,联系的频率明显降低,只有时笺晚上坐地铁回学校才有机会聊上两句。

直到第二周的周末,时笺才见到了她的这位老师——看起来很严肃,公事公办的样子,基本上没见她露过好脸色。唯一让时笺心里觉得好受一点的是,这种生人勿近的态度并非只针对她。

崔成静对她爱搭不理,大概率只是因为她不过是个上不了台面的小角色。

时笺原以为一开始的两周已经是地狱模式,没想到后续更是有过之而无不及——染料厂的新闻报道素材基本采集完毕,崔成静把专家访谈的部分直接丢给时笺,让她负责剪辑。

学姐知道这件事后惊呼:"老天!这种事一般都是编导和后期处理吧,再不济也应该是你的老师自己做,让一个实习生来负责剪辑,这不是明晃晃的刁难吗?"

时笺根本不会剪辑,但她也没有拒绝的权利。

她从头开始学,那天一直学到凌晨三点钟,没有回学校。

空荡荡的办公室,苍白的顶灯的照耀下,办公室里只有她一个人。周围很安静,只有鼠标和键盘发出的"哒哒"声。

时笺盯着屏幕盯得头晕眼花,眼睛干涩、疼痛,还是进度缓慢,完成剪辑的成片长度连两分钟都不到。

窗外的大厦零星亮着一些璀璨的灯火,时笺从窗户望出去,忽然觉得鼻子一阵发酸。

北京这样繁华,也许她只是一颗轻如蜉蝣的灰尘,但还是会希冀这样的城市有一处繁华是真正属于她的。

办公室区域只有她头顶那一方明亮而落寞的灯光,其他地方都是昏暗的沉寂,时笺去茶水间,蹲在那棵无人问津的金钱树旁边,给陆译年发微信:"你睡了吗?"

她等了好一会儿,聊天框没有动静。

半晌,时笺用手背抹了抹眼泪,将脑袋埋进臂弯里。

这段时间一直感觉很糟糕。

崔老师是资深记者,一开始就让她做很难的东西,时笺觉得自己这两年好像白学了,什么也不会。

于是就拼命地补课,每天二十四小时连轴转,但还是得不到对方一星半点的认可。

她有时会怀疑自己,到底适不适合做这一行——明明旁人都曾夸赞过她聪明,为什么她却感觉自己如此愚笨。

真的好吃力啊!那种无论怎么做都做不好的感觉,挣扎到窒息的姿态令人感到绝望。

时笺穿着"海"送给她的漂亮的西装套裙，双臂环绕，用力拥抱住自己。

酸水从心里涌上来，她想哭，但硬生生地掐着掌心，把泪水逼回去。不能哭。

时笺努力深呼吸，将情绪慢慢地平复下来。

不知怎么，突然又想起"海"对她说："事情太多也可能导致注意力不集中，但那并不代表着你不聪明。我觉得你很灵光，你只是缺少一点'魔力药水'。"

自信，那应该是很重要的东西。

如果连她自己都不相信自己，那么谁还会相信她？

方敏每天只需要整理整理访谈录音，七八点钟就可以下班，日子过得无比畅快轻松，难道这样的工作内容会比自己的挑战性更大？

但是就这么浑浑噩噩地过了两三个月，对方又学到了什么呢？

一个下午找一百个联系方式，或者收集两百篇论文，又或者让她一个大二的学生来做最难的成片剪辑。

也许不是因为想刻意刁难她，而是因为老师对她的要求更高。

只有足够努力，才能够配得上这种期望，才能够获得成长。

时笺觉得腹部有什么东西硌到自己，她直起身体，下意识地伸手摸向西装的口袋。

借着朦胧的月光，时笺摊开柔软的手掌心，将那枚东西看清楚——是一颗 De Zee 牌子的软糖，光滑的磨砂塑料包装纸上画着几道粉色的海浪。

水蜜桃味的。

口袋里还有一张小纸条，是"海"遒劲的笔迹："又去一次，先买一颗散装的，好吃的话再和我说。"

时笺怔怔地出神很久，糖果包装纸封口的锯齿印在她的掌心纹路上，一点都不疼痛，反而和谐相契。

这一刻，她感觉找到了属于自己的"福灵剂"。

第二天，陆译年打电话问时笺昨晚发生了什么事，时笺笑笑，说没有，当时一个人在加班，单纯只是想找他聊聊天。

陆译年松了一口气，旋即又替她抱怨："你们领导也真是的，让你一个人工作到这么晚？"

"我也学到了很多东西。"时笺说。

她是这样任劳任怨的性格，从不喊苦和累，陆译年叹口气："其实你可以向老师反映一下。"

时笺沉默片刻，乐观地说："算啦，学本事嘛，总是要辛苦一些的。"

"就是担心你每天晚上那么晚回学校会有安全问题。"陆译年迟疑片刻，小心地道，"我在北京有套公寓，要不你暑假期间先住我那里？"

"离你现在的公司很近。"他说。

时笺没有必要一再拒绝男友的好意，这和接受贵重的礼物有所区别，她会自己缴纳水费、电费，并且在离开的时候将房子打扫得干干净净。

时笺搬进了陆译年的公寓，路上的通勤时间果然大幅度减少，她只需要步行就能上班。

时笺捣鼓了大概三四天，每天加班到凌晨三点钟，终于把长达十分钟的专家访谈成片交给崔成静。

那天，崔成静恰好在办公室，所以时笺先发了邮件过去，然后再直接当面询问，有哪里做得不够完善。

她从崔成静的表情看不出自己做得是好是坏，但还是解释自己私下里花了时间自学，可能有一些小细节不够尽善尽美。

"但是我会努力的。"时笺说。

崔成静的目光从屏幕上收回，终于扭头注视着她。

崔成静的脸上仍然是淡淡的神色，时笺垂落在身侧的手指蜷起，脊背却挺直更加笔直，崔成静看了好一会儿，出声道："一会儿我把我剪的发给你，你好好看看。"

转变思路之后，时笺发现任何事情都有两面性，要是以前，她肯定会感到沮丧，崔成静说这些话是因为她做得不够好，然而现在，她觉得老师是想教她。

时笺的眼睛亮起来,点头:"谢谢崔老师。"

崔成静停顿了一下说:"有个幼儿园虐童的案件,这两天你跟我一起去采访。"

"好!"

崔成静已经联系好秘密举报人,一共四户人家,对方都愿意接受采访。她带着时笺和摄影师一同前去,自己负责采访,顺便让时笺拍摄一些场地和环境的空镜,便于穿插在后续成片中。

第一家人居住的房子面积大概一百平方米,中国风的装修风格。一位穿着朴素,梳着卷发的中年妇女给他们开了门,先和崔成静握手:"崔记者好。"然后又压低声音,"孩子在房间里拼积木。"

崔成静坐下来,女人给他们沏茶,寒暄了几句,对方就掩着脸哭起来:"看孩子的身上青一块紫一块的,可怜我们家辰辰……"

时笺进屋陪孩子玩,伺机再拍摄。

孩子很内向,手臂上肉眼可见呈现青紫一片,脸上也有指痕和红印。但他仍旧专注地搭着积木,一个房子的形状渐渐形成。

崔成静很干练,时笺在不隔音的屋内隐约听到她说的话,敏锐地发现她都是掌握了一定的话术的。"记者是守卫真相的,是为受害者家长发声的,请一定要相信我们,我们是站在你的立场上出发的,一定会尽力帮助你们维权,将施虐者绳之以法。"

木讷的孩子也听到动静,停下手上的动作。

时笺靠近一些,摆出人畜无害的笑容:"姐姐陪辰辰玩积木,好不好?"

辰辰这才看向她,慢慢地点了点头。

一次采访花了两三个小时,基本到第二天就已经全部结束。幼儿园拒绝接受采访,看来是听到风声,已经警觉起来。崔成静又带着时笺去附近踩点,伪装成孩子的家长打探情况。

教师为她们介绍基本情况,态度过于热情。这所幼儿园表面看起来光鲜,私底下却尽是见不得人的勾当。

"这位是孩子的姐姐吧？"这位教师带着恭维的笑意，不动声色地问，"家里是弟弟还是妹妹，是准备上学还是转学？"

崔成静事先和时笺通过气，时笺说："弟弟，转学。"

教师的目光在时笺和崔成静之间转了一圈，时笺顿时意识到，对方觉得她们不够亲密，有些起疑心，她顺势上前去挽住崔成静的手臂："我弟弟挺调皮的，以前的幼儿园老师总管不住他，所以我和妈妈想找个好一点的地方。"

崔成静瞥她一眼，没应声，只是看着教师，微笑着点点头。

"哦，这样啊。"对方收回视线，也笑起来，"那您这边放心，我们这里的管理是绝对到位的。"

她开始介绍一整天的活动安排，包括什么时候吃午饭，还有严明的奖惩制度。

"做得好会给小红花，要是调皮捣蛋的话，也会有相应的措施。"

"比如什么措施呢？"时笺裤子里的录音笔开着，她佯装好奇地道，"我们家的那个小鬼，真的是烦死了，一天不管上房揭瓦，就想要找个严格一点的老师，能制得住他。"

第一次做这种事，其实她也很担心自己会搞砸，但由于挽着崔成静的手臂，时笺反而觉得有得到信心支撑。

这些都是心理学方面的常识，崔成静开口会给人压迫感，教师不一定愿意说实话，而时笺这样的年轻人去问，可能令对方放松警惕，从而挖到更多信息。

在跟着幼儿园的教师参观的时候，时笺趁对方不注意，多拍了几张照片。

所有的素材收集完毕，有车接她们回公司。

车上，崔成静说："刚才表现得不错。"

她正闭目养神，没有看时笺，但是时笺的心里仍像是阳光普照般，簌簌地开出几朵灿烂的小花。

第一次得到老师的表扬！

"嗯！"时笺笑起来，"谢谢崔老师给我学习的机会！"

当天晚上，时笺兴奋地和陆译年分享："我得到老师的认可了！"

他没立即回复，她又冲去给"海"发短信，传递她的喜悦。

"糖很好吃。"时笺说。

"海"："给你寄了两盒。"隔了一分钟又叮嘱道，"不要一次吃太多，对牙齿不好。"

时笺问："你可以也给我一个你的地址吗？"

她想他应该是在笑："做什么？礼尚往来？"

时笺故意卖了个关子："秘密。"

马上就要到他的生日，她要给他寄一份生日礼物。

等了大概有半个小时，那头发来一个地址："最近不在国内，可以先寄到这里，有人会代收。北京市朝阳区xxx大厦906A……"

一长串信息中，"北京"两个字格外显眼，时笺的心头一跳——他的常驻地点难道就在北京吗？可从来未向她提起过。

看上去像是CBD（Central Business District 中心商务区）的金融区，是他工作的地方？

又或者，只是作为一个距离她比较近的中转站？他总是来往于世界各地，也许在很多地方都有据点。

时笺踌躇半响，还是没有细问："收到！"

他们都没有向对方说谢谢，也没人觉得奇怪，时笺问："又在出差吗？"

他回答："嗯，在欧洲。"

时笺与他闲聊："我还从没坐过飞机呢。"

出乎她的意料，"海"回应说："我也很少，都是坐火车。"

啊？

从欧洲坐火车到中国，那得需要多少天啊？

仿佛猜到她在想什么，他说："我的日常工作不需要太多伏案工作，更多的是与人沟通，路途中就能进行。"

时笺忍不住问道："为什么不坐飞机呀？不是坐飞机更快吗？"

这回聊天框沉寂下来，过了好一会儿，才收到他简明扼要的回复："我不喜欢飞机的气流颠簸。"

这个世界上每个人都有自己的偏好。

有人不喜欢坐游轮，有人不喜欢坐火车，自然有人不喜欢坐飞机。

在时笺看来，"海"的身上有一种诗般的气质，如大海一般神秘，他做什么都是合情合理的。

时笺："哦。"

有了他的地址，时笺开始认真地准备起给他的礼物。

时笺担负不起太过昂贵的奢侈品，但在她看来，一份礼物是否贵重，取决于送礼的人的心意。

其实这个礼物到底应该送什么，她纠结了好一阵子——时笺擅长手工编制，原本想给他织条围巾，但现在是夏天，不太应季，思来想去好久，最后决定织一条空调薄毯。

时笺很喜欢做手工的过程，在制作中好似把自己的心意也完全倾注进去，崔成静近来交给她的任务都不算太难，时笺每天都可以抽出一到两个小时来做这件礼物。

她用不同深浅的暗蓝色毛线勾出了图案，是一朵朵浪花的形状，显得温柔而沉静——这是他在她心中的模样。

设计好主体之后，时笺在薄毯长边两端都做了垂落的流苏，显得柔软而可爱。

她将薄毯挂起来端详，每一处细节都感到很满意，于是连同生日贺卡一同寄出去。

他估计要一段时间才回国，不会那么快就收到。时笺也没有发短信告知他——她想等惊喜保留到他亲自拆礼物的时候。

陆译年已经毕业，八月就要在申市入职，到时候他们便是异地恋，双方都觉得有些不舍，陆译年说这个周末会来北京看她。

时笺自然觉得高兴，她已经很好久没见过陆译年了，平常总是靠发信息或语音交流，沟通也不够及时。

本来约会的餐厅和后续的游玩都已经安排好了,谁知道实习这边出了岔子。

正是幼儿园虐童案,审核成片时发现时笺负责的空镜中带到了幼童的正脸,而事先并没有取得家长的同意。现在临时联系幼童的家长,对方拒绝自家孩子出镜。

崔成静知道这件事之后发了很大火:"没有得到监护人的同意,这种素材肯定得撤下,这是常识性问题啊!你怎么会犯这种错误?"

本来按计划成片马上要播出了,时笺沉默下来。她的本意是只想拍孩子身上的伤,这是被家长允许的。但是不经意间拍到正脸,当时也没太注意,她以为打上马赛克就好。这是她的失误,也是她缺乏工作经验,太过于想当然了。

时笺连连道歉:"对不起!崔老师,我还有一些备用素材,您看能不能拿上去填充,然后我马上再去拜访一下对方,补拍空镜。"

二次拜访,受害者的家长的心态又不一样,他们担心自己的举报会暴露孩子,从而使孩子遭受更不公平的待遇。

时笺买了礼物送上门,又陪着聊了许久,才重新获得补拍的资格。

风波总算平息,但是不管怎么说,她和陆译年的约会算是彻底泡汤了。陆译年在北京无所事事地待了两天,周日晚上回申市。

临走前,他们匆匆吃了顿饭,时笺去机场送他。

陆译年抱了抱她,不知道是因为来回奔波的疲惫,还是因为别的什么,总之,情绪不太高涨:"笺笺,你要照顾好自己。"

时笺举起手臂回应了他:"你也是,加油!"

陆译年看着她,欲言又止,但最终什么都没说。

他走到安检口,回过头远远地隔着人群朝她挥手,少年的双眸依旧明亮、清澈,但时笺在那一瞬间有种错觉——他不会再回来了。

第三章
想见海

大三的秋季学期眨眼就飞快地过去,很快是 2017 年。

其间,"海"给时笺发来信息,说他很喜欢她送的生日礼物,时笺骄傲地说:"是我自己做的哦!"

他说:"很好看,我已经裱起来挂在了墙上。"

这个夸奖实在太过分,时笺反而觉得不好意思了:"挂起来干什么?我希望对你有用的。"

他此时一定在笑:"开玩笑的,用着呢。"

陆译年的工作是软件工程师,又在互联网大厂,每天都特别忙。时笺已经很习惯两个人直到晚上才开始聊天,通常隔几天打一通电话,褚芸和姚乐安打趣说受不了恋爱的酸臭味,时笺每次还要压低声音到走廊里去打电话。

陆译年经常感到很疲惫,但这是他自己选择的路,他乐在其中,时笺也不好说什么。

偶尔会聊到家庭,不可避免的,时笺会给予关心:"叔叔、阿姨最近怎么样?"

陆译年会分享一些家里发生的事情,比如说,添了新成员——一只可爱的柴犬"丁丁",又或者说,他们一家人在周末得闲时好不容易凑齐,一起去博物馆看展出。

有时候，他会旁敲侧击地反过来问她，但时笺总是下意识地逃避——他们好像越来越没有话题可聊。

距离变远，工作、生活、学习的节奏开始变得不合拍，又没有很多时间能和对方说话。加班后的某天晚上他格外反常，叫她："笺笺。"

"嗯？"

"毕业后你愿意来申市工作吗？"

时笺愣住，这个问题让她感到猝不及防。如果放在以前，在她的选项中，北京永远是第一选择。

"也许……看看之后有什么样的机会。"

"你没考虑过，对吧？"陆译年冷不防地说。

时笺："不是……"

"我知道你没考虑过。"他竟然自嘲地笑起来。

时笺这才意识到他喝醉了："怎么了？"

"没什么。"

时笺更加意识到，他们的关系出现了问题。原来能够互相站在对方立场上出发，互相体谅，现在竟然开始出现冷言冷语。

"你在哪里？不在家里吗？你在酒吧？"

陆译年不说话，今天他最好的兄弟失恋，女生在美国读书，接受不了异国恋。两个人拉扯了好几个月，最终决定分手。

可明明是兄弟失恋，为什么现在好像变成他来买醉。

时笺从来没有对他敞开过心扉，距离让他感到更加不安。

"为什么你从没对我说过你家里的事情？我什么都不知道。时笺，我对你，什么都不知道。"听筒中传来陆译年低落的喃喃声，要是换在平常，他不会这样不绅士地质问。

时笺抿了抿嘴唇，很长一段时间都沉默着。

"大概……是因为我的家庭背景没有那么出众吧。

"你知道，我是来自小地方，那里的门转动起来都有'嘎吱嘎吱'的声音，天热时空调不灵敏，有时候吹电扇更方便。这些事，我不知道对你如何说起。

"我承认,一直以来,是我对你不够坦诚,但这只是因为你是我喜欢的人,我不想在你的面前显得自卑。"

时笺知道热恋期过后会有阵痛,现在他们又不在一起,很多事情无法及时沟通。但她愿意去进行修补,一段关系的维系需要两个人都付出努力。

如果是"海"在,他一定知道她能说出这番话已和曾经的她有多大的区别。

可是陆译年的声音依旧冷淡:"但是笺笺,你知道我等了多久吗?快两年了,如果今天我不问,你打算什么时候告诉我?"

时笺没能接住这句话,又听他继续说。

"我上次看到你的短信,你的叔叔叫你阿午。"陆译年的语气听起来有些难过,"笺笺,我从来不知道你的小名叫阿午。"

时笺没听到别的,只是冷不丁地出声:"你看我的短信?"

"只是无意间的一瞥,我没看到具体——"陆译年的话音顿住,很快又反问,"我不能看你的短信吗?那为什么别的情侣,可以互相知道彼此的手机的密码,可以随意翻看微信聊天和支付记录?"

"那也不是所有人都会这样……"

"他们是情侣,我们就不是情侣吗?"陆译年问,"你告诉我,我们真的是情侣吗?"

时笺慢慢红了眼眶:"我以为你会懂得我,知道我在和人亲密相处时会有些障碍。"

心扉很难打开,很难交心。陆译年不是不知道,相反,他在追她的时候就了解得很清楚,他只是感到挫败,太挫败了,这么长的时间却走不进一个人的内心。

他们原本都没有错。

但是时笺先低了头:"对不起。"

"你最近状态不好吧?工作压力是不是很大?这周我有个考试,下个周末，我可以去申市看你吗？"时笺小心翼翼地说，"我都告诉你，好吗？不要生气了。"

电话里响起压抑的呼吸声。

过了好久好久，听见陆译年闷闷地说："对不起，笺笺，是我错了。我不是有意朝你发脾气的，我只是太想你了。"

"我知道。"时笺的心软成一汪水，她停顿了一下，补充一句，"我也是。"

一通电话说开，两个人的关系迅速缓和下来。

陆译年的工作太忙，实在走不开。于是期末考试之后，时笺立即买了去申市的机票。

陆译年要替她出钱，她没收，而是选择了最便宜的经济舱——才三百块钱，她负担得起。

陆译年便笑："又和我分得这么清楚？"

时笺听出他在委婉地表达不高兴，但他不懂，在她的观念里，去申市看他这件事是她心甘情愿为他做的，所以买票更要自己付钱。

时笺不希望这其中掺杂了别的东西。她喜欢一个人的时候会有很多属于自己的坚持。

陆译年如今住的地方仍然是父母购置的一处高层公寓，户型很好，通风和光照都不错，足够宽敞，还有一间多余的客房，正好可以让时笺住。

时笺安顿下来，到处转了一圈，看到阳台上放着几盆不知名的小花。

"你的花都蔫成这样了。"时笺悉心给它们浇水，噘着嘴说，"你是不是总忘记照顾它们呀？"

陆译年站在她的背后，倾过身靠近她的脸颊，亲昵地道："那你今后就留在这里，它们就有人照顾了。"

他的头发弄得她的耳朵有些痒，时笺躲开，没忍住笑起来："然后你就当甩手掌柜啦？"

正值午后，两个人窝在沙发里一起看电视剧，时笺放松地倚在扶手上，度过了欢声笑语的一个下午。

陆译年的公寓有厨房，他亲自包办了晚饭，美其名曰"尝尝我的厨艺"。

还真不赖。

时笺原以为他是十指不沾阳春水的类型,如今对他刮目相看,她也兴致勃勃地说:"明天我给你做饭。"

陆译年笑着说:"好。"

时笺没有忘记这一趟过来是为了什么。

那一晚,他们聊了很多,她把现如今能开口能启齿的都说了——她住的那个老式居民楼破旧又窄小,她的父母都在外地务工,她在学校里受人排挤,她很早就寄养在姑妈家,但可惜姑妈、姑父,还有表哥都视她为异类,一度强烈阻挠她去北京,她差点就被困在那里过完一辈子。

至于剩下的,时笺想,剩下的等以后再提。

陆译年听后感到很震惊。

他没有想到她会有这些经历,连安慰的话都组织得很笨拙,只能小心翼翼地拥抱她。

时笺安静地平复呼吸,过了一会儿自己微笑起来:"没事,也过去好多年了。"

"嗯。"

又沉默了一会儿,陆译年低声问:"那你的那个叔叔呢?他是做什么的?你和你姑妈家的不愉快,不能再去找他吗?"

时笺蓦地咬住嘴唇。

她欲言又止,最终还是说:"是远房表叔。血缘关系比较远了,他也不住在茂城,我不好意思再去麻烦他。"

"哦。"陆译年没有再深问。

晚上,时笺在客房入睡。她伸手关台灯的时候在柜子上摸到了一个发圈,拿过来在光下一看,原来是一根绑头发的皮筋。

这时陆译年来找她,时笺还在发愣,听他发问:"那是什么?"

时笺说:"我在床头柜上找到了一个发圈。"

借着光,陆译年看清了这个东西,先是迷茫了一会儿,突然反应过来,很快开口解释："之前我搬到这里，我妈邀请世交家的朋友过来做客，这个东西应该是她的女儿落下的。"

时笺问："那怎么会在卧室里？"

"她暑假那时候在申市这边参加一个比赛，我妈没经过我同意，把这个公寓借给她住了几天。那几天我都睡在家里。"

他的神色有些不自然，怕她因为这里有别的女生住过而介意，但时笺只是点点头："哦。"

陆译年看看她的脸色，观察无异常后，松了口气："我还以为你生气了。"

"你都跑回家了，我为什么要生气？"时笺刻意抿着嘴唇看他，但唇角泄露出一丝促狭。

被陆译年捕捉到，他笑着在床边俯下身来："看来我有一个善解人意的女朋友。"

他玩笑着提起文艺部某个同级同学的名字："唐子扬的女朋友能为这种事跟他闹脾气一整天。"

在申市的两天过得很快，时笺买的周日晚上的机票，陆译年本来计划要送她去机场，不料，下午他的母亲打来一个电话，说临时有一个很重要的应酬需要他一同出席。

女人在电话里的语气斩钉截铁般不容拒绝，陆译年一时之间也拿不准对方是什么样的人物，正在纠结如何推拒的时候，时笺说："没事，我自己去机场就好了，你不用管我。"

陆译年："可是……"

"没什么可是，我都多大的人了。"时笺笑着说。

飞机起飞在晚上十一点钟，本来是想尽可能在这边待得久一点才买的晚班机票。现在陆译年出去和人吃饭，时笺在公寓内收拾好自己的行李，步行去地铁站。

因为是高端小区，地铁站离得并没有那么近，大概有几千米的距离，中间还要经过几个老社区和巷子。昏暗的路灯撒下来，四周没见什么人。

拖着箱子等待红绿灯过马路的时候，时笺忽然感觉对面的树丛里有道影子一闪而过。

她察觉到不对劲，待想要看个仔细时，那里已经没人了。

刚准备过马路，后颈就传来大力，将她连人带箱子拽进了车里。

时笺能自如呼吸和视物的时候，才发现自己已经身处一处偏僻的筒子楼，睡在硬邦邦的床榻上。

她的身下垫着的不知道是谁的衣服，散发出一股难言的酸臭味道，时笺赶紧坐起来，这一下就看到了面色阴沉，居高临下地俯视她的男人——袁志诚，近三年没见的姑父。

地上有许多空了的酒瓶，时笺突然向后瑟缩一下，但背部很快就抵住了墙壁。破旧的粉面墙纸随着这次撞击簌簌地落下来。

"你就这么一走了之，有想过我和你姑妈、哥哥该怎么办吗？"

袁志诚咧开一嘴参差不齐的牙齿，朝时笺阴森地笑起来。时笺顿时条件反射般地蜷缩了起来。

她整个人都在发抖，因为害怕被打。

原以为逃离茂城，就远离了曾经的梦魇。没想到噩梦再次降临，将她完全笼罩在内。

袁志诚只是笑笑，轻声慢语地说："小笺现在有钱了，怎么也没想着寄点回来孝敬孝敬家里？"

"不懂事不要紧，姑父教你。"袁志诚俯下身，正对上她已经有些微红的眼睛，拍拍她的脸，"现在打电话给你的男朋友。说，你想要点现金。"

是原来的一个老乡，勇哥，在申市钻营发达了，撺掇袁志诚也一起来做什么合资企业，搞些高利息投资。这些年袁志诚自己也有一些积蓄，对方为了展示诚意，接他过来以后美酒好菜地供着，做尽主人之谊。

袁志诚也是无意间看到了时笺和一个年轻男孩并肩逛街，出入高端商场。

他跟踪、盯梢两天，又看到这个男孩坐上一辆车走了，然后时笺独自下楼。

袁志诚一问勇哥,才知道那种车一辆起码值两百万,而那栋公寓也在寸土寸金的地带。

怪不得这个兔崽子一往外面跑就不回来了,原来是傍上有钱人了。

勇哥暂时借给他这套房子住,说先委屈一下,还说以后会给他换更好的。可照袁志诚看,这还不如通过时笺来钱快。

"嗯,多少呢?"袁志诚捡起地上的一个空酒瓶,漫不经心地抛转,"不如先要二十万。"

时笺的发丝散乱在肩头,两颊翕动片刻,轻轻颤抖着道:"我的男朋友也才刚工作,没那么多钱。"

"他家里有钱,不会拿不出。"袁志诚丝毫不在意。

"他的父母不喜欢我,不会为了我掏这个钱的。"

"小笺,这个钱可不是一次性要的。你把姑父想成什么人了?绑架侄女勒索?不是的,只是让你时不时寄一点生活费回家,也算是回馈姑父、姑妈这些年养你费的心力。"袁志诚蹲下来,噙着笑看她。

他将酒瓶随意磕在地上,发出"嘭"的一声震天响:"分几次要,会不会?过节的时候跟男朋友要个一两万,不过分吧?"

"我知道你不会听我的,那为了让你乖乖听话呢……"袁志诚的笑容突然变得极其怪异,站了起来。

一切都在电光火石间发生。

在时笺的厉声尖叫之中,身上的外裳被男人徒手撕扯开,巨大的黑影覆盖上来将她压住,时笺什么都看不到了,只有手机的闪光灯刺痛眼睛。

一股子恶臭的酒味和汗味冲了过来,时笺感到胃里翻江倒海的,想呕吐。

她想逃,又被袁志诚用大力拽了回来。衣服一件件被剥落,只剩下两块少得可怜的布料。她用尽全力疯狂地挣扎着,却怎么也甩不脱牢牢的桎梏。袁志诚用手机对着她拍了很多张照片。

"只要你敢报警,我手机里的这些照片会全部上传网络。"

最后,一切停歇下来,安静得如同末日。

时笺缩在床上,将已经破得不能看的衣服重新盖在身上,和脏臭的衣物混在一起,无声而缄默地流泪。

袁志诚把自己的一件旧衬衫劈手丢在她的脸上,声音毫无温度:"记住了,和我们对抗就是要付出代价。你再逃也逃不出这个家。"

兴许是拿到了她的把柄,袁志诚放心许多,去厕所解小便。

进去之前,他说:"不准跑,在这里等我出来,不然我就把照片发到网上。"

然后他就关上了卫生间的门。

趁这个空当,时笺颤抖着摸出自己被他放进抽屉里的手机,给陆译年打电话。

拜托了!

求求你!

接电话吧!

她的手在不停地发抖,几乎要握不稳手机。思绪也搅成了一团乱麻,根本无法思考。

手机里发出"嘟嘟"的声音,始终是忙音。时笺变得绝望了。

她知道自己的时间不多了。卫生间里的冲水声已经响起,她抢着最后的几秒钟给"海"发了两条信息。

"救我。"

"B05。"

那是房号,时笺刚才匆匆去看的,但她没有多余的信息可以传递了。

小区叫什么名字?她现在在什么位置?统统不知道。

袁志诚出来的时候,时笺仍然维持着原来的姿势抱膝坐在原处,她脸上的泪痕逐渐干涸,只是双眸通红,脸上的表情近乎麻木。他特地拉开抽屉看了一眼,她的手机还好端端地放在原来的位置。

袁志诚轻轻哼了一声,没说什么,只上下打量了时笺一眼。

女孩的一张小脸虽然苍白,却也能看出底子极好。睫毛浓密,双眸漂亮,尤其是咬着嘴唇哭起来的时候更是显得楚楚可怜。

以前没发现，他的这个侄女，不知什么时候已经长成大姑娘了。

袁志诚忽然意味不明地说："时候不早了，今天先住在姑父这里吧。"

这里有一张床。条件这么差，怎么睡得下两个人？

时笺全身上下泛起一层鸡皮疙瘩，随着他靠近，胃里泛起一阵恶心，条件反射般地缩向角落，双臂护在胸前。

"哟，小笺这么怕姑父啊？"袁志诚的声音里多了几分不三不四的调笑，"怕姑父做什么啊？"

眼看着他又要欺近，时笺颤抖着声音开口："钱，你要二十万，那么多我给不了。"

袁志诚的眼神立刻变了，劈手甩过来一巴掌："小兔崽子！你是不见棺材不掉泪，是吧？你不怕我把照片发出去，是吧？"

时笺的脑袋狠狠偏向一边，浓郁的血腥味霎时充满口腔，她止不住地咳嗽起来，疼得要死，她垂着头捂着脸，几乎听不见自己的心跳声。

抽屉里的手机在静静地录音，时笺要引袁志诚把犯罪动机都说出来。

"怎么着？还是心疼你的男朋友当冤大头啊？"袁志诚冷笑着，"可是都这么半天了，他怎么连通电话都没有打来呢？"

时笺的心狠狠地抽痛了一下。

陆译年去参加饭局，没能及时看手机，她知道。

时笺深吸几口气，脸色苍白地摇头："所以，姑父，你也看到了，我和他的关系不好。我如果要太多钱，他会感到讨厌。到时候还没拿到多少钱，我先被他甩了。"

"你唬谁呢？"袁志诚上上下下地打量她，忽然冒出语气难辨的一句，"都同居了，肯定没少在一起干坏事吧？"

他的目光像是狗皮膏药一样黏在时笺的身上，她感到不寒而栗。

时笺觉得自己就要吐出来了，她掐住自己的咽喉，拼命咳嗽起来。

眼看袁志诚凑过来，表情也变得凶神恶煞，时笺惊恐地叫起来："对不起，姑父！钱我可以给！我可以给！"

"我找我男朋友要，你不要打我，二十万三十万都行，五十万也行，求求你,求求你不要打我——"

她的嗓子都在刚才叫哑了,袁志诚蓦地停下动作,眯起眼睛:"这一下五十万也行了?有意思,接着说。"

"是我刚才撒谎了……我男朋友平常很宠我的。我每次要少一点的话,他会给我的。"时笺边哭边说,像是一朵迅速灰败的花,"一次一万,够不够?我每个节日都要,情人节、七夕、过年、中秋……"

"一次两万。"袁志诚说。

时笺的指尖瞬间在暗处掐进掌心,一阵入骨的疼痛,她忍住巨大的恐惧,强迫自己抬起眼睛直视他的脸:"万一要是让他觉得我贪心,以后不给我了,怎么办?少量多次,可以要更多……以后逢年过节,我……我都给家里汇钱,这样可以吗?"

袁志诚的神色稍缓,露出一副若有所思的模样。

少顷,他又笑,提道:"你刚才自己说的五十万,我觉得挺不错呢,你说呢?"

"我……我尽力……"

"尽力?"袁志诚的声音又拔高。

"不,不!我是说,五十万,没问题……"

时笺的身体忍不住发抖,只能祈祷时间过得再快一些,让她赶紧逃离这个梦魇。

时笺与袁志诚商量要钱的细节,用各种话术描绘未来的蓝图,使出浑身解数与他周旋得更久一些。半晌,袁志诚终于似乎察觉了什么,揪着时笺的衣服将她拽起来,厉声道:"想拖延时间是吧?你给谁通风报信了?啊?"

说着就要去拉开抽屉拿她的手机检查,就在时笺濒临绝望的时候,外头突然有人礼貌地敲门,是一个陌生的男人的声音:"您好?"

袁志诚的动作停住,先是狐疑地扫了时笺一眼,她讷讷的,毫无反应,于是他扯开嗓子问:"谁啊?"

"送外卖的。"

袁志诚走到门口，面无表情地道："我没点外卖。"

对方不卑不亢地道："单子上的地址写的是B05呢。您没点外卖，也许是别人点给您的？"

里屋没动静，外头又说："这单子上面写的，是给兄弟点的夜宵，点了很多呢，啤酒、烧烤，两个大袋子。"

是勇哥，袁志诚这才打消疑虑。

至于这小兔崽子，没关系，照片在他的手上，难不成她还敢跟一个送外卖的求救？

然而，门打开的一瞬间，两个穿着警察制服的男人扑上来直接将他的双手扣住，反剪到背后。袁志诚惨叫一声，双膝跪地，被用力按压在地上。

外头的警笛声响起。

时笺盛满泪水的双眼在这一刻被霓虹照亮了。

她赌"海"会看到她发的那条消息，她赌他会让人来救她的。

她赌对了。

坐在派出所的休息室里，时笺一直不停地流泪，发抖。

她已经穿上了好心人提供的干净衣服，里里外外好多层，时笺却还是觉得冷，双臂抱着膝盖缩成一小团。

袁志诚的手机和她的手机都已经交给警方。有录音作为嫌疑人施虐、胁迫及勒索的最直接的证据，再加上时笺身上林林总总的伤痕，已经足够立案。

旁边的女警一直在温和地哄慰她，试图做心理疏导，时笺的脑子里却始终一片嗡鸣，完全听不见外界说了什么，只是呆呆地望着一个地方，失神。

女警见状，低低地叹了口气，走了出去，轻轻合上了门。

一个年轻的小姑娘遇到这种事，实在是命苦。

临下班时，队长从审讯室出来后踱着步打电话："小姑娘受到不小的惊吓,身上也有伤,一直在哭,我让同事去安抚了……那个畜生打了她,其他就是照片……好,照片我会让人全部删干净,你放心。"

那边只说:"这次谢谢你了。"

时笺觉得恍恍惚惚的,不知道自己呆坐了多久,女警又进来,将她的手机放在桌面上:"有人想和您通话。"

时笺没有应声——她想说话来着,可是为什么喉头好像被锁住了一样,几乎无法呼吸。

女警开启了免提功能,退出去,偌大的休息室只留下她一个人。

下一秒,熟悉的声音响起来:"阿午。"

时笺的眼皮轻轻颤抖了下,紧接着她看到了那个熟悉的备注——"海"。

她的心头炸出一声巨响,惊天动地而又无声,仿佛一面厚实的墙就这么搭建起来,将被伤害处严丝合缝地包裹、合围。

"交给我,阿午。"他的声音低沉而温柔,只是隐约含着海边沙砾的暗哑,"交给我,相信我。"

他的话音刚落,时笺就捂着脸痛哭了出来。

"阿午,没事了。"他轻声哄着她,"没事了,我在,我在这里。"

时笺不说话,只是哭,像只受伤的幼兽般号啕大哭,像是小时候玩具坏了,跑到大人的怀里拼命用力地哭。

"别怕,不要害怕。"

他一直小心翼翼地哄着她,过了好长一段时间,才听到她出声。

"你可不可以不要听录音?"时笺的声音近乎嘶哑,崩溃地说,"你不要听录音,我不想你听到录音……"

"我不听录音。""海"重复一遍,声音低低的,"我不听录音。"

时笺的声音低了下去,只剩下一抽一噎的,带着令人心碎到极致的脆弱:"还有照片,还有照片……"

"阿午。"他叫她的名字,"录音我没有听,照片全删掉了。我不会再让他出现在你的面前,不要害怕。"

他说没有听,那她就选择相信;他说照片被删掉了,那就没人会再看到;他说不会让袁志诚再出现,那她以后都不会再见到这个人。

没有原因,时笺就是无理由地相信他,只要他说出口。

"真的吗?你保证。"

"我保证。"

时笺的鼻子、眼睛全红红的,脸颊湿漉漉的,泪流满面。

她将脑袋埋进臂弯里。过了一会儿,才有细薄如丝线的声音沿着听筒传来:"呜呜……我好想你。刚才,刚才我想死的心都有了,但我想起你,我就坚持下来,我知道你会来的,我知道你只要看到消息就一定会来的……"

"嗯,我会来。"他的声音已经低得不能再低,气息声也加重,"囡囡,不要哭了。"

时笺的啜泣变成一抽一抽的剧烈喘气,她在努力压抑自己,但胸口就像是一截破败的风箱,发出"嘎吱嘎吱"的难听的声音。

她努力抱紧自己,缩成小小的一只。

这时候时笺听到电话那边传来压抑的咳嗽声,不过很快止住,她抽抽搭搭的,眼睛还红着,却如惊弓之鸟般直起身子问:"你怎么了?生病了吗?"

"没有。"他又咳了两声,声音略带沙哑,"只是小感冒,别担心。"

时笺的心悬在半空中,像被一根绳子捆绑、勒住般紧缩,刚遭受过的巨大冲击让她的情绪变得又脆弱又敏感,刚止住的眼泪又一刻不停地掉了下来。

"海"极力安抚她:"我没事,真的没事。囡囡不要哭。"

他哑着嗓子拙劣地转移话题:"马上就要过生日了,想要什么礼物?我在日本看到旋转木马音乐盒,当音乐响的时候马匹会上下移动……又或者那种手作小屋,在核桃或是茶壶里放置迷你家具,也许你会喜欢。

"或者捕梦网,永生花,你喜欢什么花?郁金香还是向日葵?我曾见过有画家用小型的干花铺出莫奈的名作《睡莲》系列,很漂亮,到时见面我再问一下对方愿不愿意出售……"

他又对她讲了很多话,后来在女警的帮助下,先给她在附近找到一个安全的居所安顿下来。

其间,她一直保持着和"海"的通话。

他们都不说话,他只是听着她的动静,听她有没有再哭。

后来时笺要去洗澡,他才让她挂了电话。

时笺洗了很久的澡,她用力搓洗身上的皮肤,一直到搓出红痕,感觉到疼痛才罢休。

然后她便上床,侧躺着窝进温暖的被褥中,慢慢地将自己缩成一团。

他们又通话。

这次单纯是他在讲,时笺在听。

他讲他以前出去旅游的经历,坐直升机到美国大峡谷,想看马蹄湾,不过雾太大,什么也没看清,只记得天气很冷,下了点小雪。也去非洲国家公园近距离看过老虎和狮子,还有角马过河的壮观场景,那里的动物木雕栩栩如生,一个只要五块钱。

他还去过爱琴海,拱形的圆顶建筑,从天空到海洋,再到建筑都是漂亮的蓝色,一路上岛屿众多。法国普罗旺斯则是薰衣草和葡萄酒的盛产地,以中世纪的骑士抒情诗闻名,最后是纯净的新西兰,放眼望去都是碧绿的平原,茂密繁盛的大树,绿草茵茵,细嗅都是草木和泥土的芬芳气息,那里是牧民的天堂,驼毛十分柔软……

听着听着,时笺就睡着了。

时笺睡到第二天早上六点,蓦然从梦中惊醒,觉得神思恍惚。她条件反射般地摸向自己的衣服领口,待迟钝地拿起手机,又重新用被子把自己严严实实地盖紧。

和"海"的通话已经在凌晨两三点钟某个睡得迷迷糊糊的时候不经

意挂断了。

时笺这才去看微信。

陆译年给她发来三条未读消息。

时笺的呼吸短暂地停顿了一下,她原以为会有更多的,毕竟她一整个晚上都没看手机。

她在九点多给他打了电话过后,到差不多十一点他才回。

陆译年给她打了两个电话,她没接,他又发微信:"笺笺,我一直在吃饭,一直在聊天,没看手机,现在才回家。"

陆译年:"你登机了吧?"

陆译年:"到学校了和我说一声。"

飞机已经起飞,他以为她按时登机,然后就没再发消息。

可能是太累了,本来想等她的消息的,陆译年回去后直接睡着了,现在还没起来。

时笺的指尖停顿在键盘处,好几次想输入什么又生生顿住,最后颤抖着把自己深深地埋到被子里。

她只要一想起那个散发着霉味儿的出租屋就生理性地感到恶心,要怎么说出口,她遇到这种事情。

除了让陆译年着急、难过、自责,告诉他不会有任何用处。

反正再也不会见到袁志诚这个人了。

算了吧。

算了。

她给他发消息:"我回校啦,昨天太晚了,我太困,所以直接睡着了。"

到了上午十点钟,她才收到陆译年的回复:"哈哈,我也是。"

再没有其他的消息了。

时笺回到北京,连续几天状态都很不对劲,吃不下东西,整个人无精打采的,晚上失眠,早上又很容易惊醒,连舍友都看出了她的一反常态。

已经放了暑假,褚芸和姚乐安都回家了,只有江唯唯一个人在寝室里。

"怎么了?"她私下里这样小声地问时笺,"是和陆学长闹矛盾了?"

时笺愣住，过了好一会儿才勉强扯起嘴角："没有，就是太累了。"

可能真的是太累了。

休息，她需要休息。

时笺经常在晚上九十点钟就上床，一觉睡到将近十一点才起来，浑浑噩噩的。

她把自己缩在一个厚重的壳里，连陆译年找她的频率明显降低也没有发现。某一天晚上，他突然给她发消息："我思来想去，还是想问问你，你有没有什么事没和我讲？"

时笺完全愣住，不明白他所言何意。

她下意识地就想到袁志诚的事情。

时笺不知所措地发愣，用自己仅剩的理智思考——如果是在说那件事，他不该是这样的语气说话。

至少不该这样质问她。

陆译年说："你有没有什么事没和我说真话？"

时笺不知道他在说什么，她说没有。电话那头再也没动静。

那天不知道怎么了，两个人都很不对劲，也没有人再去解释。时笺后来想起这件事，晚上又给陆译年打电话，是别人接的。

应该是他比较要好的兄弟，那头的声音很吵，震耳欲聋的欢闹声，大概在酒吧。

"喂？我是许朔。"对方的声音带着微醺，有点喝高了，"译年去卫生间了，你稍等一下啊。"

"哦。"时笺乖乖地说。

男生似乎闲着无聊，和她搭话："上次他和你去的那个艺术馆好不好看啊？是抽象派的巡展，对吗？"

时笺感到很迷茫："什么艺术馆？"

音乐很大声，他也要吼得更大声才行："我说刘盏盏，你这是金鱼的记忆啊！这不是前天刚去的吗？我正好有点事，没来得及一起！"

时笺觉得更蒙："你在说什么，我……"

电话中忽然传来陆译年温和的声音："干什么呢？"

许朔："盏盏来电话啊，我就跟她闲聊。"

"你看错了，这是我的女朋友。"陆译年说。

许朔"啊"了一声，也许是仔细看了下备注，这才了然。他尴尬地吼了一嗓子，陆译年接过电话，喊她："笺笺。"

时笺慢慢反应过来了："许朔刚才说的人是谁？他说你和她一起去看画展。"

陆译年说："是我上次和你说的，我妈的朋友的女儿。不是我们俩单独去的，还有两个朋友。"

他沉默半晌，和她解释道："他们家是我家很重要的生意上的合作伙伴，来申市，需要招待一下。"

有什么东西剥丝抽茧般地慢慢浮出水面，时笺问："阿姨是不是经常用各种名义让你们两个人相处？"

又是一阵沉默。

陆译年走到靠近门口的地方，声音没有那么嘈杂，他先是答应一声，又含糊着道："也还好。"

陆译年的父母看不上她，时笺知道，所以他们会自作主张地给他安排门当户对的相亲对象，她也能预料到。

但她真正在乎的是他是怎么想的。

时笺这才意识到自她回北京后，他的态度好像变得冷淡了，却又不知道问题出在哪里。

酸水开始"咕噜咕噜"地往外冒，时笺尽量保持冷静地发问："你们还在一起做过什么事情？"

"没什么，就听过一场音乐会，吃了几次饭。"陆译年说，"音乐会也是几个朋友一起去的。"

"你怎么都没告诉我？"

"你当时学业很忙，马上要期末考试。再说，我怕你知道了多想……"

可他明明知道父母的动机。

有过一次，就会有第二次、第三次，只要他答应下来，这件事就永无止境。

"为什么不能拒绝呢？为什么不能明确地告诉对方，你有女朋友？"

"因为生意关系绑定得太紧了，有时候我们也需要倚仗他们。"陆译年的语气好似有些感到头疼，"面子上的东西还是得做，你明白吗？况且，听几场音乐会，看几次画展也不意味着什么，只是待客之道罢了。"

这一刻，时笺突然觉得陆译年变得居高临下起来，他要尊重父母的意见，他要遵循上流社会的游戏规则，所以他理所当然地这样行事。

她没忍住，问道："所以你就在这种模糊的边界上玩心眼？"

"我没有，我真的平常都离她远远的。只有她偶尔来一次，不得已的时候才见面。"气氛有些压抑了，陆译年开了个玩笑，无奈地道，"我最喜欢，也只喜欢我的女朋友，可她现在好像还不知道，还在和我闹脾气。"

时笺没有笑，她试图站在他的角度上思考问题。

从他的角度出发，这番话没有错，社会上很多东西都需要粉饰，需要虚与委蛇，她不是不懂人情世故的书呆子，也知道这样做有其道理。

但她只是想寻找他爱自己的证据——他本来可以态度更强硬一点，不是吗？

他可以为了自己的职业选择和父母冷战，甚至在断了供给时依旧坚持自我，为什么在这件事上不能为她再往前迈一步？

不进则退。他的父母也在试探她在他心底的分量，相信他们已经有了答案。

是太年轻吗？或者社会地位的尊卑天生就决定处事时用不同的度量衡？

时笺不懂，她仅存的力气只够她问出最后一个问题："我回北京那天晚上，你也是在和他们家人吃饭，对吗？"

良久而难堪的沉默自两个人之间的缝隙逐渐蔓延开，陆译年说："对。"

闸刀落下，自脑中发出一声重响，时笺闭上眼睛，轻轻颤抖着声音道："我明白了。"

"就这样吧，我挂电话了。"她想，她需要冷静一下。

"等一下，时笺。"陆译年打断她，"你现在因为这件事在和我生气吗？"

"我没有生气。"时笺说。

是谁说人在遇到爱情时会变成傻子？她也开始口是心非，言不由衷。

察觉到她的逃避，陆译年也有些着急起来："我已经说了，我和她没有一点关系，都是做戏，做给我的父母和她的父母看，表面工作而已。难道你怀疑我对你的感情吗？可我有多喜欢你，你是知道的……"

"你这是偷换概念。"时笺很少跟人吵架，大多数时候她不会和人闹红脸，但今天不一样，"我需要的是，你明确告诉你的父母，你不喜欢他们的撮合，你有女朋友！就算有应酬的需要，会让他们感到为难，也可以用其他方式弥补！"

"好，就算我做的是不妥当的，那你自己呢？"陆译年突然说，"看看你自己做的事，再听听对我说的这番话，难道不是在双标吗？"

"我做什么了？"时笺感到莫名其妙。

"'海'是谁？你的这个叔叔我一直觉得奇怪，那个周末你来申市，我忍了很久，最后还是在分别之前悄悄看了你的手机，果然我不该看的。"

潘多拉的魔盒被打开，他们都失足跌进旋转且扭曲的黑洞中，被愤怒的情绪指挥和操控。

"你们的联系有多紧密。他给你寄糖果，送你职业套装——怪不得你不愿接受我的礼物。"陆译年自嘲地笑，"原来你已经有了，不稀罕我的。你们一起连线看电影，你给他织薄毯。"

潮水漫过岩石缝隙让人窒息。

时笺说："这件事不是你想的那样。我没告诉你来龙去脉是因为我需要时间，你一直都知道的，我需要时间。"

如果陆译年冷静下来，他不会在气头上说这样的话，他想想都应该知道事情另有蹊跷，知道时笺不是这样的人，知道她是全心全意喜欢他的——在和"海"的聊天中，她明明很多次提到自己的男友。

陆译年只是嫉妒那份与众不同，不容为他人打扰的亲密。

太嫉妒了。

"是，你每次把我推开都是用这种理由。他看起来像是精英人士，如果你们真有什么血缘关系，又这么交好，他会忍心让你这样省吃俭用？坐最廉价的经济舱，连出租车都舍不得打，天天坐地铁去实习？又为什么给他一个这么暧昧又模糊，有联想含义的备注？

"他是谁？你告诉我，他真的是你的叔叔吗？

"还是你在网上认识的什么消遣对象。"

时笺气得浑身发抖，拼命忍耐才没有挂掉电话。

她灵光乍现，想到一件令自己无法接受的事："所以你那天晚上故意不接我的电话？"

陆译年并不知道这个答案背后需要付出的代价，他故意气她："是！怎么会有人一晚上不看手机？后来我也没怎么找你，就想看看你会不会察觉到异样之后主动来找我，和我说，但是你没有！"

指甲陷进掌心，时笺的胸口剧烈起伏着，很长时间都没能说出一句话。

有什么东西自手中落下，在地上摔碎成了齑粉，她毫无察觉。

"陆译年。"时笺很久之后才能够出声，一字一顿地道，"我告诉你，我告诉你他是谁。"

"我妈早早就跟人跑了。2013年，我爸爸为了赶回来送我参加高考，意外出车祸去世，我复读一年，却在高考前被姑父、姑妈告知，不让我去北京读书，我还被抢走所有打工积攒下的钱。

"我本来想打电话给心理医生，但是拨错了电话号码，打给了他。在我要自杀的时候，是他告诉我说，不要死，要活着，人生才有希望。

"在和你不认识的时候，我每次崩溃都会去找他，也是他一次次把我从悬崖边救回。

"我去申市找你，被我姑父抓住，带回出租屋差点被打死的时候，我给你打电话，你不接，我给他发短信，他找警察来救我。陆译年，你不会知道那天晚上我感到有多绝望。

"你问我，他是谁？

"我不知道他是谁,不知道他在哪里,不知道他的名字,但我们是真心对待彼此。我已经没有任何亲人了,所以他对我来说就像是亲人一样,所以我告诉你他是我的亲人,我没有撒谎骗你,因为我打心底里就是这么认为的。

"而你不懂,我相信你是不会懂的。你只觉得我坐经济舱和地铁是廉价的,却不明白爱并不是直白的施舍,而是彼此尊重、信任和换位思考。"

时笺用手背擦干眼泪,整个人脱力般萎靡下来,近乎绝望地说:"陆译年,我们分手吧。"

分手的那一天,是时笺生日的前一天。

陆译年原本早就定了礼物,一束玫瑰花和一条蓝宝石项链,在她生日的早晨如期送到。

时笺的眼睛都哭肿了。江唯唯替时笺下楼和快递员交涉,项链退回,玫瑰花也不要。

对方说花不好退回,于是江唯唯还是带了上去。

陆译年和时笺一直都是同学眼里的模范情侣,几乎从来没有和对方吵过架。江唯唯不知道她为什么分手,但是个中酸楚只有自己才晓得,外人无从干涉。

谈了快两年的恋爱,说分手就分手了。上个周末,时笺还怀揣着对爱情的憧憬去申市看他,到现在却戛然而止,如同没有良善结尾的乐章。

时笺一整天都待在寝室里,躲在被子里,好像有流不完的泪。

她拉黑陆译年的手机号码,删除他的微信,他就不断让其他人来找她,生怕她出什么事。

陆译年疯了一样,他甚至请了假飞来北京,带一封手写的信给她。

时笺没有见他,但当他在楼下站足两个小时之后,江唯唯下来了。

两个人对视着,什么话都没有说。江唯唯取走他的信,准备回去的时候,陆译年沙哑着嗓子开口:"她怎么样?"

江唯唯顿足,过了好久才说:"不太好,在哭呢。"

她转过身来，目光近乎责备："你怎么会让她伤心成这个样子？"

是啊，笺笺在他面前从来不哭。

他怎么会让她伤心成这个样子？他们怎么变成这样了？陆译年也想问自己。

曾经的天之骄子，风云人物，在同学眼中有着显赫家世、光鲜皮囊、优秀履历的学长，这一刻只有狼狈不堪。

他一夜没睡，连夜来到北京，来到她的宿舍楼下——以往每次来到这里，他会带一束桔梗花，然后骑车载她上课。

而现在，他憔悴地站在这里。

陆译年看起来状态很差，眼下青黑，下巴上有零星胡碴。江唯唯叹息一声，转身离开。

他的信摊开，放在时笺的桌上。

道歉，都是道歉，说不完的道歉。

他说他很后悔，不应该说那些气头上的话，不应该中伤她在乎的人。在她需要的时候也没能及时来她身边，做了她不喜欢的事情，没有站在她的角度上考虑。全是他的错，都是他不好，她想怎么罚他都行。

只求求她，不要分手，不要甩开他。

他的尊严支离破碎，他在低声下气地、卑微地挽留着她。

陆译年一直在等，周围人来人往，都在默默地打量着他。他不知道有没有认出他的人，他只知道自己近乎绝望，只还剩一口气吊在胸腔。

不知道过了多久，他看到时笺下来。

她好像变瘦了。

这是他脑海中冒出来的第一个想法——上次来申市时怎么没注意到？

她原本就很瘦，只是现在显得更加脆弱且纤细。

时笺的双眼通红，慢慢朝他走过来。那一刻陆译年的呼吸都快停止了，心跳也完全失速，喉头仿佛被扼住，无法出声。

他没有在附近的垃圾桶看到他送的玫瑰花，她收了他的花，是不是代表着还有希望?

她还会原谅他。

"陆译年。"时笺开口,"谢谢你的花。"

她的脸颊上泪水未干,但双眸是明亮的,一如初见那天——陆译年就是因为这双眼睛才喜欢上她的。她的纯真,她的善良,她无可取代的美好。

"但我想我们就走到这里了。"她说。

她的话如同一把利刃狠狠地戳进陆译年的胸膛里,他听到自己的血液从伤口中汩汩流出的声音,甚至没来得及问出一句为什么,猝不及防的痛感凌迟下来。

"笺笺,我错了,对不起……"陆译年带着哀求的神色看着她,"我求求你,不要分手好不好?我真的知道错了,我以后会注意的,真的,求求你不要离开我。"

他伸出双手想拥抱她,像以前无数次做的那样,但这次她把他推开了。

"不要这样。"时笺也哭了,"你不该是这样的。"

陆译年的手僵在半空中。

他应该是什么样的?

他们在一个尚不懂爱的年纪遇见彼此,分开的时候仍不甚理解其中的奥秘。

只是隐约知晓——如果一段关系让我们都变得不再像自己,那么也许到了该说再见的时候。

他应该是什么样的?

他应该永远意气风发,永远骄傲,做她记忆中那个骑车载她的少年。他们乘着晚风夜奔,从新民路高高的陡坡上冲下来,振臂高呼,畅快地大喊出恣意飞扬的青春。

"让我们都体面一些。"时笺踮起脚尖,噙着泪水,却含笑亲吻他的脸颊,道一声,"珍重。"

珍重。

祝你一辈子过得无比顺遂，只是，以后的故事不再由我们一起书写了。

人生中第一次失恋，第一次分手，时笺试图以平和饱满的心态对待。可是很难。

陪伴了自己那么久的人，还是会习惯性地想念。

但她知道自己必须学着忘记。

忘记过去，重新出发。

很多路要自己走，很多事情要自己做。改变过去的习惯很难，但是这也是成长必须要付出的代价。

这个糟糕到极点的生日，时笺唯一的慰藉是收到了"海"送她的一条手链。

链子是晶莹的绿色枝茎，上面缀着几朵绽放的浅米色铃兰，可爱得紧。时笺问"海"这是哪里买的，他说是在芬兰的伊瓦洛小镇旅行的时候，请当地的手艺人定做的。

"海"说："我想你也许会喜欢的。"

时笺红着眼睛回复："嗯，好漂亮。"

他说："喜欢就好。"

时笺没有立即让他知道自己失恋。

她不想总是依赖他，向他传递一些很负面的东西，更何况这件事差点就连累到他。

这一次她不想再得到他的庇佑，想要当个大人，安安静静地自我疗伤，完成化茧成蝶的蜕变。

时笺后来又在陆译年的百般恳求下加上他的微信。

他说："哪怕不能继续走下去，让我在这里安安静静地看着你也是好的，让我看一眼吧，我不会打扰你的。"

他们的聊天对话框里没有人说话，但是都对彼此保持了朋友圈可见。陆译年偶尔会跟她道晚安，时笺也会回复，轻飘飘的两个字发出去之后，胸口传来一阵难以言喻的怅然若失。

时笺用了足足半年时间才彻底放下这段感情。

跨年夜的这天,她抱膝窝在寝室的椅子里,同"海"打电话:"我昨天又梦到他了。"

也是直到梦醒的时候时笺才惊讶地发觉,她已经有这么久没见过陆译年了,以至于回忆起他的脸的时候,脑海中一片模糊,只剩下一圈浅浅的光晕。

时笺感到有些伤感,但也只是一点点伤感而已:"我努力想看清他的脸,但是他很快转身走了。我发现我怎么也想不出他究竟长什么模样。"

"海"静静地听着,他说:"如果在梦里没有看清楚某个人的脸,代表今后还能再见到他。"

大概是某种迷信的说法,时笺却很受用。

"嗯,我想也是。"

"我觉得我长大了。"她乐观地补充,"对待离别,好像态度更成熟,比以前更洒脱了。"

人生就是一场又一场的相逢和离别。珍惜眼前人,在他们变成过客之前。

"海"夸赞她,语气很认可:"你能这么想很好。"

时笺抿着唇笑起来,她晃了晃手腕,几朵小铃兰得意地"叮当"作响。她释然地转移了话题:"嗯,跨年夜,你在做什么呀?"

"和平常差不多。"他回答道,声音还是低沉和缓,"在家里处理一些工作,看看电视节目,然后,""海"的话题一转,明显含笑,"现在在用我们阿午送的茶壶倒水喝。"

在时笺的印象里,他好像一直都是孤家寡人一个。

没有成家,也没有伴侣,工作和自我精神放松占据生活的主要重心。

"海"和她聊天时从不提家里人,她对他确实称得上是一无所知。

但她的注意力很快被其他东西攫取而去,欣喜地弯起眼:"你用了啊!怎么样?好用吗?"

时笺在前几天给他寄了一个柿子形状的小茶壶,是她特地求请一位之前采访过的紫砂壶名家做的。茶壶的外表是橙色的，壶盖是草绿色的，显得颇有点古灵精怪，寓意"柿柿如意"。

不是生日，时笺就用了"跨年礼物"这个借口。

"海"说："好用。我很喜欢，谢谢囡囡。"

时笺感到很开心，想说些什么的时候，忽然涌出一种强烈的愿望——她想要知道，他在说这种话的时候，脸上的表情是怎样的。

原先设下"不获取真实信息"的原则是因为不想破坏心里的那个具象，现在却觉得，他什么样她都能接受，比起心里的踌躇，她更想走近他、了解他，真正地触碰到他。不然总觉得他像是一个虚无缥缈的幻影。

"之后什么时候，我是说，等你方便时……"时笺的声音细软，鼓起勇气问，"我们可以见一面吗？"

不知不觉，他们已经认识这么久了，将近三年有余。之前许多次她都曾冒出过这个想法，但很快又自我否定掉，想着再迟一些，迟一些再说。

但是今天，在这个辞旧迎新的时刻，时笺想，也许可以做出一点改变。

电话被时笺握得紧紧的，话说完之后，她感到一阵没来由的紧张，就好像马上要见到他似的，甚至开始期盼到时会是什么样的情景。

可墙上的秒针在一帧一帧地走动，电话那头始终没有开口应答。

在一阵近乎凝滞的时间里，只听得到很轻微的呼吸声，这样的沉默让她开始变得忐忑不安。

时笺没有想到他会思考这么久。

她的见面邀请好像让他感到很为难，时笺的心情瞬间从高点跌落谷底，也感到一样的难为情，有些慌张地咬着嘴唇弥补："我……我知道你很忙，如果没有时间也没关系……"

"等你毕业。""海"忽然开口。

"啊？"时笺还没反应过来。

"等你毕业之后，好吗？"她听到他在笑，声音是一贯的温柔低缓，"毕业那天，我亲自去学校门口接你。"

第四章
看见海

时笺与"海"保持着通话,迎来了 2018 年。

收到他说的这句话,时笺心中更加笃定新的一年会一切顺利。

那些不好的、糟糕的东西,就让它们彻底地留在过去吧。

姚乐安和褚芸两个人去看学校的跨年晚会了,江唯唯近日谈了恋爱,正是甜蜜期,寝室里只有时笺一个人,但她并不觉得孤单。

"新年快乐!"宿舍楼底下的紫荆操场发出人群欢呼声,伴随着时笺轻快的祝福声。

"新年快乐!阿午。"她听到他低沉的回应。

时笺跑到外面的阳台上,她抬头,第一次在北京的天空中看到星星。一闪一闪的,很明亮。

楼底下人潮涌动,都在庆祝零点的到来,时笺的心跳同样欢腾而热烈。

"你知道在我的心里你像是什么吗?"她忽然提起。

"像什么?"此时星光遥远而温柔。

"大海。很包容,也很神秘。"

说这话的时候时笺眯起眼睛笑了:"小时候爸爸带我去海边看过海,我喜欢在海边听潮起潮落的声音,感觉整个人都放松下来,精神很舒缓。他还会带我捡贝壳,教我辨认各种各样的海鸟。那时候晚风吹过,夕阳落下来，景色真的好美。"

那是小时候的时笺第一次见到这样的景致，晚霞拂过的天空透着橘色的光芒，海边的欢声笑语和潮水声不断，她和父亲互相追逐着奔跑在岸边，不小心"扑通"一声摔倒在柔软的地上，半边脸沾了沙子。

时笺呆呆地愣在原地，她的父亲弯下腰，"扑哧"一声笑了。

"怎么变成小花猫啦？"

她的父亲搀起她粉嘟嘟的小胳膊，伸过宽大的手掌，将时笺脸上的沙子一点点仔细地抹干净。

"好了。"光线笼罩他的半边脸庞，她的父亲笑得很温柔，拍拍她的脑袋，"去玩吧。"

时笺撒娇说走不动了，于是她的父亲说他要当吃菠菜的大力士水手，让她骑在自己的脖子上。夕阳拂过海岸，将他们两个人的身影拉得很长，很长。

这一幕仿佛定格的老照片般在脑海中浮现，时笺停顿了一下，抿着嘴唇："可惜，我已经很久没去过海边了。"

"海"安静地听她描述往事，半晌后，声音低沉地开口："以后总有机会再去。"

"嗯。"

他们又讲了许多的话，时笺敞开心扉，分享了好多小时候的事情，都是记忆的碎片，有欢乐，也有苦涩，回忆像一部旧电影，又仿似一条河缓缓地流淌。

时笺唏嘘着说："爸爸还在世的时候，其实姑妈待我是很好的。"

也是在嫁给袁志诚之后，时夏兰的性格才逐渐变了。生活的一地鸡毛拖垮了她，磨去内心的柔软和善良，她慢慢变成一个时笺完全不认识的模样了。

在袁志诚出事以后，时夏兰从他的手机里找到了时笺现有的联系方式，在电话里歇斯底里的叫喊差点吓坏了她。

"你这个狼心狗肺的东西！你真敢把你的亲姑父送去坐牢？他怎么你

了?你要这样对我们,要这样对我,啊?你这个丧门星,把你爸爸害死了,现在又来连累亲姑姑,大哥就该在你那个没脸没皮的娘跑了之后直接把你扔掉!"

那天晚上,时笺哭着给"海"打电话,他哄她好久。时笺第二天早上起来仍然心中感到忐忑不安,害怕姑妈情绪过激之下再做出什么事。

"不过她后来再也没有找过我。"时笺抱紧栏杆,觉得冬夜的风吹得眼眶有些发潮,"似乎好像认识你之后,我的生活突然变得好起来了,就算遇到什么困难,也都能够克服。"

"海"在那头笑起来:"是吗?"

"能给你带来这样的感觉我很高兴。"他温柔地说。

此刻夜幕四合,喧嚣步入尾声。

操场上的人潮散去,只剩下三三两两的人围坐在紫荆操场上谈天说地。

说期许,说未来。遥远的吉他声和着民谣悠悠传来,有人在弹唱。

Loving strangers
爱上陌生人
Loving strangers
爱上陌生人

It's just the start of the winter
那是冬天起始的季节
And I'm all alone
我独自一人
But I've got my eye right on you
但所有的目光全都在你身上

Give me a coin
给我一枚硬币

And I'll take you to the moon
我将带你去往月球
Now give me a beer
现在请给我一杯啤酒
And I'll kiss you so foolishly
我将像个傻瓜一样吻你

"我们说好了，对吗？"时笺俯瞰下方渺小的人影，向他确认，"我毕业的那天，你会来接我。"

"海"给了她一个肯定的回答："嗯，说好了。"

他们向彼此道了晚安。

时笺回过身，拉上阳台的门，只留出一丝缝隙，恰好足够乐声偷偷钻进来。

她爬上自己的小床，抱着软绵绵的被子陷入踏实又香甜的梦乡。

冬去春来，园子退去银装素裹，树木抽枝发芽。

马上迎来毕业季，很多人都为找工作发愁不已，但是时笺格外游刃有余。

她不太想做上镜记者，还是偏向撰稿，例如去报社做深度记者，或者去一些自媒体当编辑。她也已经拿到几个满意的 offer（录取通知）。有些同学们大四时还在马不停蹄地面试、实习，而时笺可以过得相对从容一些。

校园里的每个学期都有许多丰富多彩的活动。时笺花费近四年的时间，很好地融入了集体，在文艺部中担任重要的骨干角色，参与多场大型活动和赛事的举办，甚至还在三月刚入春时参加校园马拉松，跑得酣畅淋漓。

恋爱分分合合是常事，江唯唯刚交往男朋友又火速失恋，原因是性格实在不合适，其间姚乐安也经历了两次分手，说自己已经看透男人的本质。

宿舍里的四个人，坐在紫荆操场上对月畅饮，痛骂这些年遇到过的狗男人，放在四年以前，时笺还想不到自己会变成这样——能交几个真正知心的好友，一起哭一起笑，拥有很多难忘的回忆。

快乐的时候很多。她变得越来越开朗，也越发感到自信，学会给自己积极的鼓励。

时笺在人际交往中逐渐打开自己，能够当众去勇敢地表达个人的观点。哪怕遇到社会地位或者个人禀赋比她更优秀的人，也可以做到不卑不亢。

她和"海"会保持固定的频率联系。

时笺最近又采访到了一位书法大家，想请对方给他题一幅字。于是某晚通话时问他："我可不可以知道你名字的最后一个字是什么？"

"海"笑起来："怎么突然问这个？"

时笺眨眨眼睛："就是想知道嘛。"

他停顿了一下，还是很给面子地回答了："礼。"

很优雅的字，符合他绅士周到的调性。

就像是装满星星的罐子盖掀开了一丝缝隙，一闪一闪地发着光，时笺觉得心痒，更加想要窥视其中，但她还是忍住了——把惊喜留到毕业那天再说。

"哦。"她翘起嘴角。

"海"说："既然你已经知道我名字的最后一个字，我可不可以也知道你的名字的最后一个字？"

这下换时笺感到惊讶了："你不知道吗？"

她以为在派出所的时候他已经得知她的名字，毕竟那时候核对过身份。

"我没有让他们告诉我。""海"的声音低沉，"因为没有经过你的允许。"

"我想等你愿意的时候再听你亲口讲。"他说。

低低的，像是海潮冲撞上暗礁，然后又顷刻间消散成白色的泡沫。

时笺的心跳空了一拍,她张了张嘴,须臾后回过神,干巴巴地说:"最后一个字,信笺的笺。"

"哦。"

时笺想了想,补充道:"其实,我也不知道这个名字有什么寓意。我想也许是爸爸远在他乡对家人的思念吧。"

"嗯。""海"问,"那阿午呢?"

"嗯?"

"阿午这个名字,有什么寓意?"他低缓地问出声,"我觉得很特别,很好听。"

时笺捧着脸,有些害羞地笑起来:"因为我是夏至日正午时出生的,所以叫阿午喽。"

"原来是这样。"

墙上的时钟显示整点,"滴答"两声,窗外的布谷鸟也应景地啼鸣起来,繁荫蔽日的夏天,时笺扭头向外望去,一片绿意盎然的好景致。

也许知道得多一些也没关系。

时笺又问:"那你姓什么?"

"海"说:"宋,你呢?"

"我啊,就是时间的时。"

时笺没有告诉他,其实她的名字只有两个字。她也想在见面之前,多保留一丝神秘感。

时笺偷偷翘起嘴角。

视线刚刚落在柏油马路两旁的花草上,就听到"海"问她:"你喜欢什么花?"

"花呀……"时笺跟着畅想起来,描绘着,"我喜欢热烈一些的,有活力的,比如向日葵、郁金香、绣球花?颜色比较鲜艳,很吸引人的目光,看着都感觉心情也变好了。"

"那么毕业那天,我带一束郁金香过来,好吗?""海"低声笑着说,"就当作是我们约定的暗号,这样你就能找到我了。"

时笺咬住嘴唇，这一刻清晰地感觉到胸腔里某处的跳动。

有人等待的感觉有多美好，她是知道的。

电话紧紧地贴在耳边，时笺用力地点头，过了好一会儿才想起来他看不见，翘起唇角，轻声道："好。"

"是六月二十日对吗？"他问。

正好是她生日的前一天，时笺答："嗯。"她提了个小要求，希望更多的人能够看到他送的花，"园子很大，你可以到二校门来吗？我们最后应该会在那里纪念合影。"

"好。"

还有一两个月，时笺越发期待能够在毕业那天见到"海"，她一天天地数着日子，撕掉桌上的日历，眼看着时间越来越近。

毕业论文马上就要答辩，时笺专心用功修改，希望为这收获颇丰的四年画上一个圆满句号。

一段难忘的日子要落幕，另一段光辉的未来即将启航。时笺对今后的生活抱着饱满的热忱和希望。

一切都会更好的。

下雨后会天晴，旭日会升起，哪怕曾在尘埃里，也能够开出一朵漂漂亮亮的花。

北京这样的地方，容纳了很多人的梦想，想必多她一个也不算多的。

职业撰稿人！首席资深记者！专业媒体人……院长拨穗的时候，时笺目视前方，双眸映着亮光，宽厚的师长对她和蔼地微笑："毕业快乐，祝愿前程似锦。"

前程似锦。

她相信她会的。

时笺已经找好了朝阳区工作单位附近的一套两居室，与一个朋友合租。她的东西全部收拾完毕，整理在桌面和床铺下方的区域。

在学校分别的时候，很多同学已经忍不住哭了，对于母校深厚的感情，对于同窗四年相处离别的不舍，此时涌在心头。

姚乐安拉着褚芸，一边抹泪一边找到时笺："唯唯在哪里？我们一起合照吧！"

时笺的眼睛也有些红，四个人在学院门口合影，又跑去学堂和大礼堂。

草坪上有很多人，有蹦着跳着换各种姿势照相的，还有送花告白的——马上就要毕业，再不说出口就没有机会了。

姚乐安的性子风风火火，找了新男朋友来帮她们拍照，褚芸穿着学士服，花枝招展的，江唯唯也夸张地摆pose（姿势），时笺在她们身后恬静地微笑。

照了几张照片，没想到也收到别人送的花。是隔壁班的男孩子，聚会时总会与时笺聊上两句，之前挺阳光的，现下却紧张得直磕巴："我……我只是想说，我真的很欣赏你，时笺，希望你一切顺利，希望我们能继续保持很久的联系。"

是一捧混搭的花束，时笺善意地收下："谢谢，你也是。"

等人走远之后，姚乐安等三个人凑到时笺的身边来挤眉弄眼："哎哟哎哟，还有花收啊！"

"怎么样，有意思没啊？"江唯唯凑到时笺的耳边。

"有什么意思，要我说，只模棱两可地说'欣赏'不敢告白的男生都是孬种，我们笺笺才不要这种的。"褚芸的笑声清脆。

姚乐安打自己的男友："你看，你也真是的！毕业了都不知道给我送花，人家都有！"

男友委屈地说："昨天学校的毕业典礼后我不是送了吗？"

"哦，也是哦。"

四个人一通爆笑。

阳光还是很明媚，照见她们在青草地上的影，潮湿松软的泥土散发出芬芳，欢笑声、喧闹声不绝于耳，学士帽被高高地抛起，随照片定格在半空中。

手表的秒针转动着，距离他们约定的时间越来越近，时笺的掌心有些出汗。

褚芸等几个人还在拍照，时笺扶正了自己的帽子，弯下腰把男生送的花放在自己的书包旁边："帮我看一下这个。"

"干吗呀？"

"我去趟二校门。"

她抿着嘴唇低着头，急匆匆地从草坪上走过。穿越人潮，一开始是小步，后来脚步逐渐加快，再后来小碎步跑了起来。

麦穗般的流苏在空中高高地扬起来，时笺柔软的长发飘荡在空中，心情说不出的雀跃。

她遥遥看到有人站在二校门底下，高大的身影背对着她，手里抱着一捧橙红色的郁金香。

时笺冲过去，脚步硬生生地在男人的身后停住。

她的心脏紧张得都快要跳出来了。

周围人来人往，二校门前车水马龙，时笺伸出手，触到他的肩头："你……"

男人转过身来。

是一张很年轻的面庞，时笺愣了一下，脑中一片茫然，迟疑而小声地说："我是阿午。"

"您好。"男人仔细地端详了她两秒钟，将仍沾着晨露的鲜花交到她的手中，"这是宋先生托我送给您的。"

"……"

什么啊，只是代送鲜花的人。

怀抱里的花朵圆满充实，热烈鲜活的颜色夺目，时笺的心却慢慢沉了下来，失落如潮水般难掩。

不是说约定好了吗？不是说会亲自来接她吗？

又食言，这个骗子。

时笺看到鲜花中插着一张卡片，是"海"的笔迹："毕业快乐，阿午！"

字体虽仍流畅清隽，但明显有些匆忙缭乱，她呆呆地凝视了几秒钟，有一瞬间蓦然委屈得想哭。

大骗子！

她很想掏出手机打电话质问他到底为什么没有来，又觉得不应该是自己来开这个口，时笺低头用手臂擦掉眼泪，搂紧那束盛放的郁金香。

刚走两步，却听到裤子的口袋里传来手机的铃声。

屏幕显示熟悉的备注，时笺睁大眼睛，觉得更委屈了。她赌气般地想要点击挂断，手指却不受控制地移向另一端的绿色按键。

接通了要说些什么呢？

哼，反正她是肯定不会先开口的！

她要听他道歉，然后再看原不原谅。

"您好，请问是时小姐吗？"不是他的声音，是另外一个人，语气焦灼而匆忙，"您是宋淮礼先生填写的紧急联系人，能否请您到这个地址来……"

对方快速报出北京一家私立医院的名字，然而时笺一个字都没有听懂："这次情况比较危急，我思来想去还是给您打了电话。"

打电话给时笺的是他的律师，对方向她描绘了一个她从未听闻的故事。

安静宽敞的高级病房内，郁金香插在花瓶中。电子仪器在稳定的运行，洁净的玻璃窗映照出天空澄澈的蓝色，绿树抽枝发芽，看起来就像是雷诺阿笔下一幅色彩浓郁的油画。

然而顶灯是苍白的，削弱了屋内被外物衬托出来的生机。

从2014年到2018年，四年未曾谋面的日子，时笺无数次梦到他。

他是谁？

时笺不知道。

只知道他是她的"海"，是她一个人的秘密。

周围的景色飞逝，她听不见声音，看不到人潮，只剩下手里紧握着的一个名字，那是她找寻到他的钥匙。

他叫宋淮礼。

残缺的记忆拼图开始一块块归拢,手中的花束坠地,精心编译的童话也顷刻间摔得粉身碎骨。

手术中。

手术中。

手术中。

每一秒钟都是焦灼的,仿佛有无数只蚂蚁啃噬她的心脏,直到这盏高悬头顶的红灯熄灭,医生出来说,一切还算顺利。

律师比时笺平静很多。

他跟在宋淮礼身边多年,陪他几度经历危机。

"是肺动脉栓塞,两年前发作过一次,其实先生也不是常年卧床,但是我相信他在一定程度上是故意透支自己。

"这样的身体情况,他仍旧工作,并且将自己的行程安排得很满,穿梭于各地之间,总要出差和旅行。有时候会去欧洲治疗,但是大多数时候是为了敷衍我们。

"这些年,我知道他过得一直都不开心。"

空旷而陌生的房间里,律师默默地退出,只留下时笺一个人。

她走近两步,先看到了他在短信里跟她描述的那扇风景很好的窗,窗外是已经开始落幕的夕阳,然后才看清了他的模样。

哪怕病床上的男人正在沉睡也能看出拥有一副绝佳的骨相,眉骨微凸,眼窝深邃,睫毛密而长,鼻梁高挺,侧颜陷在柔和的光影里。他看上去仍旧很年轻,表情显得宽容而安静。

那一瞬间时笺的心头仿佛被什么东西狠狠击中,以手掩唇,几乎泣不成声。

是他。

是她的"海"。

温热的泪滴下来,时笺伸出手,攥紧他的指节,浑身都在颤抖。

"就算我不知道你的名字,我也一定会把对你的感觉深深地印在脑海里，然后在汹涌的人潮里，一眼认出你；无论你在这个世界的哪里，我都一定会去找你。"

这是她曾当着他的面念出的独白，自顾自地代入当时的男友进行幻想。

那时的时笺并不知情，这句话是属于他的。

"先生早年去地震赈灾的时候，被余震波及。当时钢筋水泥掉落下来，他舍身扑过去，护住一个十岁大的孩子。可是……"

时笺明白律师没能说出口的话。

可是那一年他也才二十五岁，正是意气风发的年纪。

从此腹部以下的身体都无知无觉，终身只能依靠轮椅度日。因为脊椎受损，左臂不能举重物，只有一只右手可以完全自如地掌控。

他那样骄傲的人，怎么能够接受自己变成这样，半身瘫痪，不能再用自己的双脚行走。

"神经功能毁坏，这样的情况很难治愈，但也不是没有希望。"

绝境中的希望是最可怕的东西，正是这样渺茫的希望不断地撕扯着他，让他饱受煎熬。

"先生有过轻生的念头，被家人好不容易劝住了。这些年他不再现身人前，只安静地屈于幕后。"

年轻的男人说到这里忽然哽咽，埋头，用力地在脸上抹了一下。

如若那天，宋淮礼没有选择救人，等待他的会是光明前途及刚刚开启的大好人生。

"海"明明并不厌世。

时笺红着眼睛流泪的时候，心里想的念头是这个——她此前从来没有遇到过比他还要更加温柔的人，会在她感到绝望和崩溃的时候施以援手，会告诉她，遇到什么困难都不要放弃，尘埃里是能开出花的。

这样的人，怎么可能痛苦到想要放弃自己的生命呢？

她不明白。

时笺想不明白。

宋淮礼有一双很漂亮的手,筋脉肌理分明,骨节修长,如同上苍所造的完美无瑕的艺术品。他的掌心是温热的,时笺双手握住他垂落身侧的右手,将脸颊慢慢贴了过去。

先是感受到他的温度,然后感觉到皮肤的触感,最后是脉搏隐微的跳动,一下接一下,昭示他真实的存在。

他在这里,不是假的。

大骗子。

他在跟她说那些美好的谎言的时候,就没有想到有一天她知道真相的时候会哭吗?

她这么爱哭,他要哄很久才能哄好。

时笺的胸腔仿佛在被什么东西挤压,似乎灌进高密度的海水,沉重、苦涩又窒息,喘不过气。她被不断地拖拽,向更深处沉潜,又向更无望的混乱进发。

巨大的痛苦似乎也撕裂了她,她想起每一次通话,他偶然有一两声压抑不住的咳嗽声传来,她紧张地问他怎么了,他只是微笑着说,是小毛病,不碍事,别担心。

他对自己所承受的一切苦难只字不提。

时笺以为他们亲近如此,可以互相依赖,没想到一直以来都是她在索取。

不知节制地索取——向他崩溃地哭诉,夜深时同他通电话,要求获得及时的安慰。

而他呢?

他需要做什么?

是在好不容易入睡被她吵醒之后依旧温和地回应,在身体每况愈下的时候为她联系旧友解决麻烦,还是远在欧洲治疗时依旧不忘为她搜罗那些能哄她高兴的新奇物件?

律师讲的每一句话都将她好不容易构建起来的勇气和对未来的美好

蓝图击溃得体无完肤。

时笺感到很后悔。

她把他对自己的好想得如此理所当然,却没有留心去掂酌他不经意间泄露出来的那些失常之处。

明明他留给过她很多线索,当时怎么就没有注意?

时笺哭了很久,哭得眼泪都快流干了,她紧握着宋淮礼的手,怔忡地伏在床头,在离他的呼吸更近的地方。

现在这轻微悠长的气息声才是让她心安的最大凭据。

时笺近距离地看着他,仿佛怎么看都不够似的。

他们认识四年了。

她不知道他的模样。

但是如今真的见到他时,又觉得和心头的那个影像几近重合,相差无多。

咸湿的液体从指缝滑落,时笺小心地替他掖好被角,又去外面为他倒水。

此番化险为夷,律师已经走了,私人医生来过一次,交代时笺术后应注意的护理事项。

"自从先生出事以后,他就有意地割断了与过去的联系,不让朋友前来探望。先生的家里人也很少过来,他们已经很久没有见过面。他聘请了两个专业的护工,二十四小时都随叫随到,但是先生不喜欢剥夺他人的自由时间,除非特别必要,他不会让对方彻夜陪同。"

私人医生对时笺冒出一点善意的好奇,但是并没有刨根问底,只是小心地叮嘱:"如果您想留下来,就请您尽力照顾好他。"

时笺当然要留下来。

护工不放心他,在外面随时待命,她在里面,在他的床头边仔细地看着。从日落到黄昏,渐渐地暮色四合,那扇他很喜欢的方形窗户被浓郁的夜色笼罩,是十分纯净的暗蓝色,天空中没有星星。

时笺不知不觉中趴在床边睡着,做了一个纷繁杂乱的梦,梦中的场景一片混沌，梦到毕业典礼结束，他来学校接她。

他捧着一大束灿烂盛开的郁金香，在人群中显得很出众，身影如柏木一般清隽挺拔。

时笺穿着宽大的学士服，弯着眼睛扑进他的怀里，厚实而有安全感的胸膛。

"毕业快乐，宝贝。"他说。

不知道过了多久，她蓦然惊醒，觉得口干舌燥，发现自己仍在偌大的白色病房之中。墙上的钟表按照固有的节奏"哒哒"地转动，电子仪器偶然发出滴声，还有床上的人和缓轻浅的呼吸声。

这会儿还多出了窗外淅淅沥沥的雨声。

北京也开始下雨了。

室内仿佛也渡上了一层潮湿的感觉。时笺觉得头痛欲裂，还有些迷迷糊糊的，不知是否仍身处梦境，就在这时，她察觉到他的右手无名指动了一下。

时笺的心头一慌，蓦然醒了神。她下意识地支起身子抬头，想去察看他的情况，却正对上一双睁开的眼睛。

那一瞬间，她的眼眶又开始湿润，心口抑制不住地发疼。

他的眼睛是深棕色的，像琥珀，好漂亮。

男人刚醒过来，他侧过眸，将她彻底而仔细地装进眼底，半晌，轻轻地提了提唇角。

他温柔而怜惜地说："对不起，把你吓坏了吧？"

是"海"的声音，有些沙哑的。

是她的"海"。

时笺的眼泪掉得更凶了，知道自己很失态，但是不能自已。蒙眬的视线中，她看到他缓慢地抬起右手，想要触碰她的侧脸，却只是将将停在半空中，隔着几寸的距离，没有再向前。

"别担心，囡囡，我不会有事的。"他说。

还说没有事，是不是就知道怎么哄骗她？

时笺的泪滴落在他的掌心里,她的一双眼睛通红,未干的泪痕布满双颊,单手捧住他的手背,将脸深贴在他的掌心,眼睛一眨不眨地望着他的眼睛。

"哭成这样……"宋淮礼的指腹轻轻蹭过她潮湿的温软脸颊,停留在眼角下方摩挲片刻,叹息着道,"不要哭了,眼睛都哭肿了。"

他温热的胸膛轻微地起伏着,如同一个年久失修还在运作的风箱。时笺知道上面蛰伏着寸长的新鲜创口,还有经年累月的陈年旧伤。

他会疼吗?她不知道。

他在夜里会感到孤独吗?她不知道。

对他,她什么都不知道。

"宋淮礼。"时笺开口叫他的名字。

四周突然安静下来,他一言不发地看着她,过了很久才低低地答应了一声:"嗯。"

"我是阿午。"时笺哭着说。

"阿午。"宋淮礼静静地看着她,眼神里含着一团望不穿的暗雾,"是夏至日正午出生的意思,对不对?"

时笺含着泪点头,随着动作,脸颊跟着蹭了蹭他的掌心。

他仍举着手臂,她怕他这样会累,便让他放在床上,但仍旧紧攥着他的手指。

"明天就是夏至了。"宋淮礼任她摆弄,先是轻咳了两声,然后温柔地说,"想不想知道我给你准备了什么礼物?"

酸意陡然涌至时笺的鼻尖,她先是摇头,摇完头反应过来他问的是"想不想知道",而不是"知不知道",于是又很委屈地点头。

越点头越觉得委屈了,她扁着嘴,漆黑透亮的眼睛浮现出两汪水。

到处湿漉漉的,她的脸,他的床铺,他们相握的手,连睫毛也是湿漉漉的,一张弧度姣好的鹅蛋脸上鼻尖通红,像是在晨雾里走失的可怜小鹿。

"小爱哭鬼。"宋淮礼哑着嗓子轻笑。

病房中十分静，只余下呼吸声，没有人说话。他很安静地凝视着她，用视线一寸寸地描摹她干净的轮廓。

时笺只感觉到相触的指尖有温度，其他地方的空气都是冷的。过了好半天，才听到他说："阿午，帮我把床升起来。"

"我想坐起来看看你。"他说。

这是一张自动升降床，上半部分能够调整，向上提起。时笺依他所言，小心翼翼地去研究操作按钮，但因为心急，试探中略显出一丝笨拙。

"慢慢来，不着急。"宋淮礼低声道。

床铺的上半部分逐渐形成一种倾斜的角度，不至于完全呈坐姿，却能够让他更方便与她对视。

时笺又坐回床头的原位，她抿着嘴唇，瞥过他放在被褥上的右手，距离变远了。心里瞬间觉得空落落的，像一张缩水发皱的白纸，她的指尖蜷缩着，有点拘谨地将掌心撑在膝盖上，咬着嘴唇不知该怎么办。

"那个，"突然想起什么，时笺一下子又突然起身，十分无措地道，"刚才忘记问了，你渴不渴？想不想喝点水？"

宋淮礼用那双琥珀色的眼眸望着她，点点头，说"好"。

时笺将刚才倒满热水的保温杯递给他，待他喝完又放在一旁。

她有些过于担忧，总是全神贯注地盯着他的一举一动，生怕哪里出了什么问题。

他凝视她须臾，喊她的名字："阿午。"

时笺："嗯？"

宋淮礼笑了："别那么紧张，我又不是玻璃做的。"

他笑的同时将左手也轻轻抬起来，将指节缓慢地弯曲又伸直，示意自己也能够掌控，没有她想象中那么吃力。

时笺突然愣住。

哪怕完成升降床铺这样简单的事情也需要借助外力，宋淮礼依旧从容不迫。他的视线扫过她的鬓边，弯唇道："今天戴的发卡很好看。"

他似乎一点都不在意这种缺陷，并能与之很好地和谐共存。根本，根本就不是律师说的那样。他明明热爱生活,并且善于观察藏在缝隙里的那些美好细节。

时笺听到他的话,下意识地抬手去碰今天出门时特意别在头发侧面的小雏菊。像是触碰到什么力量源泉,那种踩在钢索上摇摇欲坠的恐慌感终于消散些许。

宋淮礼专注地看着她。

他的眉目深邃,眼尾舒展,只是简单的注视却让人觉得眼底蕴藏着细微的宽和笑意,像月光下的海潮,包罗万象。

"比我想象中的气色要好,体态也很健康。"他转而看向时笺纤弱的双肩,垂眸,"就是太瘦了,有没有按照我们之前说好的那样好好照顾自己?"

时笺突然抬头,触及他的视线又撇开眼,吸了吸鼻子:"我都有按时吃饭,作息也很规律,"说到这里,她忽然忍不住哽咽起来,"我一直有听你的话,我……"

眼看说两句又要哭了,宋淮礼的唇边带着些无奈的笑意:"不是在责怪你。"

钟表"滴答""滴答"地走着,分针和时针悄然旋转后又重合,停留在十二点的位置。

宋淮礼抬手摸了摸时笺的脑袋:"阿午,帮我去摆放郁金香下面的那个抽屉拿个东西。"

时笺抽抽搭搭地扁嘴:"哦。"

这个房间足够宽敞,墙边放置着一个米白色的雕花立柜,上面的花瓶中插着一束金黄色的郁金香,按照花瓣的湿润程度来看,应该也是今天放上去不久的。

时笺问:"第一个抽屉吗?"

宋淮礼"嗯"了一声,低沉带着磁性的声音里带着明显的笑意。

时笺未做他想,径直拉开把手。

"叮"的一声,仿佛午夜的许愿盒被打开,里面五彩缤纷的蝴蝶"哗啦啦"飞了出来,如狂风般席卷了时笺的心脏。

抽屉中央,静静地躺着一艘船。

用粉红色贝壳做的帆船,舵轮和风帆一应俱全,经抛光处理后亮晶晶的,有如琉璃般漂亮,底座是檀木质地,刻着一行小字,时笺小心翼翼地端到与自己视线平齐。

上面写着:赠给我的小航海家。

时笺曾经无意中提过一句,她很喜欢粉色,因为感觉很梦幻很少女很浪漫,他一直记到现在。

"生日快乐!阿午。这是密西西比河的粉蝶贝。"宋淮礼讲话很慢,"天然的成色,我请工匠做的,我知道你喜欢海。"

少女背对着他没有说话,男人弯唇,温和地询问:"喜欢吗?"

在他的话音刚落的那一秒,时笺将礼物轻放在郁金香旁边。

"是啊,我喜欢海。"她望着那处出神,呢喃之中有些微的颤抖,"很喜欢,很喜欢。"

"喜欢就好。"男人说。

她没有说谢谢,而他已经很习惯——他们之间,从来不必说这些。

时笺站在老式摆钟下低头拭泪,背影看起来娇小惹人怜爱。长久的沉默过后,时笺转过身来。

一双黑漆漆的杏眸还很湿润,但较刚才显得更加清澈明亮,映出浅浅的雨后弧光,稚气而有光彩。窗外落雨声依旧,但不可否认这是一个极温柔的夏至的夜晚。

就算希望渺茫,也要为之努力不是吗?这个道理还是他教给她的。

"我决定了。"她说。

"决定什么?"宋淮礼浅笑。

时笺背过手,抿着嘴唇低头,矜持地走出两步,来到他的床边。她沉吟许久,决定保留秘密,睫毛眨了眨:"以后再告诉你。"

宋淮礼喜欢她偶尔冒出的这种孩童个性,没说什么,按铃叫护工进来。

"时候不早,先在这里歇息一晚,明天再回去。"

他的原意是让时笺住在隔壁的房间,护工也说:"时小姐,您先休息吧,这里交给我。我来照顾先生。"

时笺未动,咬着嘴唇迟疑着道:"我想留下来。"她恳求地看向宋淮礼,"就再加一张陪护床,可以吗?我想学着照顾你。"

宋淮礼微笑着看着她,没有立即答应。倒是护工有些为难地小声说:"夜里……可能会不太方便。"

他说得很委婉,但时笺一瞬间想通什么,蓦然感到局促不安起来。

她考虑得太不周到了,顷刻间手脚都不知道该往哪放,但这种情绪还没来得及被发酵放大,就听见宋淮礼温和地说:"囡囡就去隔壁吧,听话。"

时笺无措地点头:"好。"

小姑娘抱着自己的粉红色贝壳船安顿下来,宋淮礼的病房也熄了灯,只留一盏小夜灯。

肺栓塞术后需要静养,他刚才不顾自己的身体状况说了太多的话,但护工能感觉到先生已经很久没有这么开心过了,故而责备的话也说不出口,只恭谨地在一旁密切观察情况。

房间内时不时传来压抑的咳嗽声,很快被窗外的落雨声盖过。

护工辗转反侧,恍惚间听到先生低声叫自己的名字:"阿明。"

"先生,什么事?"他很快从床上爬起来。

"没事,只是睡不着。"宋淮礼的声音很轻。

阿明抬起头,看到雨滴扑簌簌地打在玻璃窗上,又呈游鱼般的流线型滑落。

他想起自己第一次遇见先生的时候。

那时他刚来北京,独自一人,没文化没资历,只好到4S店去打工。干最脏最累的活,做日薪一百五十块钱的修车工,一整天下来浑身都是油漆和铁屑的气味。

得知母亲病逝那天,他在工作时不小心犯了错。

他换油的时候，不小心弄脏了人家几百万的豪车内饰。经理得知之后一顿狠批，当天就要炒他的鱿鱼。

阿明向他求情很久，经理始终冷着脸，他就差向对方下跪。

没了这份工作要怎么在北京生活？他不敢想。

房租马上要交了，家里还有个弟弟要供着上学，重担压弯了他的脊梁。他曾经半夜三点爬起来去高速公路抢修，因为车况紧急，只是草率地停在路边，一辆辆高速夜行的车呼啸而过，阿明握着扳手飞快地处理，到现在还记得当时手脚发抖。为了这份工作他没日没夜地劳动，如今只是因为一个小失误便满盘皆输。

后来车主来取车，经理赔着笑说明情况，并再三保证一定会处理掉这个工人。

阿明感到万念俱灰。

车主看起来沉稳持重，听闻此言并未发作，只说："稍等，我打个电话。"

原来这不是他的车，车主另有其人。免提里传来一个年轻男人的声音，声音听上去很温和。

"弄脏内饰？"

经理说："您放心，我们会把他开除的。"

"不用，他也不是有意的。"电话那头说，"不过既然是他工作上的失误，还请让他帮忙一同清洗我的车，可以吗？"

这话是变相要求经理把他留下来。

当时的阿明听懂了。

那时北京已经入冬，屋外寒风凛冽，他却觉得没有那么冷了。

"你陪着我，有十年了吗？"黑暗的屋内，宋淮礼问道。

"有了，先生，整整十二年。"往事浮上心头，阿明垂首。

"这些年你有后悔过吗？"宋淮礼的语气十分平静，"跟着我这样一个，什么也做不了的人。"

雨声在这一瞬间小下去，小夜灯只照见一片寂寥。

阿明摇摇头："没有，没有后悔过，先生。"

"您不是……您不是什么都做不了的人。是您在我最绝望的时候给予我帮助，没有您我那时也许就真的走投无路。"阿明的鼻子发酸，"如今能为您多尽一份心力，我已经很感激，从未后悔。"

"是吗？"宋淮礼的声音低得只余气息。

他仰着头望向天花板，呼吸逐渐平缓。阿明许久没听到他出声，蹑手蹑脚地爬起来察看情况，发现先生已经睡着了。

兵荒马乱的一天，时笺累极了，一觉睡到自然醒。

她睁开眼睛的时候，窗外的雨已经停了。

玻璃窗光洁如新，微微透过灿烂的阳光，照见床头柜上放着的那艘漂亮的粉红色贝壳船。

时笺对这个礼物爱不释手。虽然宋淮礼没有详叙它的由来，但她也能想到制作过程一定很难得。

今天是她的生日，夏至。

时笺抱着膝坐起来，怔怔地望向窗外的蓝天白云。

她给姚乐安打电话，请对方帮忙，联系搬家公司先把寝室里自己的行李搬到对方家里，姚乐安不知道发生了什么事，关切地问道："昨天怎么了？我看你急急忙忙地就跑了。"

时笺说："没事儿，就家里有点事。"

姚乐安"哦"了一声："有需要随时找我。"

"好。"

时笺安静了一下，将脸颊歪过来贴在膝盖上："安安，对不起。"

"啊，怎么啦？"

"和你们约定的毕业旅行，我可能去不了了。"时笺停顿了一下，"家里面有事走不开。"

初入行需要打拼，需要全身心投入精力，还有两个月入职，她担心以后没有更多的时间陪宋淮礼，只有现在。

姚乐安沉默了一会儿,很快口吻轻松地道:"没事呀,你忙你的事。我们还有大把的时间,以后再约嘛。"

"你真好。"时笺垂下脑袋,抿着嘴唇,"我会跟小芸和唯唯解释的。"

"嗯嗯,没事儿,我和她们说也行。你先顾好你的事!"

挂了电话,时笺看一眼时间,竟然已经是正午。医生说他要卧床休息,不知道他醒了没有?

迅速洗漱完毕,她将临时穿的病号服脱下。幸亏昨天多带了一条雾蓝色的连衣裙,时笺将干净的衣服换上。

时笺在宋淮礼的房间外敲了敲门,里面很快传来声音:"请进。"

探头打开房门的时候,她突然愣住了。

宋淮礼刚刚在阿明谨慎的帮助下坐上轮椅。他已经穿戴完毕,身着绅士笔挺的西装,领结系得一丝不苟,黑色的漆皮皮鞋光洁发亮,从上到下显得十分矜贵。

被素净窗帘柔化过的光线穿过绿植洒进室内,男人俊逸出尘的眉眼落在那种朦胧失真的光晕里,轮廓分明的侧脸显得更加清隽好看。

"不是说要留院观察至少两周吗?"时笺睁大眼睛,"昨天医生交代我,要继续抗凝治疗,注射静脉点滴。"

宋淮礼的脸色虽然仍旧苍白,但已经比昨日刚做完手术后好太多。他的皮肤色调原本就呈冷白色,衬衫挽起来,露出一截肌理紧致的漂亮手腕,宽肩窄腰,西装裤勾勒出修长的双腿,能看出并未因常年卧床而损害形体的优美。

像他这个年纪的男性往往疏于保养,但他不一样,即便岁月流逝,看上去也还是很年轻。

在时笺的眼中,他就仿似神明,她崇拜他,觉得他无一处不完美。

"是要住院。只不过今天先临时'出逃'一下。"宋淮礼朝她展颜,低沉的声音悠然地道,"我想带你去外面过生日。"

他说后半句话的时候尾音扬起,有种懒洋洋的感觉。

那一瞬间时笺觉得立柜上金黄色的郁金香的颜色好像更明亮了,风扬起帘幔，男人额前细碎的黑发随之轻拂动。

时笺的怀里抱着粉红色的贝壳船，心脏怦然而动，呆呆地转而看向阿明——她的感情已经飞跃出窗外，理智却总觉得他此刻应该说几句话阻止。

"先生就是这样。"阿明在宋淮礼面前说话从来无须顾忌，一副老生常谈的无奈模样，"如果打定主意今天出去，谁也拦不住。"

私人医生早上来过两趟了，苦口婆心地劝谏，先生微笑着应好，会注意的云云，让人好生放心。结果人一走，就变成这样，简直原形毕露。

此刻的宋淮礼看上去显得很有活力，仿佛回到了意气风发的往昔。没有谁能对这样的他说出拒绝的话。

时笺还是十分担忧，犹犹豫豫地走到他面前，左右仔细看看，宋淮礼骨节分明的手掌放在扶手上，向她宽和地微笑："我知道自己的身体状况，不会逞强。"

时笺有些不安地绞住自己的手指。阿明观其神色，插嘴道："时小姐放心，先生的确也不是第一次做这种事情了，我们都比较有经验。"

能看出他颇为习以为常，已经选择"躺平"开玩笑："我们只要在十二个小时内回来，及时输液就好。"

宋淮礼笑而不语，只弯唇看着时笺。

"怎么样？现在出发，正好去吃午餐。"他循循善诱地揭晓自己的"出逃"计划，"等到下午太阳不晒的时候，我带你去京郊新开的游乐园，晚上随处闲逛一会儿，或许能听一场露天音乐会，正好十二个小时。"

麻药的药效已经过了，时笺害怕他会疼，一张小脸紧巴巴的，是发愁的模样。

宋淮礼凝视她片刻，温柔地道："我想陪你过一个难忘的生日。"

时笺的眼睫毛微微颤抖，感觉心里好像有一滴水落下来，在湖面荡开涟漪。似有雾气浮起，她在低眸的时候迅速敛去，低而含糊地答应："哦。"

虽然阿明体魄强壮，也得心应手地跟在宋淮礼身边多年，但是看时笺实在不放心,临走时男人还是通知了私人医生,叫他一同跟上。

私人医生一脸"我早知如此"的表情,四个人一起前往附近预定好的米其林餐厅。

先前已经通知经理包下这一整层,私人医生和阿明选了个角落就座,离他们几桌远的距离。宋淮礼仍旧脊背挺拔地端坐在轮椅上,和时笺面对面。

阿明叮嘱她:"时小姐,请你照顾好先生。"

是很有格调的高雅法式西餐厅。

面前烛火摇曳,玫瑰插花换成了郁金香,男人立体英俊的五官轮廓被光影细致地描摹出来。时笺的视线全部被他吸引,挪动座椅,坐到了宋淮礼的身边。

距离很近,近得能闻见他身上的沉香气息。

时笺今日穿的裙子和他的西装三件套看上去很搭,和周围的环境也没有任何违和感。

真奇怪,这条裙子并不昂贵,和跟陆译年父母见面穿的那套没什么不同,但时笺感觉很安心。

午餐的菜单由主厨决定,按照流程依次端上菜品。冷盘是鱼子酱,前菜是佩瑞戈里松露鹅肝和 cake sale(蛋糕),帕马森奶酪配海胆刺身,汤品是扇贝蛤蜊海鲜浓汤,主菜是澳大利亚和牛及酥烤鲷鱼,甜品是草莓榛果慕斯。

时笺不用开车,宋淮礼差人给她上了一杯唐·培里侬香槟。

即便是以前和陆译年在一起,时笺也没有来过这样的餐厅,上菜流程很慢,每道菜摆盘都显得既精致又高级。

侍应在一旁低声介绍配菜的时令和制作巧思,宋淮礼微笑着凝视时笺:"尝一尝,看看喜不喜欢。"

医生嘱咐手术后只能吃低脂少盐的食物,因此对于他来说没有什么主菜前菜之分,只有卖相很庄重的蔬菜白粥。好可怜。

时笺的面前都是新鲜诱人的佳肴,味蕾享受的同时又忍不住偷觑他。

宋淮礼怡然自得,含笑与她对视,仿佛如果她吃得开心,他连白粥也觉得美味一般。

那一瞬间时笺觉得自己仿佛望进他的眼底。

深色的眼眸,月下连绵不绝的海潮,舒缓而温柔,与现下厅中这一首德彪西创作的曲子恰为应和。

他的脊椎最好不要呈前倾角度,左手又不着力,这样将调羹举高用餐不太方便。时笺放下自己的刀叉,捧住他的碗,低声道:"我来吧。"

宋淮礼低垂下眼,看着她替他吹吹勺子中的热粥,然后又递到他的唇边:"温度应该合适的。"

她仰着头望着他。

少女的眸光澄澈纯粹,只是神情有些小心和紧张。宋淮礼启唇,任由她喂自己喝粥。

尽管双腿失去知觉,但是还保存了部分触觉和嗅觉,宋淮礼能够闻到时笺发间传来的那种香气。她的头发乌黑,浓密又柔顺,倾泻在颈间,随她凑近有几缕飘至他的肩头和胸口。

时笺的动作很慢,眼神专注,见他喝下小半碗,先暂缓,自然地拿餐巾欲替他擦嘴。

宋淮礼笑了,握住方巾下半边缘,指节将将就挨到她。

他没说话,但时笺知道他的意思。她松了手,让他自己来。除此之外,她还读出一点别的意思,带着些许隐秘的亲昵。

胸口处有蝴蝶在飞,时笺切下面前的五分熟牛排放入口中,浓郁的迷迭香的气息自舌尖绽放。

她也拿餐巾擦嘴,在白色餐巾的遮掩后忍不住偷笑。

"笑什么?"宋淮礼弯唇。

"不知道。"时笺老实回答。

是真的不知道。

看到他就觉得好开心。

秉承着来这里只能喝蔬菜粥实在可怜的想法,时笺很努力地大快朵颐，大有要替他尝尽美食的架势。

　　差不多饱腹时，侍应推过来一个漂亮的雪域芝士蛋糕，上面插着一根金黄色的蜡烛，火苗摇曳，十分明亮。

　　"生日快乐，阿午。"宋淮礼的声音低沉，又说了一遍。

　　很久没有这样过生日。

　　时笺闭上眼睛，认认真真地许愿。

　　睁开眼睛发现他仍在专注地凝视着她，时笺说："我许了一个很棒的愿望。"

　　"是吗？"他轻笑。

　　一顿饭优哉游哉地吃了两个多小时，恰好下午三四点钟。宋淮礼要带她去几十千米外的新开的大型游乐场。

　　他们完全不计较路程和时间成本，哪怕是耗费光阴也觉得很快乐——耗费光阴本就是目的之一。

　　时笺一路上始终在密切观察宋淮礼的状况，他一直表现得很轻松，心情不错，没有出现剧烈咳嗽或者胸腔疼痛的情况。

　　阿明和私人医生尽心尽力，所有动作都放缓了来，反正他们也不着急。

　　其实游乐场的项目宋淮礼几乎都不能参与，但主要是想让时笺高兴，褚芸他们早就嚷嚷着这儿有多么多么好玩，她还一次都没有来过。

　　下午才入园，时笺有些心疼白花的钱，但是看宋淮礼并不在意，也就按捺着没说什么。

　　毕竟是开业不到一年，人比想象中还要多，有些热门项目非常拥挤，他们沿主路游览，不少路人频频侧目。

　　尽管知道对方并没有什么恶意，只是好奇，但时笺还是非常不喜欢那些人试探地注视宋淮礼的目光——虽然他显然未放心上。

　　时笺害怕有莽撞的小孩无意中冲撞到他，就按照地图特意挑选了一些比较冷门的路线去走。

　　比如说大型旋转木马。

都是家长陪着小孩子,一轮下来还有不少空位,宋淮礼将轮椅停在栏杆边,让阿明陪时笺去乘坐。

阿明确认般指指自己,一米八的魁梧大汉咽着口水:"先生,您说我吗?"

宋淮礼温和而肯定地点头。

私人医生在旁边补刀:"别看我啊,我要在这里盯着先生的情况。"

行吧,就当哄小孩。阿明跟在时笺的身后排队。

时笺临进闸口,又回眸去寻找宋淮礼的视线。他遥遥地望着她,好看的琥珀色眼睛弯起:"去吧,我就在这里等你。"

时笺一步三回头上了旋转木马。

如果放在以前,她肯定会选南瓜马车,因为想当公主。但是这次,她一眼相中一匹雄赳赳气昂昂的高头大马。

时笺没玩过这个,踩着脚蹬,有些费力地爬上大马。

机器开始缓慢地转动。

周围响起稚童阵阵欢呼声。身侧是阿明扒拉着一匹小马,不断地给自己做心理建设的郁闷的脸。

时笺扬着嘴角笑起来。

一圈、两圈、三圈,每次一转到闸口那边,她都会下意识侧眸,视线隔空搜寻什么。

时笺没有失望,心头怦怦直跳。黑发随风吹起来,觉得自己也要飞起来了。

宋淮礼始终端坐,穿越人潮和她相望,仿佛从未移开过目光。

第五章
陪伴海

后来阿明又跟着时笺去玩了旁边的八爪鱼战车和飞天魔毯过山车。

等待期间,私人医生将宋淮礼的轮椅推至荫凉处歇息。

时笺玩完回来,看到桌上多了两个青色的大椰子。

宋淮礼喝着矿泉水补充水分,让她和阿明喝点椰子水解暑。

时笺坐在他旁边的长椅上,一眼看到对面的小卖部有卖冰激凌的,眼眸微亮。

宋淮礼顺着她视线看去:"想吃?"

"嗯!"

"今天方便吗?"

他的声音低下来,轻的只有她能够听见,时笺愣住。太阳好晒,她的脸蛋也有点热得泛红,声音很轻:"可以的。"

"阿明去买两个,看看有没有水蜜桃味的。"宋淮礼转头吩咐。

"得嘞!"

阿明屁颠颠地就去了,私人医生望着他的背影,提议道:"我们最好不要在这么炎热的环境里久待,找找有没有什么室内的项目。"

时笺抿着嘴唇点头,拿过纸巾仔细地替男人擦干额际的薄汗。

等阿明买冰激凌回来,她也浏览完景点推荐。

几个人将手头的食物解决完之后,出发前往电影院。

是那种座椅会震动、会喷水，还会不断有视觉冲击感的短片。室内空调的冷气开得很足，身心舒爽。等观众入场完毕，宋淮礼就在过道上看，时笺在离他最近的座位。

空气将她的欢笑声、尖叫声传到宋淮礼的耳边，他们看的是丛林历险，巨大的蟒蛇和探险者缠斗，偶尔他还能感觉到从她座位前端喷出的潮气，一切都近在咫尺，鲜活而生动。

电影结束之后又去看了一场室内的歌舞表演。小孩们穿奇形怪状的cosplay（角色扮演）衣服，扮精灵，扮公主，时笺合着熟悉的jingle bells（铃铛）旋律拍手哼唱，宋淮礼靠在椅背上，胸口轻缓地起伏着，呼吸悠长。

快到晚餐时间，他们在园子里的水手主题餐厅吃了饭。

寻到一处四人卡座，照旧是阿明去点菜，不一会儿端回来三盘蛋炒饭，装饭的碗勺模样很有意思，是海绵宝宝和派大星居住的菠萝屋和石头房。

私人医生拿出袋子里的保温饭盒，里面是中午叫主厨另外做的一份新鲜蔬果粥。

这时宋淮礼的手机铃声响起，是工作电话。他也没避讳，直接按了接听。

都是商业上的东西，在哪儿建楼、购地，时笺听不太懂，她一边埋头吃炒饭一边偷偷观察他的通话进度，等到他结束，她也恰好吃完，打开饭盒的盖子喂他喝粥。

私人医生和阿明互相对视一眼，瞧她的方法正确，也没说什么。

从餐馆出来以后，天色渐渐暗下来，气温也有所下降。

路口有人在卖氢气球，时笺刚瞥过去，就听到宋淮礼轻声道："阿明去买一只。"

阿明点头，看时笺："小姐想要什么样的？"

一大束氢气球飘在空中，各式各样的卡通图案。时笺指着其中一个粉红色兔子形状的气球，乖巧地说："那个，谢谢阿明哥。"

第五章 陪伴海

时笺拽着自己刚到手的"兔子"欢快地走在大街上。

他们漫无目的地闲逛，偶尔遇上那种投环或者打气球的项目，时笺跃跃欲试。

手中的气球成了难题，宋淮礼微笑着让她把细绳系在自己的轮椅扶手上。时笺不会用气枪，也不知道商家黑心，会把准心往上调整一些，好几次都打不中，她感到又懊恼又丧气。

宋淮礼教她："瞄准偏下方一寸的位置。"

时笺改变持枪角度，不确定地偏头看他："这样吗？"

宋淮礼将轮椅转侧过来，伸出右手扶稳她的手臂："这样。"

清脆的一声"嘭"，气球应击声而破。

"哇，你好厉害！"时笺的眼睛"刷"的一下亮起来。

阿明骄傲地说："先生用过真的。"

这些服侍他多年的人像她一样，也很崇敬他。时笺的心里突然变得更加柔软。

她按照宋淮礼的方法去做，自己也开始成功。一旁工作人员脸上挂着的笑容开始逐渐变得勉强。

一排气球逐个爆开，时笺如愿以偿地抱到柜子顶上那个大的维尼熊玩偶。

仅小半个下午便满载而归，司机与他们碰面，把大包小包的东西拎回到车上。时笺落得一身轻松，只剩下扶手上系着的那只兔子气球在空中自在地飘摇。

尽管有很多项目她都没有玩到，但时笺已经感到很满足。她的心里还惦记着要宋淮礼回去输液的事情，轻轻扯住他的袖子，乖巧地道："我们回去吧。"

宋淮礼说："最后再带你去一个地方。"

他的选择是一个很小众的音乐广场。这里的所有店铺都和音乐有关，陶艺手作、花房、咖啡厅，甚至书店都可能是街头艺术家们的表演场地。

有吉他独奏，也有小型管弦乐队，广场中央有一个小天使雕像喷泉。

到了晚上，悠扬动听的乐曲声阵阵传来，从不间断。

"我经常来这里。"宋淮礼停在喷泉前面较远处，那里有一位民谣歌手正在弹唱卖艺。

宋淮礼目视前方，安静地听着音乐。疏落的光照在他低垂的眼睫毛上，分隔出很细碎的影："这里的一切都让我感到很宁静。"

他听过许多场高雅的古典音乐会，却更喜欢这样门庭冷落的地方。这一瞬间，时笺觉得他的语气莫名显得寂寥，阿明和私人医生默默地离开，留给先生足够的私人空间。

只剩下时笺，依旧站在他的身旁。

I don't know you
我不了解你
But I want you
但我爱你
All the more for that
希冀渴望更多

Words fall through me
所有委婉的欺瞒
And always fool me
我总是乐意相信
And I can't react
不知该如何回应

那样缓慢叙述的低沉的歌声中，时笺听见他轻声唤道："阿午。"

"嗯？"她的指尖蜷起。

"这么多年，我都是一个人来到这里。"宋淮礼说，"但是今天不一样。有你在，我感到很开心。"

前一天刚下过雨,空气还很潮湿。喷泉的水流声潺潺,含混着藏在夏夜中的蝉鸣。

她靠他很近,右手垂在他的左手边,毫厘的距离,似碰未碰。

Take this sinking boat
and point it home
乘上这艘即将沉没的船
它能够带你回家
We've still got time
我们还有足够的时间

Raise your hopeful voice
you had a choice
不要让希望沉寂
你依然有权选择
You've made it now
就让它在此刻绽放

有隐约的温热从相隔的缝隙中传过来,时笺纤细的手指轻轻触碰到他的手背。

宋淮礼的手腕微微转动,她纤白微凉的指尖蹭过他掌心上的纹路,他们的手交握在一起。

安静的,无声无息。

三三两两的人潮在喷泉前集聚,"丁零当啷"的硬币投注到落魄的艺术家的面前,他不断地感激地颔首致意。

晚风习习,拂过发梢,时笺的心头微动——这是她听过的最好的一场音乐会。

她轻轻出声:"我也很开心。"

"嗯。"他攥紧她的手。

"这是这么多年,我拥有过的最好的一个生日。"时笺抽了抽鼻子,另一只手抬起,遮住眼睛,"或许你不知情,但我还是想透露。"

"什么?"宋淮礼温和地询问。

时笺看上去有些赧然。

她扭扭捏捏半天,才微微俯下身,抿着嘴唇贴近他的耳畔。

时笺飞快地小声撂下一句:"你对我来说很重要。"

Falling slowly sing your melody

缓慢降落 / 唱属于你的旋律

I'll sing along

我也跟着一同应和

I don't know you

我不了解你

But I want you

但我爱你

All the more for that

希望能始终在一起

"什么?"宋淮礼侧眸,轻轻地道,"我没听清。"

这种话一旦说过一遍就很难再启齿。时笺深感难为情,做足心理准备,深吸气:"我是说,你的存在,对我而言非常……"

不经意中抬眸,时笺看见男人那双琥珀色的眼睛里含着清浅的笑意,头顶的灯影朦胧,似有浮光跃金。

她茫然地眨眼:"嗯?"

他不回应,只是唇边弧度越发扩大。时笺羞恼起来,彻底反应过来,"呀"的一声叫出口:"你明明听到了!"

宋淮礼笑出声来，胸腔也跟着微微震动。

她想抽手走掉，被他紧紧攥住，握在掌心里。

他刚做完手术，时笺不敢和他闹，脚步顿在原地，只垂着脑袋轻轻瞪他。

很过分。

这个人真的很过分。

过分的人仿似什么都没有发生过，温和地唤她："囡囡，帮我一个小忙。"

时笺噘嘴，瞟他一眼："嗯？"

"他的演奏很打动人，我们都享受到了他的音乐，这是一点谢礼。"宋淮礼抽出几张纸币，耐心地道，"请代替我转交给他。"

"哦。"

小姑娘用小碎步跑到喷泉前面，弯下腰将钱放进帽子里，然后认真地同歌手说了什么。

宋淮礼看到对方望向自己，目光并无预想中的审视意味，只是扬起一个灿烂的笑容，朝他挥手表示感谢。

回到病房，时笺有种失真的梦幻感，就好像辛德瑞拉从王子的舞会出逃，终于在零点变回真身。

医生里里外外进出为宋淮礼取药，准备静脉注射，少不了微词几句。

时笺见他重新安顿下来，一颗心也踏实地落地。

她不能再占用医院资源有限的病房，于是取出自己的粉色贝壳船，收拾好书包。

姚乐安已经将她随身日常衣物打包快递了过来，时笺准备就近找个旅馆住下，这样方便一大早就过来看他。

宋淮礼让私人助理帮她订房，很快就办妥，信息发到时笺的微信上。

时笺抓紧时间向阿明请教护理经验，见状也收起话头。

她知道自己多此一举，但临走前还是嘱咐："你有任何事情随时可以给我打电话。"

"知道了。"宋淮礼微笑着道,"去吧。"

时笺最后多看了他几眼,他又出声:"阿午。"

"嗯?"

他让阿明拿了个提手袋过来,里面都是一些老电影的DVD:"无聊的时候可以用来打发时间。"

时笺回到酒店,洗漱完毕,躺在宽大的床上,给阿明发消息确认,他说先生已经睡下了。

时笺问他情况还好吗,阿明没说先生刚才胸疼气闷了好一阵,只让她不要担心,早点休息。

可时笺还不太困,于是将提手袋里最上面一张碟片放进自己的那个粉红色DVD机里。

长达四个小时的内容,时笺趴在床上跷着脚看。

她只留了床头一盏壁灯,昏暗的环境逐渐酝酿出睡意。

窗外是如水般的柔和夜色,屋内影影绰绰,少女抱住软绵绵的枕头合着眼,卷翘的睫毛随呼吸轻轻地颤动,睡相正娇憨。而DVD机落在一边,仍在播放男主人公呓语般的独白。

"当我对所有的事情都厌倦的时候,我就会想到你……想到你在世界上的某个地方生活着,存在着,我就愿意忍受一切。

"你的存在对我很重要。"

时笺将毕业手续办完,把自己的旧课本和书籍在二手市场卖掉,找姚乐安交接了大件的行李物品,然后全部重心都转移到医院这边。

时笺白天会到病房里看望她的"海",陪宋淮礼聊天,然后一起吃饭。

早晨是复健时间,总是卧床容易造成肌肉萎缩,两位专业医师会帮忙进行按摩。除此之外,每天还需要请人擦身清洁,做各项护理。

这些时候时笺都会主动回避。

"先生喜欢干净整洁。"阿明说。

即便长期行动不便,他也会保持自己的仪表足够体面,每天晨起要剃胡须,定时修剪头发和指甲。

下午则是工作时间。宋淮礼会斜靠在床上看电脑或者读书,偶尔开几个视频会议,接听电话。

他也不是时时刻刻都清醒着,大部分的时间都在浅睡,医生说他需要卧床休息,像是那天为了给她过生日,实际上对他的精神消耗非常大。

在他睡着的时候,时笺就在一旁做点别的事情。

偶尔根据当下新闻练习撰稿,有时会做手工艺品,例如缝制一块小杯垫,或者餐巾,还有的时候会和阿明或者医生闲聊。

她也很喜欢仔细观察宋淮礼入睡后的模样。他的睡相很好,一般平躺下来就不会再翻身或者无意识地动作。时笺常常趴在床头,在心里默数他根根分明的睫毛。

他的鼻梁很挺,侧颜优越,闭着眼睛的样子显得很安静,又密又长的睫毛很漂亮,嘴唇上有淡薄的血色。

宋淮礼的脸色一直都很苍白,说不清是因为生了病还是天生便如此,明明在时笺的心里他强大如神祇,但有时也会觉出一种极其矛盾的玻璃般的脆弱感。

像是一个幻境,凑得再近一点就会破碎。

时笺凝视他的时候常常下意识地屏住呼吸,正如阿明接近他时也会放缓脚步。

"先生的睡眠不好,夜里容易被惊醒,所以我们一定不能发出太大的声音。"阿明这样跟她说。

他们要聊天的时候就会离开房间,在床头放上传呼监听主机,这样可以密切关注屋内的情况。

这处私立医院的选址很好,周边环境清新,门口是草坪,附近还有小花园。

阿明说:"这里是先生的一个朋友开的。"

他们坐在长椅上,看到有园丁给花丛、灌木修剪造型、浇水。

时笺听到传呼机里传来缓慢悠长的呼吸声，不自觉地放轻声音："阿明哥，跟我多讲讲他的事吧。"

阿明说好，他说，他和先生认识的那一年，正是他的事业如日中天的时候。

先生年轻有为，是他见过的最为沉稳持重的人。他的性格很随和，阿明从来没见他同人着急过，总是不慌不忙的，从容不迫。

他很包容，喜恶并不是很强烈，眼界也足够开阔，哪怕只是简单的交谈都能感觉出他的智慧和博闻强识。

他喜欢看书，他有一个很大的书房，里面摆放着古今中外的图书。他懂得很多，无论说什么都能够旁征博引，阿明最爱听他讲的道理。

先生早年间四处游历，结交的人脉宽广，到哪里都认识朋友，在哪里都能行方便的事。虽然出身矜贵，衣食无忧，但他经常对需要帮助的人施以援手。

有些人是生来就有慈悲心的。

"先生就是那样的人。"阿明说。

就连4S店里一位低微穷苦的修车工他都会照拂，他现在的司机浩昌是个哑巴，找不到工作就跟着他。还有那些素未谋面的可怜人，贫困地区缺衣少食的孩童，都曾获得过先生在钱财方面的捐赠或是生活上的支持。

"先生曾说过，'不可居高临下地对待他人的痛苦'。"阿明的声音低下来。

所以他才会选择亲自前往地震灾区。

他的工作繁重忙碌，那是牺牲小假期安排的一个三天的行程。这些年他也去过许多危险的地方，在他的计划中，这和以往的任何一次差旅没有什么分别。

"我当时是先生的司机，那趟旅行却没跟他同去。"阿明的手肘撑在膝盖上，深深地将脸颊埋进掌心，"我申请回家看望父亲。那是仅有的一次我没陪伴在先生身边。"

他没再出声了，再也发不出声音。

只有隐约颤动的肩胛泄露出一丝不平静。时笺别开脸，望着空旷、寂寥的草坪流泪。

很长一段时间的沉默。

许久之后，阿明重新坐直身体。

"事情刚发生的那几年，先生就像是变了一个人，沉默寡言，几乎不再有笑容，经常把自己关在房间里。他不再是家族最受器重的后继者，他们明面上不言，可实际上已经放弃了他。"

阿明无力再回想那段黑暗岁月，压抑得让人无法喘息。

"先生的病并不是绝症，现在医疗技术发达，先生又有这样的条件，如果好好护理可以长命百岁，但他似乎不再珍惜自己的身体，无限地耗损精力，糟蹋和透支自己的身体，就像是一台正运转的机器零件生锈崩坏，各种各样的并发症出现，他沉浸在那种痛苦之中无法自拔。"

时笺感觉自己的心也像是被刺入一柄利刃，她还年轻，只知道通过流泪这种简单的方式发泄自己。

"后来呢？"她红着眼睛问，"后来怎么样了？"

"后来……"阿明也有些怔忡，陷入回忆。

不知从哪一天起，事情出现转机。先生一改往日的郁郁寡欢，神情中逐渐有了活力。

具体的时间他记不清了。那时先生也很少同他说自己的事，有时候进出房间，阿明看到先生在看手机，脸上挂着淡淡的笑意。

"大概是三四年以前。"阿明说，"先生的身体每况愈下，那是我们都很绝望的时候，但是好像不知怎么就柳暗花明了。"

时笺突然呆住。

有什么东西在脑海中剥丝抽茧，逐渐变得清晰，心跳也越发加速，情不自禁。

可没等她想得很透彻，传呼副机传来男人低沉温和的声音："……阿明。"

阿明拾掇好情绪，正襟危坐："先生，我在。"

他刚醒来，询问道："阿午在你身边吗？"

时笺自知自己的声音仍有些沙哑，还带着哭腔，不敢开口让他听见，只匆忙打手势让阿明继续回答。

阿明说："在的，我和小姐在花园里。"

"那不着急，这边也没什么事。"宋淮礼笑道，"你带她去看看余风种的石榴花，我想她也许会喜欢。"

时笺低眸，心里也跟着陷落一角，阿明在旁边恭谨地应声："好。"

"季余风就是先生这位开医院的朋友，"阿明介绍道，"这位季先生十分热爱生活，凡事喜欢亲力亲为，尤其是柴米油盐这种小事。种花是他的爱好所在，他称自己的第二职业是花匠。

"这块草坪也是季先生自己修整的，花园里的花都是他去选种、施肥，从小养起来的。先生兴致高的时候会同季先生一起，喏，那里，"阿明为时笺指道，"那一小块就是先生亲手料理的。"

时笺的视线被吸引过去。

看到阳光下几朵懒洋洋的向日葵，茎干边缘冒着可爱柔软的绒毛。

视野被一派明媚浓郁的金黄色吸引，时笺新奇地"哇"了一声，凑过去细看。

没有人告诉她，原来向日葵也是有香气的，是很淡很淡的清香，透着阳光的味道。

时笺闭上眼睛，用心细腻地去感受。

"他闲暇的时候都喜欢做些什么？"她问阿明。

"如果在医院这边，先生喜欢坐在窗边俯瞰花园，用老式唱机放一首慢歌，或者看看电影，但是电影需要长时间集中注意力，近些日子也很少看了。"阿明说，"小姐应该还没去过先生家里，为保证活动方便，设计成三楼大平层。这么大的房子只有他一个人居住，显得太空荡，先生有时会请各种能工巧匠来家中做手艺品，或者找钢琴家即兴作曲，观摩艺术家绘油画等。

"除此之外,就是旅行。不过这种旅行大部分都是在去治疗的时候顺带进行。先生喜欢坐火车,沿途有很多与众不同的风景,还可以呼吸新鲜空气,这对他的身体有好处。"

时笺抿唇:"多长时间需要去一趟欧洲?"

"三个月到半年,视具体情况而定。"阿明叹息了一声,"先生并没有抱什么希望,因此,他在这件事上从来都不积极。"他停顿了一下,"不过算算时间,下一次治疗时间应该也快到了。"

眼看着快到午时,两个人收了话头,一起上楼。

宋淮礼正斜靠在床上读书,种类丰富的特调膳食已经送到房间,他抬起下颌,清隽好看的眉眼微弯:"中午好。"

细碎的阳光溜过窗沿,跃动在他额际的黑发间,照见翻起的薄薄书页和他轻轻按在封皮上修长分明的手指:"我在等你们一起吃饭。"

时笺的眼睛仿佛也被这一幕照亮了。

她的脚步瞬间轻快起来,蹭了过去,拉开椅子在他的身边坐下。

今天是住院的最后两天,宋淮礼向她交代自己的安排,下周他要出一趟远门,还是去德国,那里有治疗和恢复脊椎神经功能很好的医疗专家。

时笺手中的筷子一顿,抬眼。

阿明在盥洗室消毒、清洗餐具,她小心翼翼地问:"我能和你一起去吗?"

宋淮礼愣了一下,很快敛去眸中的神色,垂着眼说:"路上应该会舟车劳顿,时间周期也很长,囡囡可能会不太习惯。"

时笺的入职日期还早,即使要陪他同去再回来也赶得及。只是她听得懂他的话外音——毕竟是远行,私人医生和护工随行,都是男性,一起去应当有许多不便。

时笺埋头看饭盒,长长的睫毛耷拉下来:"可是,我想陪着你一起……"

她有没有跟在他身边的立场,时笺不去仔细计较。她在宋淮礼面前好像变成一个肆无忌惮的孩子，喜欢对他直白地表达自己的心愿。

我想，或者我要，不管是怎样的要求，他总是答应。

盥洗室的水声渐歇，阿明的脚步声越发清晰，宋淮礼静静地凝视她满含期盼的双眼，点头："好。"

从北京到德国柏林的火车需要通过"西伯利亚大陆桥"，全长一万千米以上，要从国内先坐K3线国际列车抵达莫斯科，再转乘抵达柏林。

六天五夜的行程，据说途经贝加尔湖的那段风景是最漂亮的，时笺第一次出国，对所见到的一切都新奇。

K3线最高级的包间两个人一间，比时笺以往坐过的绿皮火车的条件要好上很多，还有独立的浴室。靠窗有一张小餐桌，一盏碧绿顶盖的阅读灯，旁边摆放了玫瑰花、书籍和报纸。

宋淮礼带了自己的一些书，有特朗斯特罗姆和布罗茨基的诗集，也有金融管理类和哲学类书籍，例如马可·奥勒留的《沉思录》或是瑞·达利欧的《原则》。

以往这种旅行通常是阿明陪宋淮礼一起，私人医生与另一名护理医师一道。现在多了时笺，宋淮礼不放心她同别人待在一间包间，便让她睡自己的上铺，阿明则躺在一旁的沙发椅上。

阿明照顾他很多年，颇有经验，夜里要怎么做，日常的各种习惯，阿明都了如指掌，很少离开他的左右。

火车上的条件有限，冲浴需要辅助弹性绳保持脊柱挺直，为防止意外，护理医师和阿明小心地陪同。

每回这时候时笺都在房间里研究护理知识，等到他们出来，她会趴在上铺，偷偷观察记下一些比较关键的重点——比如说医师按摩的时候，手法和力度如何，需要刺激腿部哪些部位的经络。

在火车上的第一夜，时笺躺在床上，很快就入睡。

虽然轻微的颠簸和在轨道上行驶的轰隆声难以忽略，但也逐渐习惯。第二日起来，往窗外一看，已经是蒙古辽阔平坦的草原风光。

碧绿的大地，牛羊成群，澄澈纯净的湖泊倒映出蓝天白云的影子。天苍苍，野茫茫，太阳的光线穿透高高的云层洒下来，光影瞬息万变。

时笺被眼前的美景震惊得说不出话来。包间里只有一个人——宋淮礼已经洗漱完毕，坐在桌边看报，他闻声抬头，朝她微微一笑："早。"

时笺无法说明自己的感受。

她好喜欢，好喜欢眼前这样的景象。

她穿着棉麻材质的浅粉色睡衣，"噔噔噔"地从上面爬下来，小声而雀跃地叫："宋叔叔。"

宋淮礼弯唇控制轮椅转向她，琥珀色的眉眼很温和："去洗脸刷牙，然后我陪你去餐车吃早餐。"

时笺的眼眸清亮，抿着嘴唇点点头。

大多数时间她不这样称呼他。

他是她的"海"，一直以来在她的心里都是这样的代号。见面以后，她有点不习惯别的称呼，不过也喜欢在必要的时候，直接叫他的名字。

但只有极少的次数，时笺会喊他"宋叔叔"。这种称呼更多是出于某种不为外人道的亲昵和撒娇，在两个人独处之时，不给别人听到。

他今日的穿着很休闲，浅咖色的袖衫显得柔软熨帖，看报时高挺的鼻梁上架着一副金丝框眼镜，侧颜清矜卓绝，说不出的好看。

时笺凑近他的时候，宋淮礼抬眼，伸手捋顺她睡得翘起来的两撮"呆毛"。

"头发。"他的眼眸含笑。

时笺赧然，乖乖地"哦"了一声，去卫生间洗漱。

已经过了餐点，餐车并非想象中那么冷清，有很多金发碧眼的外国人，俄罗斯人居多。年轻人在玩桥牌，凑在一起发出热闹的欢呼。

阿明也过来，旁观了一会儿，说："我们有更厉害的法宝。"

原来是麻将。

他们竟然连这个也带了，迷你便携版的，小小个，显得很可爱。

阿明推轮椅经过走道的时候，时笺敏感地察觉到那些白人有意无意地打量他们，很中性的目光，称不上友好，令她本能地觉得不大舒服。

宋淮礼的面色如常，脊背始终挺拔端正，目不斜视。

时笺往前快走了两步，走在他的身侧，将那些讨厌鬼和他隔挡开来。

他们寻到一处空座，四个人围坐，时笺不会玩麻将，就挨在宋淮礼旁边偷师。

她很聪明，学得也很快，有时轮到宋淮礼出牌，他会浅笑着看她，让她来做主。时笺一开始尚还不太自信，打出两轮"清一色"之后越发受到鼓舞。

"囡囡真棒。"宋淮礼从不吝于夸赞她。

时笺面上害羞，心里却高兴得炸开花。

窗外是一望无际的贝加尔湖，波光粼粼，映射金色的弧光，岸边有一棵繁盛茂密的树。趁着阿明他们的注意力被美景吸引过去，时笺挨到宋淮礼的耳边说悄悄话："是宋叔叔教得好。"

六天的旅途，除了多添了打麻将这一技能，还有别的奇遇。

到达伊尔库茨克之后，不少人都下了车，车厢内的旅客越来越少，大家都打过照面，多少会互相交谈几句。

都是形形色色的人。

有一群爷爷奶奶组团同去俄罗斯，说是年少时约定一起出国。时笺还见到过一对中年夫妻，据说这班列车是他们相遇相识相爱的地方，还有热血沸腾的世界杯球迷，脸上印着各个国家的队徽，有一个男生很喜欢克罗地亚球星卢卡·莫德里奇，许下壮志豪言，说要找他签名。

在贝加尔湖这个大站只停靠四十五分钟，有一位年轻的澳大利亚父亲下车去给孩子买餐食和牛奶，回来差点赶不上车。时笺替心急的母亲做英语翻译，好不容易找到一个会讲俄语的华裔领班，然后又告知俄罗斯列车员。

宋淮礼对这条线路很熟，也想办法联系自己认识的朋友，和站台打招呼。最后这位父亲在全车厢人的帮助下成功回到K3列车，大家齐声欢呼，这对澳大利亚父母特意带孩子向时笺和宋淮礼表示感谢。

餐车乘务长一辈子都在列车上工作,以前这趟车最得外交官、摄影师、西方记者和华裔留学生青睐。他的额头隐约可见纵深的皱纹,但笑意亲切。

同行的人问:"连续几十年都看相似的风景,不会感到厌倦吗?"

他回答说:"我们这一代人的想法很单纯,只想认真做好一件事情。"

一生做好一件事,一辈子只爱一个人。

时笺喜欢这里,就像她知道宋淮礼也喜欢这里。

这样的地方有一种难得的人情味,"生活"的意义不仅仅等同于"活着"。贝加尔湖畔日落的场面很壮观,傍晚大家都聚集在一起等待火红的圆日落下湖面。

车厢上还留有三成的乘客,空出很多床位,阿明躺了两天的窄小沙发椅,宋淮礼体恤他,让他晚上去附近的空包间睡床。

阿明起先不愿意,不过手术之后先生的情况还算稳定,前两夜均是平稳度过,同时在吃口服抗凝药,宋淮礼让他不必担心。

温馨的小车厢里只剩下时笺和宋淮礼两个人。阿明临走前让她有事就过来敲门,哪怕是凌晨也没问题。时笺说好。

宋淮礼睡得早,差不多十点钟就休息,时笺关了灯,从上铺探下来一个脑袋,甜甜地道:"宋叔叔晚安。"

宋淮礼笑着看她,声音低沉:"阿午,晚安,做个好梦!"

时笺入睡得很快——她是那种到哪里适应能力都很强的人,生命力如野草般顽强坚韧。

半夜时笺口渴,她翻了个身侧卧,听到下方传来几声刻意压低的咳嗽声。她迷迷糊糊地揉眼,那阵咳嗽越发剧烈,还伴随着阵阵痛苦的喘息声。

时笺的呼吸一滞,困意顷刻间消散大半。

隔壁不知道住的是谁,房门没有关,显然睡得正熟,隐约听见鼾声如雷,时笺一骨碌从床上爬起来,打着微弱的手电沿着梯子下楼。

她放轻脚步,朝宋淮礼的床铺靠近,半跪下来伏在床头。

男人此刻的状况看上去很不好。

他紧闭双眼,却不可自抑地蹙着眉,急促地呼吸,喘气,手掌上的骨节呈青白,时笺借着窗帘的缝隙透进来的月光看清他的额头上渗出细密的薄汗。

火车驶出欧姆斯克站,在轨道上蜿蜒颠簸。

这种情况之前也出现过几次,她只听护理医师说起过,却从未见过。时笺感觉到切身的痛苦,连同她的心也传来密密匝匝的针刺感,又酸又疼。

她在脑海中飞快地回忆他们平常是如何做的——时笺打开窗户透气,又拿了条干净的毛巾,小跑至盥洗室用冷水打湿,迅速回来,卷起敷在宋淮礼的额头上。

时笺伏在床头,心急如焚,小声唤他的名字,喃喃地问:"这样有没有好点……"

然而他像是被某种噩梦魇住,听不到她讲话,怎么也醒不过来。时笺害怕地去握他的手,感到一片过热的烫,她感到一阵心悸,声音里跟着染了哭腔:"很难受吗?你怎么了?"

时笺手忙脚乱,已经无法自主思考,她打算去找阿明,又想到来回要费好多时间。医生说过这样的状况很多都是突发性的,过一阵子就好,不需要上呼吸机,但是真的可以吗?沙发椅上放着一个备用的便携式小型吸氧机,时笺欲起身去寻找。

手腕却在此时被拉住。

宋淮礼的额头布满冷汗,脸色苍白,气息声很重,淡色的嘴唇微启,似乎念念有词。

时笺愣住,俯近去听,是很轻很轻的低音。

"阿午。"

分不清是梦中的呓语还是清醒时的呢喃,时笺听到他重复喊她的名,又低又哑:"阿午,阿午……"

她的手腕被捏疼了,他无意间用了好大的力气,可她终究不能够替他承受这份疼痛。时笺的眼泪顷刻落了下来,纤细的手指抚上他的侧脸,好烫,像是有什么东西烧起来了一样。

她把自己的脸贴过去,冰火交融,环着他的脖颈,用最原始的方法笨拙地给他降温。

他又开始咳嗽,时笺用冷水浸过的湿毛巾反复替他擦拭脸颊和脖颈,一边擦一边哭:"你不要吓我……"

她像雨中的落蝶一样发着抖,六神无主地靠近他,拥抱他,肌肤相亲,试图以微薄之力带走他身上的热量。

她的呼吸和他的缠绕在一起,带着热意的、沉哑的、滚烫的、潮湿的,窗外是伊施姆呼啸凛冽的风,时笺感觉自己从内到外也被席卷,被倾轧,被荡平。

就在时笺感到最难挨的时候,一只手臂将她轻轻环住,拥进怀里。

时笺的颊侧贴在他的胸膛,听到里面传来的一顿一顿的心跳声,比想象中沉稳有力。

"阿午。"他嘶哑的声音自头顶响起。

黑暗的车厢里一张泪水密布的脸,她的双眸如同雨后长街的灯亮起,眼泪径直流淌在他的心口,说不出话来。

他们紧紧地、久久地拥抱彼此。

过了好一会儿,他问:"冷不冷?"

"嗯。"

傻丫头把窗乎开得这么大,风全部刮在她的身上,她几乎要冻成一只小冰块。

宋淮礼抬手护住她的后脑勺,哑着嗓子说:"给囡囡暖暖。"

登上 K3 列车的第四天,时笺早早地起床。

已经到达斯柳笛扬卡,不同颜色的绿树冠层层叠叠堆出渐变的感觉,湛蓝色的湖边错落着几栋颜色鲜艳的小房子,还有纯白色的教堂,就像是一个打翻了颜料盘的童话小镇。

宋淮礼已经起床,看起来状态不错。时笺从餐车打好早餐放在桌上,他去盥洗室洗漱,刚拿起剃须刀,时笺便自告奋勇,咬着嘴唇道:"我来吧。"

宋淮礼微微一愣,没说什么,把剃须刀交给了她。

时笺先前没有做过这种事情,但也旁观过很多次。她凑近他,等泡沫起均匀,小心翼翼地沿着他下颌棱角分明的线去走刀。

为保持稳定,时笺的左手扶住他的颊边的另一侧。

宋淮礼低头垂眼,深棕色的深邃眼眸静静地凝视着她。他的眉眼很温和,五官英俊卓致,长长的睫毛落下,鼻梁很挺拔。

他的身上好像还有一种莫名的清冽气息,像是凉爽干净的海风,时笺缓慢地刮掉泡沫,视线却忍不住稍稍抬起,去寻他的眼。

然而正对上后,时笺的手一顿,又迅速瞥低。

"今天的天气真好。"她佯装专注,似是而非地说。

宋淮礼笑:"是。"

他们面对面地吃完了早餐,时笺练习自由撰稿,宋淮礼戴着那副细边眼镜阅读书籍。阿明过来,听闻昨晚发生的事感到一阵后怕,说什么后面两晚也要和他们待在一起。

阿明私下找到时笺,听她讲述冰敷和开窗的举措,认可地道:"是正常状况,你做得很好。"他叹息一声,"这样的时刻,先生最需要的是陪伴,谁也帮不了他。"

这回护理医师过来按摩的时候,时笺不再躲在上铺偷偷观察,而是下来在一旁仔细学习——在她的预设里,总有一天她要为他做这样的事,十足的理所当然。

火车在周一抵达莫斯科。

原计划第二天就转乘至柏林,但时间还充裕,宋淮礼想带时笺在当地多玩两天。

第一站是卡洛明斯克庄园,曾经的皇家林苑和避暑山庄,风景如画,教堂和宫殿林立,绿草茵茵,小河潺潺流淌。

几个人悠闲地喝了下午茶，沿着林间小道慢慢散步，路过一个俄罗斯老奶奶开的零食铺，宋淮礼给时笺买了一只芝士玉米棒，还有一根长长的弯管糖果。

有两位画家在蓝色星星教堂前面写生，时笺一向佩服这种水彩的笔触，站在旁边驻足片晌，偶尔用英语询问几句。恰逢对方快要画完一张，将这幅画赠予了她。

时笺把弯管糖果当拐杖，拿着画蹦蹦跳跳地走在宋淮礼身侧。

广阔的碧绿草坪上都是三三两两的年轻人，有在野餐读书的，有闲聊的，也有弹吉他的。阵阵悠扬的俄罗斯民谣曲声传来，时笺扯了扯宋淮礼的袖子，期盼地说："我可不可以在这里跟你合张影？"

她想做什么，宋淮礼都无异议。

阿明和两位医生退到旁边给他们拍照，宋淮礼背对颜色如油画般浓郁的莫斯科河岸，微笑着同时笺留在取景框里。

快门响起的那个瞬间，时笺的手指握住他的掌心，同样弯起双眼。

"咔嚓"一声，照片定格。

后来她就一直牵着他的手没放开。阿明推着轮椅，时笺保持和他同频步调，拿小扇子悠闲地给宋淮礼扇风。

他们在某家地道的俄式餐厅解决了晚餐。

酒店订在莫斯科河岸边，一览无余的好视野，暮色降下，岸边灯火通明，星光璀璨。

时笺拥有自己独立的房间，但是她更想和宋淮礼待在一起，于是撒娇恳求他在他的房间里加一张小床。

阿明手持监听传呼机睡在隔壁房间，时笺怡然自得地躺在小床上，抱着她的小毯子陷入沉睡。

说不清什么原因，夜里她醒了一次，下意识地望向旁边。

那里没有熟睡时那种轻而缓的气息声，室内很安静。

时笺撑着手臂爬起来，意识到宋淮礼还醒着。

"怎么了？你睡不着吗？"她担忧地问。

他轻咳了两声,把声音压低,轻声回答:"嗯。"

时笺穿上拖鞋,伏在他的床边,忧心忡忡地道:"是不舒服吗?还是喘不过来气?觉得胸闷?"

宋淮礼的气息微动,说:"有一点。"

"你等等,我给你开窗透气。"

"哒哒"的脚步声跑远,有微风拂过来,宋淮礼听到隐约的汽笛声。

凌晨两点钟。

时笺显然也听到那阵厚重的声音,脚步顿在原地。沉静的夜里晚风习习,汽笛的长鸣声很有力量感,他还没出声,她忽然说:"我有一个主意。"

"嗯?"

"你想不想到外面去走一走?"她的语气平缓,但说不上哪里有一丝狡黠,"我们暂时'出逃'一下。"

"出逃"这个词还是他教会她的。

时笺叫来值班的俄罗斯小伙,帮助宋淮礼坐上轮椅。夏夜的气温正舒适,十五摄氏度左右,时笺想给他准备一件薄外套,却见他拿出一条毯子,深蓝色的海浪,恰是她给他织的那一条。

"你带了啊!"时笺很欣喜。

"嗯,我到哪里都带着。"

不知道他这句话有没有夸张的成分,总之,时笺笑眯眯的,推着轮椅下楼。

这个时候的莫斯科河最为动人。

岸边灯火盛放,波光粼粼的水面倒映着霓虹的影子,沿路走过去,圣瓦西里主教堂、卢日尼基、克里姆林宫等建筑物光彩夺目,时笺的脖子上系着宋淮礼的围巾。

她身体前倾,凑过去,在他的耳畔轻声问:"你冷不冷呀?"

宋淮礼的膝盖上搭着她暖融融的"海浪",笑着道:"不冷。"

宽阔的街道上空旷冷清,寥寥的行人,他们一同享受着这难能可贵的静谧。到了红场边上,有流浪歌手坐在长椅上弹奏孤独的小调乐曲。

Wish that I could be a little clever
希望我能够聪明一点
Find the words to tell you how I'm feeling
可以用言语向你诉说我的感受
Come along let's take this walk together
让我们携手共同前行
We are together
让我们在一起
Tell me I'm not dreaming
告诉我我不是在做梦

Can't you see I'm happy that I found you
我很高兴我找到了你
Through the rain/Through the storming
穿越狂风暴雨
Through the fire
穿越烈焰
My darling won't you wait for me
亲爱的你能否为我等候

他们长久地驻足在那里,时笺转到宋淮礼的面前,垂眸看他。

男人仰面,抬起温和的眉目。他额际细碎的黑发随风轻动,一双眼也如漾起浪潮的海面,潜藏着不为人知的深沉。

时笺的心里无法更加柔软。

她微微俯下身,膝盖跪在座椅上,双臂环绕住他的脖颈:"宋叔叔。"

"嗯。"

他的右臂拢上来，近在咫尺的默默注视，过了一会儿，左臂也小心地抚上她的脊背，将她揽进怀里。

时笺用视线一寸寸地描摹他的轮廓，他的模样，心里也如潮涨般被填满，咸涩而温柔。

这是她的海啊。

乐曲声依旧，一瞬间很多东西走马观花般在脑海中回现，他们的四年。

从她认识他的那一天，穿越漫长的时光，到如今，他们还陪伴在彼此身边。

时笺闭上眼睛，凑近他的颊边，把唇贴了上去。

是近乎无知觉的一个吻，虚幻如易碎的梦境。连同她情不自禁屏住的轻微气息，一同被浪潮声淹没。

宋淮礼的身体狠狠地颤抖了一下。

时笺沉默片刻，往后撤开，湿漉漉的眼睛又看他，其内隐约的湿意被暧昧的路灯映出浅光。

宋淮礼的喉结滚动，眼里有什么东西在压抑着翻腾，然而终究汹涌，他用有力的右臂将她抱向自己，鼻尖相抵，安静而无声。

这一次吻在嘴角。

很久之后，时笺听到他涩然发紧的声音："我会好起来的。等等我。"

这一路上眺望过湖，也见过河，唯独没看过海。

宋淮礼搂紧她，呢喃声隐忍于唇齿间，声音低得几乎听不见："等我好了，就带你去看海。"

火车到达柏林的时候，天上正下着阳光雨。灿烂的晴朗，空气中微微有些潮湿。

有专车来接，他们在旅馆安顿下来，下午便驱车前往医疗中心。

这里的环境很好，旁边就是新药研发的科研机构，门口是大大的草坪，伫立着西式雕花喷泉和医学泰斗古铜像。

在这里要待上三周到一个月左右,私人医生推宋淮礼上楼,和这边的神经学专家沟通。

时笺在外面的长椅上等待,垂杨柳依依,透过玻璃窗可以看见她白皙姣好的侧脸。

宋淮礼对医生说:"我想尝试一下新疗法。"

这种方法是一种全新的靶向技术,在脊髓注入电刺激电极,只做过一些临床测试,有几位半瘫痪患者在长达半年到一年的护理和训练下,可以借助外物支撑直立行走。

神经专家谨慎地向他确认:"您确定吗?先生,我们不能保证任何结果,您以往的意愿并不强烈,为什么突然转变了想法?"

时笺不知道看见什么,笑了。她笑得很开怀,眉眼弯弯,领口的飘带也随风扬起,长发温软四散。光线跃动在她卷翘的睫毛上,宋淮礼疑心自己看到一只蝴蝶停在她的发端。

他微笑着,毫不遮掩自己的目光被她深深地吸引。

"跟我想要活下来的理由一样。"

第六章
爱上海

九月初，时笺入职报社，正式成为一名初级记者。

她向远在老家茂城的张妈汇报了此事，张玥很高兴，让她在北京好好的，现在饭馆的生意也不错，一天能赚不少钱，等她得空，就找时间过来看时笺。

报到当天是宋淮礼亲自送她去的，黑色的轿车只停在商厦门口侧面，并不招惹人注意。时笺站在车外面对着他甜甜地说再见，宋淮礼摸了摸她的脑袋，弯唇："囡囡加油。"

时笺为了方便照顾他，也为了能够更多时间与他待在一起，搬进了宋淮礼在北京的家，是三层楼高的别墅，里面安装了电梯，方便他乘轮椅活动。

她的卧室在二层，就安排在主卧隔壁。

家里有一位管家，两个负责按摩和复健的理疗师，一位厨师，两位用人，还有阿明，照顾他们二人的日常起居绰绰有余。

时笺很喜欢自己的这份工作，团队里的前辈都很有耐心，愿意带新人，而且这里也是很权威的报社，她所在的深度调查组，平常能够接触到一些稀缺难得的新闻。

入职后一个月，老师带她去暗访一家向老人卖假冒保健品的公司。他们伪装成老人的亲属参加推销会，时笺负责伺机拍摄照片，老师则与推销员谈话，利用话术套取新闻。

从这位推销员的口中还真得到了不少有用的信息，他们是一家庞大的机构，有完整的地下产业链，一旦网络铺开，就容易让人掉以轻心。

事后他们又去几位受害者家中采访，看到那些原本就有基础病的老人因为吃了这些保健品而病情加重，更有甚者，直接诱发心肌梗死导致死亡。

这次采访对于时笺的冲击非常大，看到受害者家属痛苦地垂泪，她的心头也难受万分，不忍旁观。

这世上总有人为牟取利益不择手段，甚至罔顾伦理，漠视法律，践踏他人生命。时笺还年轻，猝然接触到这些社会潜藏的黑暗面，总忍不住唏嘘。

每当这时，时笺会想到茂城，想到当时她那样绝望的时候，也很渴望有人能够拉自己一把。现在角色转换，她所在的位置，能够帮助到更多的人，时笺越发感觉到自己做的是对的事情。

只是唯一苦恼的是，这份工作占用和消耗的精力太多，她经常需要出差去各地去找新闻，一待就是好几天，也间歇性地需要加班，通宵时直接睡在公司，这些都会大大地缩减她陪在宋淮礼身边的时间。

而他对此并无任何微词。

宋淮礼总是鼓励她，正是立足的时候，年轻人要多出去闯荡，做让自己感到有价值的事业，而且叫她放宽心，他有专业的人照顾，不会出什么问题。

自从上次去欧洲治疗以后，他的各方面状况明显改善，气色也很好。

他也有自己的事情要忙。日常的工作也偶尔需要出差，时笺刚入职的前三个月，他们一周能和彼此相处的次数并不算频繁。

他们约好要在一起度过平安夜和圣诞节。恰逢中午，时笺有学生会文艺部的同学聚会，宋淮礼说等结束后他会过来接她。

她已经两天零十五个小时没有见到他。比起跟老同学见面的那种紧张和期待感，时笺更在乎的是之后的晚餐。

她期盼过头，连这次聚会陆译年也会在场的事情都抛之脑后。

推开门，一桌人停下话头。都是熟悉的面孔，大家没什么变化，很快有关系同时笺亲近的女生叫道："笺笺，过来坐！"

时笺看到了陆译年。

他也没变，依旧穿着体面、上档次，到哪里都是焦点。工作两年多，他看上去显得越发成熟沉稳，待人接物也更加游刃有余。

时笺坐在周愿的旁边，看陆译年招呼众人吃菜，又交代服务员开酒。

"中午大家都方便吗？"他征求大家的意见。

"开吧！难得聚在一起！"

"是啊，今天高兴！"

红酒满上，大家漫无边际地闲聊，话题都围绕着以往一起共事的人——譬如谁一毕业就结婚啦；谁进了年薪百万的大公司；谁和谁居然谈恋爱，以前真没看出有擦出什么火花。

席间交谈很多，但都心照不宣地绕开了在座的两位主角。

陆译年和时笺恋爱的时候人尽皆知，他们并未刻意高调张扬，但是那种纯粹的喜欢是遮掩不了的。听说分手分得不好看，大家不了解内情，谁也不敢去问。

徐妙勤坐在陆译年旁边，时不时靠近，和他聊两句，姿态仍颇为殷勤。

时笺抬眼注视的时候不经意碰上她的视线，对方的唇角弧度下垂，笑意收敛。

徐妙勤是她的同系师姐，高她一届，现在和她在同一个单位工作。因为是不同组，平常也很少能打照面，时笺最初得知这件事的时候还觉得太巧。

然而这时有人发话，问陆译年："年哥不是在申市？年前正忙，怎么有时间来北京聚餐？"

陆译年笑回："想着是周末，飞过来也不需要太久。"

问话的是原先的低级部员，见他态度和善，酒意上头，也有些失了分寸，开玩笑道："原来不是出差？飞一趟也好麻烦的，我看是有什么特别想见的人吧?"

席间的空气稍稍凝滞,半晌,陆译年点点头:"是啊。"

"很想见大家。"他从容地转向周愿,"还有我的老战友,好久不见。"

周愿的反应很快,笑着骂他:"一年不发两条消息的人说什么惦记我,骗子。"

大家都笑起来,起哄让两个部长一起喝一杯。先前那一丝微妙很快被粉碎、稀释,消失得无影无踪。

话题兜兜转转地来到徐妙勤的身上,她又活泼又爱漂亮,原先在部门里就很受欢迎,曾经的某位追求者关心地问道:"妙妙现在在哪里工作?"

徐妙勤回答某权威日报的名字。

"哇,好厉害!"对方稍微懂点行,"我听说这种很难考的。"

徐妙勤的表情略微有些得意,这时有人搭腔:"哎,时笺不是也在那里?"

众人目光都投注过来,时笺原本在和盘子里的那只螃蟹钳子做斗争,闻声抬起眼睛。

时笺点点头:"嗯,我和师姐是同事。"

徐妙勤读了两年的硕士才工作,现在和时笺的职级一样。大家又都看向徐妙勤,可她没有接时笺这句话,时笺不太在意地笑了笑,继续道:"我们这一桌里面,好像从事新闻行业的不多吧?"

一句话巧妙地将话题引向大家的职业选择,稍有点暗潮汹涌的态势再次平息。一桌人开始热闹地吐槽自己悲催的"996"、加班脱发、天杀的老板及要求多的甲方。

作为同事,时笺的原意是尽量不和徐妙勤产生冲突,更何况她现在无论是主观还是客观都没有意愿和立场。

然而徐妙勤的心里显然没有过那个坎。在大家开始聊别的之后,她盯着时笺,挑衅般地用公筷给陆译年夹菜。

陆译年连声向她道谢,却也下意识地看向时笺。

这是今天第一次真正意义上的对视，他漆黑的眼眸中似乎有想说的话，时笺停顿了一下，安静地移开视线。

众人该喝茶喝茶，该交谈的交谈，恍若未曾发觉。

时笺低头喝汤，过了一会儿，拿出手机，给宋淮礼发微信消息。

阿午："这里没什么意思，想回家。"

他很快回复。

"海"："好，我现在来接你。"

"海"："马上就到。"

时笺起身，同旁边的人耳语："不好意思，我去一下卫生间。"

她走到卫生间，看向镜子里的自己，妆容和出门前一样细致靓丽。

在座的所有人中，其实她的变化是最大的。她变得更加自信，也更有生活的底气。和陆译年对视的那一眼，时笺接收到了他的情绪，很复杂，三言两语难以说清。

时笺想，大概是惊诧吧。

他们已经很久没有过对方的消息，时笺也不清楚他如今拥有什么样的生活，不过她想，他在同龄人中一定出类拔萃。他有那样的家世背景和学识经历，平庸才显得奇怪。

今天想见的人也差不多都见过、聊过，时笺得知周愿刚刚跳槽去了一家待遇很好的公司，心里替她感到高兴。反正都在北京，她们约好之后常联络，有空再一起出来逛街。

擦干净手出去的时候，时笺心里想的还是与宋淮礼有关的事。

她近日在学做菜，今天这家餐厅的虫草乌鸡汤炖得很鲜，鲫鱼豆腐也入口即化，时笺寻思着等回家之后煲汤给他喝，他也许会喜欢。

她想得出神，没留意被人拦住。

时笺抬头，看到陆译年清俊的脸庞。

走廊上来往的人不多，他们又站在包间出来的拐角处，时笺立定，想了想，还是跟他打了声招呼。

"好久不见。"

比起周愿,他们才是真的好久不见。

陆译年垂下眼睛,回应:"好久不见,筊筊。"

"我现在还能这样叫你吗?"他问。

时筊抿着嘴唇,不偏不倚地回答:"都可以。"

她没有划清界限,对待他的态度也和跟其他人没什么不同,陆译年沉默了片刻,才再次开口:"坦白说,我的工作很忙。筊筊,今天是特地抽出来的时间。"

时筊感到很惊讶,听他继续说:"我这两年一直在拼事业。你也知道,干我们这行需要一些真本事,优胜劣汰,一直是这个道理。"陆译年心平气和地说,"不过我还好,前不久刚升职,我在考虑要不要调来北京。"

时筊犹豫了一下,没有问什么,只是道声恭喜:"那挺好的。"

她想了想,也分享自己的经历:"其实我们做记者的也一样,天天加班,没有哪一行是轻松的。"

"嗯。听说你也很忙,经常出差。"

不知道他从哪里听说的,时筊应道:"是啊。"

陆译年道:"不要太累了。"

两个人突然安静下来,为他这句有些过分亲近的关心,时筊沉默片刻,又提起气,笑道:"嗯,你也是。"

她指了指包间的方向:"刚说什么好玩的了,我们是不是应该回去……"

"我这两年想了很多。"

陆译年突然冷不丁地出声,打断她的圆场。时筊愣住,听见他说:"当初是我太懦弱,也太年轻,没有为你争取,更没有保护好你,你心里一定很难过。"

他的话题跳跃得太快,时筊感到有些猝不及防。

她的指尖微蜷,暗自深呼吸几次,才轻声道:"当初我也有错,没有很好地和你沟通。"她停顿了一下,"不过都已经过去这么久了,不必放在心上。"

"是啊,已经过去这么久了。"陆译年垂眸看着她,很久没有说话。

时笺愣了一下,迟疑地开口:"你……"

宋淮礼打电话过来的时候,时笺恰好拎着包包从餐厅出来。

其他人还在包间里喝酒,她找了个借口先行告退。

只是两天多没见面,时笺却觉得仿佛已经过了好久。宋淮礼坐着轮椅在离门口比较远的地方等待,她迈着小碎步跑过去,跟他打招呼:"宋叔叔!"

他穿着正式的衬衫,脖颈处却裹着她今年过生日时送他的浅灰色围巾,双腿修长,脊背挺拔,英俊而绅士。

宋淮礼浅笑着看她,过了一会儿,温和地问:"同学聚会玩得不开心吗?"

见到他,时笺的心情都放晴了,摇摇头:"还好啦。"停顿了一下,又欢快地道,"不过见到你才是最开心的!"

待回到家里,时笺还在同宋淮礼分享同学聚会的所见所闻。倒也不是今天的经历有多么与众不同,只是她在用这种近乎孩童般的方式对他表达想念。

"大家都变得成熟了,我认识的一对学长、学姐已经结婚了,还没有摆酒,不过大家都觉得他们很甜蜜。有人在银行工作,有人在体制内,有人去日化公司……"时笺嘟着嘴,还是很大气地说起了徐妙勤,"还有人和我一样在报社。"

宋淮礼一直在耐心地听她说话。

正是冬日下午,顶楼玻璃花房的光线很好,并不过分刺眼。他们坐在中央的沙发椅上晒太阳,视野十分开阔。

时笺像只小猫咪一样,摊开柔软的小肚皮,舒适惬意地伸懒腰。她对他非常坦诚,也毫无防备,一股脑地把想说的话都倒出来,连同和前男友的那一部分。

"他说他现在在申市也有一定的基础，同时也接手了家里的部分生意，"时笺在宋淮礼面前没有遮掩，像以前一样跟他讲这些事情，"我想他还是不甘心，觉得我们当初不明不白地分手。不过我在听到他这么说的时候，感觉还挺意外的。"

"阿午。"听到这里，宋淮礼才出声。

"嗯？"时笺掐住话头，乖乖地看他。

他垂下琥珀色的眸子，好看的薄唇微抿，平静地道："讲了这么久的话，你想不想喝点鲜果汁？我让厨师去榨。"

时笺意识到什么，将身体转过来正对着他，仔细打量两眼。她歪过脑袋，嘴角弯起，似乎想笑："宋叔叔不高兴啦？"

她没说因为什么而不高兴，宋淮礼也没回答，默默地望向远处。

时笺笑眯眯地挨近他的身边，去攀他的肩头："那你不想知道我对他说了什么吗？"

宋淮礼没有看她，但手臂还是诚实地将她环抱住，问："什么？"

时笺伏在他的耳畔，软声私语："我告诉他，我有我自己好喜欢的人。"

宋淮礼的皮肤很白，所以时笺说完那句话以后清晰地看到，他的耳朵竟然红了。

只是微微发红，他刻意没有看她，但是手臂不动声色收拢，把她抱得更紧，任她将脸颊埋在自己的肩窝里。

时笺看不到，但是能嗅到他身上好闻的清冽的气息，如同海风一样。她蹭了两下，感觉到一个温柔克制的吻落在自己的发端。

他的力道很轻柔也很小心，像是害怕惊扰这个易醒的美梦。已近黄昏，窗外的圆日落下，几只大雁归途。

宋淮礼低声唤她："阿午……"

"嗯？"

他似有些难以启齿，过了好久才开口："其实我，从很早以前就不是很想再听到你和他的事。"

时笺突然愣住。

宋淮礼缓缓地道:"我私心希望,你更加需要我。"

"虽然我能做的事情不多,但是哪怕,"他闭上眼睛喃喃着,"哪怕我能为你带来一点点的快乐,也是有价值的。"

是什么有价值?他没说。

时笺窝在他的怀里半晌没动。过了片刻爬起来,一双黑亮的杏眸已盛满水意。

在他身边,她真的很爱哭。

见不得他痛苦、难过,更听不得他这样妄自菲薄。

"什么叫,能做的事不多?"时笺的心皱巴巴的,在发疼,"你明明做了很多有意义的事情,为我,为那个孩子,为那些可怜的人……怎么会没有价值?"

小姑娘一改往日的常态,变得很霸道,她气鼓鼓地伏回他的肩头:"不准你再讲这样的话了。"

宋淮礼的喉结微动,低低地应道:"嗯。"

时笺能感觉到他还是有些失落。不仅仅因为她无意中提到陆译年,更是因为他不知道自己什么时候才能像一个正常人一样陪伴她,就像陆译年曾经那般,因此而自惭形秽。

时笺在心里感到懊恼,方才没有很好地体恤他的心情。

她可怜巴巴地扯他的袖子:"宋叔叔,有件事我可能还是要和你商量一下。"

宋淮礼抬眼,默默地望着她:"什么?"

"阿明、浩昌,还有季先生他们都很需要你,"时笺侧脸贴在他的心口,声音很小,"但是,全世界我最需要你。所以,无论你什么时候都要在我的身边。"

晚霞在这一刻如油彩,漂亮的橙红色席卷天空,宋淮礼哑着嗓子低声应好。

他的指腹覆上来,小心替她擦拭眼泪,时笺吸了吸鼻子,一声不吭地靠在他的怀里,听他逐渐变得安静舒缓的呼吸声。

过了好一会儿，宋淮礼紧了紧手臂。

"天色好美。"他轻声哄道，"囡囡要不要看看？"

时笺支起脑袋，看到瞬息万变的霞光。薄薄的云彩映在空中，远处是烈焰般的橘色，近处的高空则是浅紫色，再仔细看似乎还有一道弯弯的彩虹，是五彩斑斓的颜色。

宋淮礼清隽好看的眉眼近在咫尺，好像也笼上了一层淡淡的、漂亮的浅金色的光。

时笺心头微动："宋叔叔。"

"嗯？"

"抱一下。"

已经抱着了。

宋淮礼微怔，还没说话，她就飞快凑过去，在他的脸上"吧唧"落下一口。

年前是最忙的时候。时笺的老师要跟一个房地产强拆的选题——是某个旧改拆迁项目，由于强拆时起冲突误伤了人，这件事最近正在风口浪尖，连带着当初的那栋钉子户居民楼也被人关注起来。

老师带她去做深度调查，低调打扮，和受伤者家属碰面。

他的女儿才五岁大，怀里抱着布娃娃怯生生地躲在房门后，露出一双惊慌不安的眼睛。她还太小，对近日家中的氛围尚且无法理解。

时笺默默地收起相机，不给小姑娘看到。

他还有一个刚成年的儿子，在外省上学。他的妻子腿脚不太好，是个幼教老师。他在工地干活，每天搬重物，打灰砌墙，加工钢筋。

他的妻子在哭，老师在一旁温和地哄着，小姑娘犹豫着后退两步，用稚嫩的声音问："妈妈，爸爸什么时候才能回来呀？"

窄小的房间中只有妇人声嘶力竭的痛哭。

桌子上还放着一沓红色的钱，她激动之余全挥散到地上，尖声发泄："谁要他们的烂钱！谁要他们这样来羞辱我！"

不问不知道，原来这次事件严重至极，受伤者不止一个。

时笺和老师决定在当地休息一天，第二天再走访另外两户人家。

时笺离开的时候还是觉得心情很沉重。

她不可避免地想到了自己，想到这个孩子也和曾经的她一样弱小无助。

如果人可以永远不长大，也是一件幸运的事吧。

因为人生地不熟，出来的时候天色将晚，时笺和老师好不容易才打上出租车，司机的话不多，车里一股烟味，老师颦眉扇了扇风，开了窗。

从小巷转角出来，车底突然发出一声闷响，司机愣了一下，很快下车检查，借着昏黄的路灯看清状况后咒骂一声："完蛋了！"

"怎么了？"老师问。

"车胎爆了。"

这个地方很偏僻，这辆车还是等了好久才拦上的。司机也骂骂咧咧的，"呸"了一声，"真晦气"，打电话找维修公司。

不知道得等多久，眼看着天色越来越晚，老师带着时笺站在路边继续叫车。软件上一直显示持续排队，出租车供不应求，过了一会儿，有一辆小轿车停在她们面前。

车窗摇下来，是一位憨态可掬的大叔："走不走？我这车也拉人的。"

时笺的老师是一位资深记者，总在各地跑，对这种黑车分外警惕，摇头婉拒："谢谢您，我们先不用。"

大叔看了她们一眼，没说什么："好嘞。"

周围的空气有点湿冷，时笺缩了缩脖子，给宋淮礼发消息汇报："今晚还要在这边待一天。"

为了不让他担心，她什么也没有说："现在在回旅馆的路上。"

"海"："好，注意安全。"

时笺出差的经验已经非常丰富，之前也有叫不到车的情况，但是最终都顺利解决，今天她们的运气显然不如以往，一辆车都没有，最后还是要坐原来的出租车。

等了一个多小时，维修公司过来换了个轮胎，终于再次启程。

一路上老师始终望着窗外缄默不言，等回到房间，她才告诉时笺："这很有可能是蓄意报复。"

"什么？"时笺惊讶地问。

"车胎。"

老师冷静地思考："我们已经被他们注意到，如果明天还去采访，我不能保证不出现任何问题。"

时笺很聪明，很快想通一切，禁不住感到一阵心悸。

深度调查会遇上一些危险的事情，记者被辱骂被殴打，摄像机被损毁，或者人身安全受威胁的情况都有可能发生。

老师当机立断："明天我们不去，隔两天再去。"

时笺没有任何异议，她还是第一次遇到这种事情，难免有些六神无主。

老师看她紧张得发慌，表情和缓下来，安抚道："不要担心，这种事情我曾经经历过不少。"

譬如短信威胁，半夜有人在家门口徘徊，或者被跟踪，还有一次遇上两个小混混。

时笺听得胆战心惊："您不会感到害怕吗？"

"害怕啊。"老师风轻云淡地道，"刚入行那会儿特别怕，现在已经千锤百炼了。

"这个社会有坏人，但是好人更多。我一直坚信这一点。

"遇上半夜狂敲我家门的，我吼一声，邻居大妈会抄家伙出来打人的，隔壁大爷也会喊众人出来围观并报警。"

她还有心思开玩笑，时笺也没原先那样紧张了。

只是当夜她还有些辗转反侧，不忍心吵醒宋淮礼，便在黑暗的被窝里偷偷看他们曾经的聊天记录。

无论他以什么形式在她身边，她都会感觉到安心而踏实。

中间间隔的两天，老师带时笺去挖了当地的另外一条小新闻。待到第三天,她们乔装打扮,再次按照线人给的地址上门。

这回比想象中顺利很多,也不知道是对方放松了警惕还是如何,一整天都未生出什么波澜。

拿到足够的新闻素材回北京,时笺加班撰稿。

一月,恰好又赶上宋淮礼去德国的日子。时笺忙得抽不开身,和领导请假但没获批,她心里十分着急。

宋淮礼让她不要担心。K3这条线他走过很多次,有阿明和两个医生陪着,不会有任何问题。

只是这一去又是一个多月,连过年也要在国外,时笺觉得依依不舍:"等我放假,马上就飞过来陪你。"

宋淮礼只朝她温和地笑:"好,我等你。"

还没到除夕夜,时笺就赶上第二次远距离出差。

是去某县采访几位索求赔偿无门的尘肺工人。

沿途都是蜿蜒曲折的山路,不好开车,她们请了一位当地的司机。

花了两天的时间结束采访,沿着同样的土路回程,还有一天就到大年三十,路上时笺在发消息,老师见状和她闲聊:"是男友吗?"

时笺抬头,下意识地否认:"不是。"

老师觉得有点诧异,笑道:"我看你老抱着个手机,以为跟谁聊呢。"

时笺抿着嘴唇,有点赧然。老师知道小女孩脸皮薄,只打趣地瞥她一眼,没再说什么。

时笺看向窗外。

外面刚落了雨,起了一层轻薄的雾,连绵的山脉匍匐于层层绿意之中,她捏紧衣角,回想起刚才的话题。

宋淮礼对她来说是什么呢?

家人、爱人、亲人。时笺忽然发现自己不知道如何去定义他。

不是任何角色。

只是她的"海"。

时笺忽然觉得眼眶有些湿润,给他发消息:"好想你啊!"

他还没有回复，山区的信号不太好，时笺刷新了两遍，显示无网络，就收起了手机。

雨开始下大了，在车窗玻璃上一遍遍地冲刷，发出"啪嗒啪嗒"的声音，她们好像被包裹在一片无人之境中。老师探头去看路况，让司机开得慢一些。

开了几千米，突然暴雨如注。雨刮器刚划过，视野顿时又再次变得模糊。

这时候信号恢复了一格，屏幕上显示来电，时笺的心里一喜，赶紧接起来。

车子很颠簸，雨声大得听不见外界的任何声音，她捂着耳朵扬声道："宋叔叔！"

听筒中宋淮礼的声音断断续续："囡囡到哪了？，回去了吗？刚才给你打电话你没接……"

时笺听得不是很清楚："嗯，已经结束啦，我提前请了一天假，明天早上就坐飞机走！"

"注意安全。"宋淮礼听到下雨时的声音，担忧地问，"你那边的天气不好吗？"

"还好……"时笺还在想着说什么让他安心，前方的视野忽然被一片深棕色淹没，有碎石子砸在车窗玻璃上，车窗立刻出现裂痕。

"啊——"

汽车向一旁倾斜，手机脱手滚到座椅底下，时笺尖叫一声，胡乱撑住车门才稳住自己。

车轮在路上打了个滑，重心下坠，颤巍巍地落回地面。

是暴雨引发的小型泥石流。幸亏他们卡在一桩老树根上，才没有往悬崖方向侧翻。

时笺深呼吸几次才平复，转头去看老师，也是一脸心有余悸的表情。司机比较有经验，仍然保持着镇定："冲过这段泥路就好，前面的地势好很多。"

时笺捡起地上的手机，发现屏幕摔裂了，已经自动关机，怎么也打不开。她找老师借手机，但是信号似乎又不太通畅，一直无法拨打电话。

没办法联系上宋淮礼，她的心里很着急，同时置身于这样的环境之中，又有一种不安全感。

雨下得太大了，时笺感到有点害怕。

斜前方眼看着连续两次山体滑坡，差点殃及他们的车。一直不时有碎石子掉在车顶上，发出剧烈的响声，让人觉得心惊胆战。

时笺保持着高度紧张，眼睛一眨不眨地盯着前方的路。

路面泥泞不堪，地上有许多积水，汽车经过飞溅起泥浆。大概过了十几分钟，绕过转弯，道路变成简易柏油路，悬崖边也有了围栏。

时笺松了一口气，看看手机，还是没有信号。

天气太差，她们在路上困了四个小时，在中间的一个小村庄歇脚，等雨停。

很有可能误了今晚回北京的飞机，时笺越发觉得心急如焚。就连刚才车体倾斜时不小心被锐物划破膝盖也毫无知觉。

这场雨来势汹汹，打乱了一切计划。

等雨势稍微小一点的时候，老师看她实在着急，让司机继续马不停蹄地往机场赶。

半途中信号终于恢复正常，时笺赶紧输入宋淮礼的号码拨打电话。

"嘟嘟"响了两声，打不通。

她心里一惊，又给阿明打电话，仍旧是占线。

打好几遍都不通，也不知道他们怎么了。时笺后悔自己没有保存私人医生的联系方式。

她们拎着行李一路奔跑，终于赶在机舱关闭之前登机。飞机马上就要起飞，时笺用老师的手机给宋淮礼留言，解释了下午遇到暴雨后的突发状况，说没什么事，今晚就回家，让他不要担心。

她淋了雨，又受了伤，头发乱糟糟的，衣服也粘上了脏泥，双腿像灌了铅一样沉重，实在太狼狈。飞机上的邻座都不想和她挨得太近。

手机坏了,时笺一身疲惫地回了家,顾不上洗澡,又拿家里的座机给宋淮礼打电话。

这时她听到门铃响。

时笺过去开门。

开门的那一瞬间她什么也没想,脑袋近乎空白。

宋淮礼此刻的状态非常非常糟糕。

他的脸色苍白,额头有冷汗,手背青筋迭起,似乎在承受着什么难言的疼痛,然而他只是看着她,一双眼睛泛着如海般的厚重潮意。

阿明气喘吁吁地从后面跑过来:"小姐……下午您的电话一直打不通,又定位不到,先生就直接从德国坐小客机回来了。幸好看到您发的消息,不然还要跑去山区。"

时笺张嘴,眼泪却径直掉下来,宋淮礼忽然伸手抱住她,声音十分沙哑:"你吓死我了。"

2019年的除夕夜,他们是在医院度过的。

宋淮礼有肺部病史,再加上下肢瘫痪,坐飞机的风险很大。小型客机的稳定性不高,条件也差,一遇上强气流整个机身都在颤抖,铁甲互相碰撞击损,发出沉闷难听的嘈杂声音。

刚注入电刺激电极,宋淮礼的后背还有没愈合的创口,疗程猝然中断,如同化学反应,各种疑难杂症纠缠在一起,给予机体重创。

阿明只听到先生在不断地咳嗽,有一段时间,机舱内氧气特别稀薄,他进入了一种轻微的无意识的状态。

时笺还记得自己问过他:"为什么不坐飞机呀?不是更快吗?"

那时候他回答:"我不喜欢飞机的气流颠簸。"

宋淮礼的喜恶从不强烈,那是他第一次明确表示出来。其实不是不喜欢,只是在用所谓的偏好骗她。

现在仔细想想,他还骗过她很多事。

比如说自己坐游轮的时候,电话掉进水里,他失联了近一周。那时候他并非出差,而是躺在手术床上,已陷入昏迷。

还有每一次联系到最后,他忽然不再回复,是因为那时候他的状况已经不能够支撑再用手机。

难挨的十余年,到现在。

时笺坐在病床旁边,脸颊贴在宋淮礼尚存余温的手背上——好像回到了初次相遇的时候。

那时房间内也是像现在这么安静,只听见她偶尔一两声抽噎的哭音。

也许对于在乎的人容易关心则乱,宋淮礼的身体情况并没有时笺想象中那样糟糕,只是每一天的治疗他都需要承受比以往数倍更甚的痛苦,时笺有时候甚至不愿作为旁观者待在病房中,因为不想看到他的那个模样。

但是他的状态很好。

这种好指的是他的心态。

有时笺陪着他,宋淮礼坚信自己能够再次站起来——在上一周刚开始借助外力训练的时候,他已经可以感受到来自腿部的触感。

治疗只是意外地被打断了,如若继续长时间的努力,总有一天可以成功。

爱是一种什么样的东西?

曾经在顶楼阳光玻璃花房里,时笺窝在宋淮礼的怀里笑眯眯地说:"宋叔叔,我近日悟出一个道理。"

"什么道理?"

"爱是不分你我,爱是光明正大的索取。"她说。

时笺只向宋淮礼索取,宋淮礼也只需要她的索取。

而现在,对于时笺来说,爱是在他感到痛的时候,她比他痛得更厉害。

爱情和溺水的感觉一模一样。他是海,她是溺亡其中的浪,无论如何都甘之如饴。

对于宋淮礼来说,爱是有她陪在身边的时候,他能够感觉到无穷无尽的力量。

漫长的岁月中，是宋淮礼教会了她什么是爱。

有时候夜里睡不着，听到他呼吸的声音，她都觉得安心。

时笺把所有的年假都一次性休掉，只为更好地照顾他。有时他醒来，她会兴致勃勃地同他讲自己方才在网络上看到的别人拍的风景。

"极光好美！"她把照片给他看，星星眼，"好浪漫！我也想去！"

宋淮礼对时笺说："等到了秋天，我带你去冰岛。"

过年的时候，她随口一提想看萤火虫，他就说这个夏天要带她去日本松尾峡。而现在，他们又许下和对方的一个约定——时笺很喜欢这种感觉，就好像一直携手前行，人生的计划里都包含了彼此。

她一直待到被人不断催促才回去工作，这时宋淮礼已经基本恢复如初。

初入行是最主要的劳动力，各方面的压力都需要担负承受。冬去春来，时间的流逝速度也超乎人想象。

时笺在自己的岗位上飞快地成长，从老师的小跟班渐渐变成能够独当一面的初级记者。

能拿到好的、有价值的新闻，她们的报道能够为更多社会底层无依无靠、没有话语权的人发声，时笺总觉得自己在做的事情是有价值的。

这是一种投射，也是一种心愿，更像是一种执念。

时笺总觉得曾经的自己不够幸运，如果可以像宋淮礼拯救她那样去帮助别人，也算是为他积德行善。

一切都在轨道上顺利前进，唯一美中不足的一点就是她出差的时候总是会磕磕绊绊受点小伤，就像上回下暴雨走山路，白皙的小腿肚划出好长一条血痕。

有一回时笺去工地，她不小心踩空从边沿摔下来，还造成骨裂，短暂地住了几天院。

时笺跟宋淮礼说自己还在外采访，实际上人已经穿着病号服躺在病床上，后来她不知道怎么他就知道了，又生气又心疼，但宋淮礼刚刚试验了一种新疗法，需要保持卧床，不能前来看她，于是就拜托阿明。

阿明给她送来新鲜的果篮，又在床头正对着的柜子上添了一束盛放的橘黄色的郁金香。

"小姐，这是先生想要送您的花，让我代他向您问好。"每天都有，宋淮礼变着花样哄她高兴。

时笺在公司的人缘不错，前辈和同事们陆续前来表示关心。

最后一天，连徐妙勤都来了。

坐在她的床边，见她还在用电脑写稿，语意不明地道："你真的很拼。"

一用力腿部就会感到疼痛，时笺躺回床上，有一瞬间也能体会到宋淮礼的那种心情。她没说话，转过脸，淡淡地望着外面的蓝天白云。

"时笺，有时候我觉得真有点弄不懂你。"徐妙勤说。

为了赚钱养家糊口去工作，和为了一份事业、一份热忱去奋斗，当然是不一样的。

时笺和她没有太多话题可聊，但是有一个人她们俩绕不开。

"陆译年答应和我试试看，可他到现在还在不断地提起你，你知道吗？在学校里，明明我才是最受欢迎的那一个。"徐妙勤自嘲片刻，用一种匪夷所思的口吻说，"我还以为你有什么好的选择，谁知道你拒绝和陆译年复合，居然跑去跟一个残疾人在一起？"

时笺原本聊得兴致不高，想找个借口请她出去，闻言却遽然色变："你说什么？"

"什么什么？"徐妙勤被她的表情变化吓了一跳，以为她遮遮掩掩地不想承认，便不惮于戳破，"就去年的同学聚会，我无意中跟出来看到的。没看清人，但是看那辆车，他应该挺有钱。"

徐妙勤没有察觉到时笺的身体在发抖，自顾自地说话，笑得还挺刻薄："可你怎么不给我们介绍一下？你是不是也觉得他上不了台面？不会就是图人家的钱吧？"

没有人见过时笺发那么大的火。床头柜上的空调遥控器被她摔到地上，时笺指着徐妙勤的鼻子，努力控制住胸口的起伏："请你现在就给我出去！"

徐妙勤毁了时笺一整天的好心情。

阿明发来消息说，先生这几天因为新疗法总是陷入沉睡，不知道是不是副作用，夜里也不得安生，但是好消息是，他已经的腿部已经有轻微知觉了。

时笺喜极而泣，说那就好，那就好。

她办好出院手续以后，马上就去见宋淮礼。

走路的时候，她还是能感觉踝部碎裂般抽痛的感觉，时笺走进病房的时候，宋淮礼正靠在床上看着窗外发呆，她忍着疼，放缓步伐，脸上扬起笑脸："宋叔叔！"

宋淮礼转过头来，对上她眼睛的时候眸光暗了一瞬，紧接着视线落下去，注视着她一顿一顿的脚踝，还有红肿的膝盖，什么也没说。

待时笺过去，钻进他的怀里，才收获一枚落在额头上温热的吻。

"好想你哦。"

宋淮礼怜惜地轻轻地碰了碰她的膝盖，低声问："疼不疼？"

"还好啦。"时笺在他的面前话很多，"我只是小小地牺牲了一下，但是我们挖到了大新闻耶！"

她绘声绘色地描述这次出差的经历，某地违规施工建设，他们如何向总包套话，又是如何在神不知鬼不觉的情况下潜入工地。

当然，省却了许多虎头虎脑的细节，因为怕他紧张。

时笺说："那边随处可见的特色菜是西红柿疙瘩汤，我已经学会了，很简单，等回家之后就做给你吃！"

宋淮礼抱她抱得很紧，久久都不肯松手。时笺知道他是太想念她了，也回抱住他，将脑袋埋在他的心口。

医生和阿明默默地退出去，把病房的私人空间留给他们。

原先他总是坐火车去德国，是因为喜欢K3线途中的风景。如今觉得来回一个多月太耗费时间，便在北京的私立医院购买了同样的设备，每隔一段日子就请那边的医生和神经专家过来诊疗。

这回只待了两周多就出院，宋淮礼的家中也有最先进的护理床和设备。相比于医院那种冷冰冰的到处都是白色的地方，时笺更愿意陪他一同待在家里。

宋淮礼在夜里还是睡不好，咳嗽和胸闷的小毛病也时不时地发作，奇怪的是就是好不全。时笺搬进他的主卧，在他惊醒的时候能够及时地察看状况。

阿明只有在被传呼的时候才会上二楼，一般只要时笺在，任何人都不会过来打扰他们。

时笺喜欢坐在地毯上看书或者写稿。宋淮礼在主卧的地面上铺了一层柔软的毯子，走到哪里都可以打赤脚。

偶尔他精神好的时候会陪她一起看电影。

他们熄了灯，在电视底下的 DVD 机放入光碟。

低沉的对白来自 20 世纪的港片，就像一首老歌娓娓道来。

宋淮礼坐在轮椅上，时笺坐在他旁边的地上，拿下颌压在他的膝头，刻意用一点点力，有时他会配合地夸张地喊疼。不管真的假的，时笺都很高兴。

这一晚，时笺偎在他的膝边看《旺角卡门》。

周围的一切静悄悄，夜色如同浓墨般披拂下来，只有电视机的光照亮了她温软姣好的鹅蛋脸。

宋淮礼已经睡着了，身上披着她送的海浪薄毯。

而电影的旁白还在低声继续："我不想跟你讲这么多话。只要你说去，我就陪你去。如果你不去的话，一起回大屿山。我当然知道你不是去买跌打药，知道你不会留在大屿山。但是你说你要去买，我就在这里等你，买不买不重要，重要的是早点回来。"

时笺觉得，这份工作虽然很有价值，但是实在太过忙碌。

总这么下去不是办法，她的时间很宝贵，要拿出许多时间来陪宋淮礼。于是时笺想到一个办法，她自己做了一个公众号，每天写些新闻热点的时评。

等这个公众号做起来，就可以慢慢转为一名职业的自由撰稿人，那样工作安排也会变得灵活很多。

时笺找到一个学公关营销和新媒体的学姐搭伙一同做这件事，她出具内容，学姐负责渠道和输出。

学姐非常有经验，也很明白私域流量的操作和玩法，她们花了五个月的时间积累了第一批忠实粉丝，开始能接一些小广告，也有人花钱让时笺写某种具有倾向性观点的文稿，或者帮人写软文做公关，时笺一向不接这些单，无论多少钱都不接，学姐也很尊重她的意愿。

夏至，时笺过生日的时候，宋淮礼带她去看了萤火虫，漫天的光点闪烁，浪漫得令人心醉。

而现在，距离金秋十月，她和宋淮礼约好的冰岛之行还有不到二十天的时间，时笺的心里很是期盼。

她计划工作满一年再辞职。在临走之前，老师塞给她两个大新闻，一个是地沟油事件，还有一个是上回保健品公司的系列跟踪报道。

他们的产业链很深，一下子查不干净，那篇新闻发出来之后也没掀起什么浪花，明眼人都知道不寻常。

之后无论再怎么联系，原先的那些推销员都不给回音，其中一拨人马又改头换面去做抗癌药。

老师没有放弃，先联系上一位受害者，再带着时笺和另一位记者去对方的家中做采访。

据知情者透露，已经知晓他们其中的一个秘密据点，在一处比较偏僻的居民楼里，荒郊野岭，旁边还有停工很久的烂尾建筑。

自从上次时笺在工地摔伤之后，她就答应宋淮礼会向他报备所有的行程。

因此，这回她老老实实地告诉他，要在这边蹲点几天，同时还要采访几个线人。

宋淮礼自然很不放心，一直叮嘱她各种事项，时笺同他讲了很久，再三保证会注意安全，但谁也不想挂电话。老师和师兄在旁边打趣："有家属就是好啊。"

到最后实在挨不住,时笺说:"我真的得走了。"

宋淮礼低沉地"嗯"了一声。

时笺勉强忽视掉一旁关注的视线,说:"他们在等我。"

宋淮礼在那头说:"阿午,我很需要你。"

时笺的脸红红的,轻声回复:"我也需要你。"

这是他们约定的某种蜜语暗号,代替"我想你"或者"我爱你",挂电话之前,时笺隔着听筒亲了他一下。

老师在旁边"啧啧"感叹:"年轻人哟!"

这趟暗访没有计划之中那么顺利,他们兵分两路,师兄差点被发现,让他们认出是生面孔,好在足够机智,找到合适的说辞才蒙混过关。

拍到证据就赶紧撤离现场。

时笺最后一个收尾采访,也是她第一段职业生涯的最后一次采访,是在最初的那位受害者李先生的家里——对方的一位亲戚也不慎受骗,索性再去做一次访谈。

晚上从巷子里出来的时候,时笺想叫车,却在路口看见一个让她足够惊喜的人。

司机将车停在马路旁边的泊车处,车窗摇下,宋淮礼抬起英俊的眉眼,微笑着看向她。

附近有一块巨大的旧广告牌,上面的图案已经十分模糊了,隐约可以辨认出"欢乐嘉年华"几个大字。一阵晚风轻轻吹过,帆布面发出动听悦耳的扑簌声,像是在奏一支小夜曲。

不知怎么,时笺总觉得这个牌子的图案莫名眼熟。这个地儿比较不好找,也不知道他是怎么过来的。

但是不管如何,时笺还是很高兴,她没顾老师和师兄在旁边,迈着小碎步跑过去和他打招呼:"宋叔叔,你怎么来啦?"

宋淮礼坐在车里,弯唇,声音低沉:"我来接你回家。"

时笺已经完全按捺不住心中的激动,回头跟老师和师兄说再见,老师扬眉,看向气质卓尔不凡的男人:"这位就是家属啊?"

私下里,时笺已经很习惯这样的称呼,但是现在当他的面就有点……她扭扭捏捏地没吭声,倒是宋淮礼温和地点点头,在一旁接腔:"嗯,家属。"

时笺情不自禁地悄悄翘起嘴角,偷偷地瞥他一眼。

路灯亮起,月光也很皎洁,他们乘坐着小轿车往家的方向行进。几十千米的路程,有宋淮礼在身边,时笺一点都没觉得远。

她有点太累,就靠在他的肩头睡着了。

醒来的时候还在路上,等红灯,不过已经过去了一个多小时。时笺发现自己不知何时已经枕在宋淮礼的双腿上,躺在车座上。

她害怕压着他的腿会导致血液不循环,想要爬起来,宋淮礼却按住她,示意没事。

这时候车顶的玻璃窗上落下一滴雨。

很快第二滴、第三滴纷纷坠落,霓虹倒映出微缩的车马川流,整个天空也显出一片雾蒙蒙的梦幻的感觉。

时笺喜欢下雨,不喜欢曝晒的晴天。雨天去海边,每一滴水汇入大海都无声无息,涟漪漾开,是十分波澜壮阔的情景。

他们的车像是一艘摇摇晃晃的小船行驶在海面上,车外的一切都被海水洗刷,车内温暖干燥,时笺仰着头,颇为新奇地看着这番景象。

宋淮礼垂眸看她,琥珀色的漂亮眼睛漾出难以遮掩的温柔。

他伸出修长的手指,拨弄她耳边的发,用低沉动听的声音轻轻唤她:"阿午。"

时笺亮晶晶的眼睛看向他。

"冰岛的行程我已经安排好了。我们租一辆车去走1号公路,然后去看间歇泉、钻石沙滩和千年冰河湖,在营地里等极光。

"听说那里的马驹是矮种马,鬃毛长长的,很可爱,沙滩上有野生海豹,还可以坐直升机,品尝鲜美的北极红点鲑和特色黑麦面包。

"还有,我们可以去北部的胡萨维克小镇,听说那里能近距离看到鲸鱼,还有一望无际的大海。"

宋淮礼循循善诱,娓娓道来,时笺听得越发入迷。

宋淮礼的身上有一种很好闻的味道,让人能够想象出冬日坐在火炉旁烤火的画面。

好神奇,温暖,也是有气味的。

时笺沉浸在这份憧憬和眷恋里面——终于能去看海,医生说,再过一段时间,他就能够借助外力站起来了。

现在宋淮礼双腿的恢复情况越来越乐观,能够保持轻微的知觉,有一次他甚至可以在电刺激下控制着自主抬腿,疗效十分可喜。

时笺之前还担心这种尚未普及的新疗法风险很大,治疗过程中除却睡眠质量依旧不好,目前看来算是有惊无险。

快到家了,时笺坐起来,看向他的腿。她紧张兮兮地问:"我没有压疼你吧?"

"好像有点疼。"宋淮礼佯装苦恼地说。

时笺一看就知道没事,他向来知道她最喜欢听什么。

"那怎么办?"时笺嘟起嘴。

她反过身来,双腿并立跪在座椅上,凑近他的侧脸亲了一下,语气中藏着促狭:"这样有好一些吗?"

宋淮礼侧过头看她。

距离很近,近得能数清他密长的睫毛,暗棕色的眼眸有些深,外面的海好像溢进了车厢内,潮湿而胶着。

宋淮礼轻轻握住时笺的手腕,靠近过来,嘴唇相贴的那个瞬间他闭上了眼睛。

他们在雨声中接吻,相拥。

车外有情人携手并过,男生背着女生,女生打着伞,两道身影依偎在一起远去。

宋淮礼仍旧闭着眼睛,感受怀中爱人真切的温度。

没有告诉他的阿午,他选择了最为激进的治疗方案,最高限度的训练，最强档的电流及最快的治疗节奏。这种方案会给脊椎带来难言的疼痛和不适，但他不在乎。

总有一天，他们能够如此漫步在雨中。

他会背着她走，直到老去的那一天。

第七章
需要海

剩下的一个月，时笺铆足了劲撰稿，宋淮礼依旧按时进行康复治疗。

同事们听说时笺要辞职的消息都觉得很可惜。勤奋努力的小姑娘，又吃苦耐劳，不怕到条件不好的地方去跑新闻，性格还温和，大家对她的印象都挺好。

不过也能够理解。

干记者这行就是会风餐露宿，年纪这么小，家里人难免担心。像时笺这种做深度调查的，工作量和需要投入的精力尤其大，有时候还可能遭遇危险。

跟另一条新闻的同事刚收到人身威胁电话，已经过去好几天，想起来还是感到一阵害怕。

"笺笺，以后有什么事情，常联系，可别忘了我们！"

面对着一张张不舍的笑脸，时笺噙着眼泪点头说好。

她的老师自然也很不愿意放她走，不过既然时笺已经决定，她还是表示支持："自由撰稿一开始找新闻可能不太容易，有什么需要就跟我说。"

老师表示愿意提供资源，帮助她，时笺再高兴不过。

她所需要的就是好好地认真完成自己在报社的最后一篇深度新闻稿，为自己这一年的辛苦画上一个完美句点。

这个保健品产业链背后的网络很大,他们也是抱着一击必中的心态,掌握足够的证据,全盘揭露,前前后后花费了好几个月的时间,一直在小心地、谨慎地持续跟踪。

时笺一开始还担心遭到报复,不过好像没什么动静。她旁敲侧击地问过老师,有没有收到过那种恐吓短信。

"好像有吧,不记得了。"老师说,"这几天轮番有砸门的,我都不知道是哪条新闻导致的了。"

她又在开玩笑,风轻云淡的。时笺其实最喜欢她这样的性格,好像什么事儿都不是事儿,什么困难都能够克服。

这一年她从老师的身上也学习到很多,变得更加独立自主,坚强洒脱。临别时她们互道祝福,希望对方能够一切顺利,事事如意。

有阿明帮忙张罗,还有理疗师、私人医生和用人随行,冰岛之行逐渐提上日程。

还是乘坐 K3 线火车,先到莫斯科,然后去圣彼得堡,再去芬兰,到那里会坐邮轮经过波罗的海,到达瑞典,再坐火车去挪威,最后坐船到达冰岛。

整个旅途算上来回应该会需要一个多月,时笺很早就开始收拾起要带的行李,不过临行前发生了一点小插曲——宋淮礼不知怎么,夜里突然发了烧。

私人医生匆匆忙忙地半夜赶过来,也瞧不出除吹风着凉外还有什么别的原因。时笺见男人躺在床上,双眸紧闭,额头冒汗,心急如焚。

宋淮礼知道是因为什么,但是他的意识已经有些模糊,整个人好像被置于一座巨大的火炉之中。

是新疗法的副作用。

他一直都没有向她坦白。

就是为了快一点,再快一些,能够陪在她身边。

时笺拿浸过冷水的毛巾替宋淮礼擦脸,一只手紧攥着他屈起的指节。

高热病人的体温很烫,时笺滴在他枕边的眼泪也是烫的。

多么想要替他承受这些，可她什么也做不了。

私人医生看着时笺喂他吃了退烧药，又运用一些物理方法为他降温，补充水分，促进机体新陈代谢。为避免打扰宋淮礼休息，整个房间中只留时笺一个人照顾他。

她不忍地去摸他的额头，还是很热。

宋淮礼的脸呈现一种不正常的晕红，时笺看向一旁拉紧的窗帘，定了定神，重新跑到卫生间中将毛巾用冷水打湿。

黑暗中，时笺的眼里盛着泪，鼻尖通红，眼底却有浅光。

她解开他领口的第一颗扣子，低声说："我替你擦身。"

宋淮礼咳了两声，低沉而喑哑。他的指节动了一下，抬起手臂摁住她的手，似乎是挣扎和无助——这些从来都是护工做的事情，宋淮礼每次都有意回避她，因为不想让她看到自己这么狼狈和不体面的模样。

难得的一个晴朗的夜晚，屋外很安静。

他宽大、修长的手掌心里有潮意，努力地扣紧她的手腕。

"宋叔叔。"时笺埋在宋淮礼的胸口，眼泪将周围的空气也渲染得湿润，"我想为你做这样的事，不要推开我。"

"我很需要你的。"时笺一边掉眼泪一边呢喃。

时笺总有办法让宋淮礼缴械投降。

宋淮礼没有办法拒绝时笺提出的任何要求。

他的手指缓缓松开，是默许，是依顺，也是放弃抵抗，任由时笺将他被热汗浸湿的衣服褪去，用冷毛巾为他擦拭身体。

布料摩擦发出窸窣声，时笺的动作不太熟练，他的身体在月光的照拂下近乎完美，只是那些陈年旧创让她觉得心疼。

光是胸口的手术疤痕就有好几处，她几乎都不敢去看他的背部。

时笺的动作很缓慢，一边擦一边哭，到最后，俯近颤抖着去亲吻他的伤疤。

宋淮礼的呼吸在一瞬间低沉了下来，她能感觉到他的身体在隐忍地起伏。

眼泪滴下来,到处都是湿热的潮意,几乎要把两个人都灼伤,时笺的脊背低下去,用力地抱紧了他。

他们像是两株缠绕在一起的水草,不分你我,一同下沉坠落到海里。

"我们会永远在一起吗?"时笺哭着问。

"会。"宋淮礼呼吸间的热气喷洒在她的耳畔,像是什么浓烈到沸腾的东西燃烧起来,"我会带你去看海,我们一辈子都不分开。"

2019年晚秋,宋淮礼养好身体。他们整装待发,开启旅程,沿着K3线坐火车向目的地行进。

熟悉的风景,车厢里亲切的面孔,时笺的心情雀跃,越发期待这次旅行。

旅行不只是纯粹的欣赏美景,更重要的是用心感受。

感受生活的不同模式,感受世界各个角落的温度和美好。

经过贝加尔湖畔圣石"萨满岩"的时候,时笺双手合十,虔诚地在心底许愿。

宋淮礼见她认真的神态,不由得笑着问:"囡囡许了什么愿望?"

时笺眨了眨眼睛,刻意卖了个关子:"秘密。"

和初见时过生日许的愿望一样,这么长的时间都没有变过。

她又想了想,神秘地道:"等实现了就告诉你。"

宋淮礼笑:"好。"

他们到餐车里吃午饭。

这里富有鲜明的俄罗斯特色,花纹繁复的暗红色桌布,复古考究的真皮沙发,还有规则镂空的铁艺雕饰。

阿明什么都做,体力活也帮忙,因此胃口最好,总是大快朵颐。

宋淮礼慢条斯理,吃相绅士又优雅,时笺则吃得最少,细嚼慢咽,没一会儿就放下碗筷。

宋淮礼看了她一会儿:"怎么总是吃得这么少?"

时笺停顿一下,抬起眼睛。

以前在茂城，姑父、姑妈给她的饭菜分量从来不够，她去张妈那里蹭饭也不好意思要太多，久而久之就养成吃饭吃半饱的习惯，往后再多吃反而吃不下了。

她一双水灵灵的眼睛看着他，明目张胆地撒娇："我这不是没工作了嘛，就想给宋叔叔省点钱。"

宋淮礼凝视她须臾，弯唇笑了。

他的声音温和、亲昵，琥珀色的双眸含笑注视着她："我的钱拿来养一只小猪崽还是绰绰有余的。"

时笺的耳朵蓦地变红，瞥见一旁假装自己是透明人的理疗师和医生，更觉赧然。

她确实是属猪没错，可是，怎么能当着阿明他们的面这么叫她呢！

时笺恨不得把头埋进饭碗里，羞愤之余又猛扒了几口，还跑去柜台买了一瓶酸奶，晃晃悠悠地喝到快要打嗝才重新回到座位。

这时候闲杂人等都已经很识趣地离开了，只剩下宋淮礼依旧坐在原位等她。

窗外，西伯利亚的白桦林金黄色一片，他英俊出尘的侧脸镌刻其中，就像是一幅好看的油画。

时笺被蛊惑，三两步跳了过去。

随着她的动作，胸口挂着的碧绿色玉石跳了出来，叶子形状，在阳光下透出清润漂亮的光泽。

这是宋淮礼今年送给她的生日礼物，时笺很喜欢，天天都戴着，寸步不离身。

宋淮礼看着她，笑了笑，温柔地说："囡囡过来。"

时笺听话地坐过去，挨着他，他们一起看窗外的风景。距离很近，她能闻见他身上那种沉香的气息。心情很舒缓，看着看着，时笺的脑袋靠向他的肩头，宋淮礼揽臂将她拥进怀里，亲密得让她能听到自己的心跳。

沉缓有力的声音让时笺安静地贴在他的胸口，感到十足的安全感。

漫山遍野的金黄色，就像是艺术家无意中一挥笔，成就极其绚烂的美景。

微凉的秋天,车外是西伯利亚的冷风,是高悬的不妥协的圆日,车内是温暖、是静谧、是她的海、是沉默汹涌的爱。

时笺想,如果这趟列车永远没有尽头,那也挺好的。

从挪威出发坐船去冰岛,需要两至三天的时间。他们乘坐巨大的渡轮,随处一望都是蔚蓝、广阔的大海。

这边气温虽然也在零上,但也不过是个位数,大家都穿着厚实的棉大衣和羽绒服。医生说尽量不要让宋淮礼吹风受凉,所以时笺在船舱里看到海,没有缠着他去甲板上远眺。

他们还有很多机会,不急于这一时。

为保持最好的状态航行,宋淮礼在船上大部分的时间都在休息。船上餐饮、购物、游戏和博彩的功能一应俱全,时笺逛商店时看到有羊毛衫在售卖,热情的挪威导购告诉她,这是冰岛的特产。

纯手工制作,吊牌上还写了Maker(制造商)的名字,又厚实又保暖,实用性很高。

阿明原本跟着她,照看她的安全,现下也在店中新奇地打量各种纪念品、小玩意儿。

时笺转头对导购说:"我想要一件。"

"好的,您自己穿吗?"

"不是。"

价格很昂贵,三万冰岛克朗,换成人民币近一千五百元。她想用自己的钱给宋淮礼买一件。

时笺低下头,赧然地走到成年男性的尺码区,善解人意的导购姐姐笑了笑,为她推荐不同风格和款式。

时笺选了一件纯白色的,摸起来料子很扎实,是真羊毛。她觉得这个颜色很符合他的气质,付了钱,细心地将衣服用袋子包装好,跟着阿明回了船舱。

宋淮礼正坐在窗边打电话，声音低沉，是工作上的一些沟通事项。他的面前摆放着一本摊开的书，刚看到一半。

时笺在他的对面坐下，一眼就认出书页间夹着的东西其实是她某条裙子领口的系带。

早上他需要书签，她便把蝴蝶结拆散了给他一用。现在粉红色的带子亲昵地贴着米白色的纸张，不知道为什么，时笺的心情忽然变得很好。

外面就是海，时笺看到潮起潮落间有浪花涌起，船身荡开细碎的白色泡沫。远距离俯视也许轻描淡写，可只有真正走近了感受才知道有多么波澜壮阔。

她靠近玻璃去看，脸几乎贴上去，憧憬而期盼。

每当这种时候就会感到安静、纯粹，没有纷争和喧闹，像是在读一首诗，或者看一场老电影。

宋淮礼打完电话，时笺挨过去坐在他的身边："宋叔叔。"

他们依偎在一起看了《飞屋环游记》。

居然是2009年的电影，感觉上次看仿佛还在昨日，却是一晃十年过去了。

无数只五彩气球在空中飘荡，小房子慢慢上升，看到繁华都市，瀑布河川，险峻峡谷，各个地方不同的独特景象。

年逾古稀的卡尔为履行和妻子曾经的约定，一个人带着他们的房子环游世界旅行，是一则很浪漫的童话故事。

时笺的时差还没倒过来，看着看着就不知不觉地靠着墙睡着了，宋淮礼将电影按下暂停键，小心地将枕头竖起来垫到她的身侧。

时笺无意识地哼唧两声，像小动物一样。她的手旁边的购物袋子翻下床来，白色的毛衣露出一角，宋淮礼垂眸瞥见，神色更加柔和。

阿明走过来，蹑手蹑脚将购物袋捡起来挂在一边。

次日游轮经过大西洋和挪威海交界的法罗群岛，到达冰岛东部的塞济斯菲厄泽。

1号公路环岛而建，全程一千多千米。他们租了车，沿着东南部自驾。

天朗气清,蓝色的天空,远处是漂亮的雪山,视野中只有一条蜿蜒宽敞的柏油公路。他们被广阔无边际的平原环绕,仿佛陷入无人之境。

先去了钻石沙滩,这里的沙子都是细腻的砂黑色,巨大的冰块晶莹剔透,在阳光的折射下就好像是钻石。

然后又去看了壮丽磅礴的斯科加瀑布,迎面而来的新鲜水汽,仿佛整个人从头到尾都被涤荡。

宋淮礼要给时笺拍照,一直很专注地凝视着她,时笺望着他深邃的眼睛,感到有点害羞,照片"咔嚓"一声定格的时候,她抬头看见了几只漂亮的蝴蝶徘徊着飞过。

晚上他们住进一户三层民宿。

空间很宽敞,家具摆放都是北欧风,极具艺术风情。地上铺着图案精美复杂的地毯,墙上有挂画,木质衣柜和书架简约而有格调。

房东热情好客,是一位很慈祥的老奶奶,见到宋淮礼坐着轮椅进来,还细心地将厚度不一的地毯边缘卷起。

时笺刚一进来就看到迎面撒开脚跑来的一只萨摩耶,通体毛发雪白光亮,蓬松柔顺,前爪抬起扒拉她的裤脚,还向宋淮礼摇尾巴。

他们一伙人安顿下来,宋淮礼住在楼梯下面的主卧。时笺和他一起。

时笺刚刚刷新新闻,发现她和老师之前写的那篇有关于保健品的深度跟踪报道终于在网上刊载出来。也不知道为什么等了这么久,也许因为时效性并不是那么强,所以排期在后面。

她们的报道掀起一场轩然大波,刚一发出就有成千上万条评论和转发,这个世界上伸张正义的人还是大多数,时笺定了定神,转头去看宋淮礼。

他正低着头在叠她的衣服,侧颜清隽柔和,时笺的心跳平缓,越发感到安心踏实。

趁着还没入夜,大家坐在客厅里聊天。摇曳的烛火点上,房东端来新鲜出炉的烤点心给客人吃。

气氛很温馨,时笺盘腿坐在羊毛毯上面,开朗爱玩的小萨摩耶蹭了她一身的毛，整个室内都是笑闹声。

房东的六岁的小孙女跑了出来，抱着狗狗的脖子要"骑大马"。

可怜的萨摩耶被她指挥着在屋子里转来转去，房东奶奶看不过眼，扬声叫女孩的名字："Luna！"

小姑娘这才消停，然而注意力很快又被宋淮礼的轮椅吸引过去，跑过来对着轮子和扶手上的遥控按钮看看摸摸，模样十分好奇。

萨摩耶又过来蹭了蹭时笺的小腿，此刻她却稍微有些紧张，坐直身体，生怕小孩子不懂事，下一秒钟就会做些什么，或者对宋淮礼讲些什么话。

然而 Luna 只是兴奋地欢呼一声："好酷哦！"

她的一双眼睛圆溜溜的，扬起笑容说："我喜欢叔叔的这个玩具。"

宋淮礼也笑，笑得很好看。他抬手摸了摸 Luna 的脑袋，什么也没说，而一旁的萨摩耶旁观片刻，也一头拱过来，争抢着要被摸摸。

小狗的尾巴快摇上天，亮晶晶的眼睛把人心都融化了。

次日早上天光大亮，一行人起床收拾东西。房东为他们准备了暖胃的热牛奶，还有牛油鲑鱼三明治和烤羊肉。

吃饱喝足，继续赶路，他们选择从岛内直穿过去，先去胡萨维克看鲸鱼。

这里是观鲸圣地，宋淮礼带着时笺乘坐橡木大船，向大海的深处行驶。船行进得很稳，时笺的发尾随着微风扬起，她紧挨在宋淮礼的旁边坐着，甚至能够感受到他的一呼一吸。

看到大海，真切地听到涌动的海潮声，时笺完全沉浸在这片无垠的蓝色里。

正看得出神的时候，旁边传来轻轻一道"咔嚓"声。时笺侧过脸，正对上单反的镜头。

"宋叔叔。"她有些微窘，他怎么一声不吭地就偷拍自己。

宋淮礼放下相机。

照片里的时笺微仰着白净的小脸，满眼希冀地看着大海，侧颜姣好明媚。

宋淮礼抬起眼睛，时笺发现他的耳郭竟也笼罩上一层淡淡的红。

他看着她没有说话，琥珀色眼眸却忠实地倒映出她的模样，深沉的、隽永的，久久凝视不语。

海风掠过时笺的长发，她小声地，确认般地再叫了一遍："宋淮礼。"

宋淮礼的喉结滚动，半晌之后低声回应："阿午。"

有种难言的感动和慰藉在时笺的心里汹涌地奔腾，唇边似有千言万语，最终却都只化成一句。

"我们终于一起看到海了。"她的眼底映着细碎的浅光。

对视须臾，宋淮礼蓦地倾过身来。与此同时，攥紧她的手，掌心相对，十指交扣。

有些时候，时笺会主动亲近他，不过每次都会感到羞赧，总是蜻蜓点水般地掠过，不敢停留太久。

而现在换她闭上眼睛，却感觉有短暂的温热轻触在她的唇角，小心翼翼的，克制而珍重。

这时候不远处有白色的水花扬起，伴随着喷气摆尾的声音，一只漂亮的蓝色座头鲸跃出波光粼粼的海面，天边挂起一道弯弯的彩虹。

世界上怎么会有宋淮礼这么好的爱人。

时笺被他温柔地抱在怀里的时候，只觉得幸福满溢在心间每一个角落。

原来爱一个人是这样的感觉。

原来被人真心爱着是这样的感觉。

看到蔚蓝的大海和不远处几头嬉戏玩耍，互相追逐的鲸鱼，她想，以后等宋淮礼的双腿康复了，他们还要故地重游。

等下次来冰岛，他们就可以一同攀登冰川，手牵着手在黑沙滩上散步，坐直升机俯瞰整个峡湾。

那时候她的工作应该也稳定了，他也会好起来，不仅是冰岛，他们可以踏足世界上的任何一个角落。

时笺这样憧憬着许愿。

鲸鱼喷出的水柱也晕染上彩虹斑斓的颜色，船行的颠簸中，宋淮礼一直紧握着她的手没放开，她亦如此，直到两个人的掌心里都起了湿意。

冰岛旅行已经过了大半，他们环游经过斯蒂基斯霍尔米和雷克雅未克，最后到达黄金圈——辛格维利尔国家公园、间歇泉和黄金瀑布的所在地。

白天喝了热滚滚的羊肉汤，晚上吃泰式炒面。时笺心里很满足。

冰岛的特色食物非常好吃，但是也有比较奇怪的东西，比如甘草。

冰岛人钟爱甘草，会把这种润肺止咳的药用食材加入一些很难想象的食物中——巧克力或者冰激凌。时笺就在看不懂外包装冰岛语的情况下不幸中招。

还有一种比较一言难尽的传统小食是臭鲨鱼肉干，冰岛人会在圣诞前两天，即圣索拉克的弥撒日品尝这种食物，热情的便利店大妈向时笺推荐了这款"美食"，她打开袋子之后差点没把刚吃的午餐吐出来。

阿明勇敢地站出来说要替先生和小姐试吃，结果小半口下去面容几近扭曲，回头一看，私人医生已经带着几个人躲得远远的了。

秋末冬初，冰岛的夜越来越长，日落也更早。

听说在黄金圈看到极光的概率较大，宋淮礼查询了预测数据，告诉时笺今、明两天都可能看到。

时笺的心情又激动又期盼，他们预定了极光叫醒服务，一旦看到极光，酒店前台会打电话通知。

医生和理疗师依旧每天为宋淮礼做复健治疗，在这样的极寒天气下，护理更应小心。

酒店就建在一望无际的平原上，夜幕落下来，天空是暗蓝色的。宋淮礼衣着挺括地坐在落地窗边往外看，表情平静，微微有些出神。

今天刚下了第一场雪，屋檐上的纯白色预示着北极圈的冬季来临。

私人医生顺着他的视线看去，时笺正在屋外的空地上玩雪玩得不亦乐乎。

无论再怎么看，她还是个小姑娘。一张小脸干净白皙，围巾裹到鼻尖，眼眸清澈透亮，宽大的面包羽绒服显得身体娇小，在雪地上蹦蹦跳跳地踩脚印。

其实时笺的变化很大，初次见面时，她还是一副局促不安、纤瘦柔弱的模样，现在却已经开朗很多，在宋淮礼身边的这一年，她笑的次数越来越多，也越来越像一个无忧无虑的孩子了。

而宋淮礼呢？

宋淮礼也到了该安定下来的年龄。这么多年一个人走过来不容易，成个家，以后就不孤单了。

私人医生又看向宋淮礼。

宋淮礼修长的手指摩挲着膝上盖着的海浪薄毯，始终隔着一层玻璃默默地注视着时笺。私人医生不忍心开口打扰这片刻的静谧，离开房间，留下宋淮礼一个人。

皎洁的月光撒进窗沿，他的身影似乎沉浸在一片暗海中，仿佛只要看着她就不会溺水。

世上怎么会有这么巧的事？

状况最差的那段时间，他被家里的人密切地监视，所有尖锐的物品和药物都不得近身。她打电话过来的那天，他刚刚找到一个很好的方法，并正准备付诸实践。

呼吸困难的时候，只要轻轻摘掉氧气面罩，一切问题都能够解决了。

然而说不清什么原因，听到她颤抖着的哽咽，宋淮礼突然多添了一分对这个世界的留恋。

想让她不再哭，想让她不要再那么苦。她还有很好的年华，不必像他一般，被岁月虚掷空抛。

他陪她五年，陪她从懵懂青涩的小孩长成了大姑娘。

数次进入重症监护室抢救，将死之时，他听见她的声音恍惚从很遥远的地方传来，沉寂的心跳又复苏。

他的阿午仍需要他，所以他不能擅作主张离开。

"需要"对宋淮礼来说是个很重的词。他这样无用的、连亲人都会抛弃的人，只有被某人需要，才有继续存在的价值。

宋淮礼抓住了这根救命稻草。

她对他的每一分索取和依赖，都在把他从糟糕的状态里尽力地往回拉拽。

宋淮礼过了四年这样的生活，躲在屏幕后面，小心翼翼地、想方设法地尽自己最大能力哄她开心。在这个过程中他说过谎，有过隐瞒，也存了私心，很多事情都没有告诉她。

因为他知道，阿午终有一天也会走的。

一旦让她知晓了真相，大概以后都不会再来见他。可是又能怎么办呢？他不想让阿午因为见不成面而难过伤心。

毕业典礼那天宋淮礼就做好准备，甚至预设过她在看到他以后可能会掉头就走，心情压抑叠加积劳成疾，肺病发作来势汹汹。在病床上睁开眼睛，他没想到旁边还会有人。

他没有见过她的样子，但是一眼就认出来了。他的阿午就是这样的，很爱哭，五官干净，眼睛漂亮得像琉璃，手又软又小。

那双小手紧紧地攥着他，滚烫的眼泪落在他的掌心，宋淮礼忽然生出一种渴望，想要她能够一直这样陪在他身边。

也许是老天爷怜悯，也许是看他后半生过得太苦，就这么慷慨地满足了他的愿望。

时笺没有离开。

时笺始终都在。

在他看得到的地方，轻快地、灿烂地、骄傲地活着。五年时间，宋淮礼看着尘埃里开出一朵花，这朵花是他的心头珍宝，是他所在乎的全部。

他很久没有再想起死亡这件事。

每天早上起来，萦绕在脑海中的念头都是要怎样活，要怎样才能拥有健康的身体，要怎样才能给她幸福。要和她过一辈子，要让她永远都能这样开怀地笑，做个无忧无虑的孩子。

外面挂了一盏灯,烛火在风中越吹越亮,雪地也反射出晶莹的光。

宋淮礼操控轮椅转到一旁桌子上取了大衣,然后出到房间外,停在距离她很近的地方。

时笺立刻发现了他,眼睛亮起来,开心地小跑过来:"宋叔叔!"

宋淮礼为她披上大衣,小姑娘顺势凑过来,亲昵地搂住了他的脖颈。这里的冬夜很冷,但是两个人依偎在一起就会很暖和。

他不能受风,因此,时笺只是抱了一会儿,就说:"咱们回去吧。"

旁边还有一个没堆完的小雪人,宋淮礼凝视着她,眸色略深:"好。"

时笺以前总害怕夜里翻身的时候不小心压到他的腿,所以他们一向是分床睡,但是这一夜窗外寒风呼号,两个人第一次相拥在一起入眠。

时笺钻到他的怀里去,宋淮礼张开双臂拥抱住她。他宽阔的肩膀总是很能给她安全感,而且很暖和,时笺很快入睡,并做了一个梦。

她梦到自己成了新娘子。

梦见了很漂亮的婚纱,上面镶嵌着时笺从来没见过的闪闪发亮的钻石。她很小的时候看到这些东西就特别喜欢,但是标签上面昂贵的价格让她自卑得都不敢靠近一步,而现在这件衣服真真切切地穿在她身上。

婚宴邀请了很多人,鲜花簇拥,她看到一众高朋满座里,有许多熟悉的笑脸。

有阿明、司机浩昌、私人医生、季先生,还有姚乐安、褚芸和江唯唯,甚至某节课上打过一次照面的同学。

他们的年纪看起来都比之前要大些。

时笺照了照镜子里自己的脸,还是和现在一样年轻靓丽。

有这么多人来参加他们的婚礼。

宋叔叔在哪里?

时笺找了一圈没有看到他,心下正着急,转身却看到他西装革履地站在自己身后,英俊的眉眼,脸上的笑温柔至极。

他向她伸出修长分明的手指,时笺没有犹豫就牵上去,纯白色的裙摆扬了起来,浅而朦胧的光晕顷刻间将他们笼罩,逐渐显得越发明亮。

时笺在这片盛光里醒了过来。

还是在酒店,旁边固定电话铃响了,宋淮礼的手臂仍旧被她枕在脖颈下面,温热真切的呼吸洒在她的耳畔。

时笺接起电话,听了两句,蓦地扭头看向窗外。

是极光。

"宋叔叔,快看啊!"她感到万分惊喜,小声地轻轻叫着宋淮礼,他很快也醒过来,顺着她视线看去。

漫天的梦幻光带,萤绿的,蓝紫色的,游弋在银河般的梦境里。

实在是太美,太震撼了。

时笺有那么一刹那忘记了呼吸,反应过来的时候眼眶都有些微微湿润了。这样稍纵即逝的美好,她赶紧双手合十,闭上眼睛许愿。

和生日一样,时笺永远只有一个愿望。

那就是希望他能够赶快好起来,希望自己能一直陪在他的身边。

宋淮礼从后面抱了过来,下颌贴在她的颈侧,久久无言。

"阿午。"他一开口叫她的名字,时笺又想哭了,握住他的手,含着泪笑道,"我们好幸运,看到了极光。"

"嗯。"

时笺感觉到他将自己拥紧,又唤她:"阿午。"

他的声音低沉而嘶哑,闷闷地在她的耳边辗转,听起来特别不真实,时笺想回头去看看他的脸,但宋淮礼将她按在怀里,不让她动作。

"在来之前,我和自己偷偷做了一个约定。"他说,"我有一个奢望,如果看到极光,我就把它告诉你。面对你,我一直有很多私心。我知道自己还没有好,我知道这对你不公平,但是我等不了了。"

一个冰凉的东西沿着时笺的手指慢慢推上去,她的心跳突然空了一拍,低下头,看清宋淮礼为她戴上一枚钻石戒指,一闪一闪的,好漂亮。

"囡囡,可不可以?"

这时,时笺才能够回过身来。

宋淮礼小心翼翼而且恳切地看着她,话音很轻,眼底有浅浅的弧光。

他自始至终都把自己摆在一个很低的位置上,连求婚都说成是奢望,时笺的胸口感到一阵酸涩,视野里一片模糊,眼泪顷刻掉了下来。

"好。"时笺轻轻点了下头,但是开口说出第一个字音就泣不成声,"……好,我答应你。"

对于这个问题,时笺没有第二个选项。

从毕业典礼见到他的那一天起,她就做出决定——窗外美丽的极光瞬息万变,相爱的人注定白头偕老。

他们相拥了很久很久,时笺平缓下来这种情绪,抽了抽鼻子,唤道:"宋叔叔。"

"嗯?"他低应。

"要是这次旅行没看到极光呢?"她眸中噙泪,在刻意撒娇,"难道你就不打算告诉我了吗?"

宋淮礼默默地抱紧她:"不可能看不到。要是今天没看到,我们就等明天,要是明天看不到,我们就等后天,我会一直等到看到为止。"

"你喜欢狗狗吗?以后我们可不可以养一条小狗?

"我们以后还会住在东边吗?东边繁华,但是节奏太快,我想我们也可以从闹市搬到郊区,那里更加安静一些。

"如果搬家的话,我可不可以申请拥有一个后庭院?嗯,就是那种很开阔的草坪,雨后空气里都是清新的芬芳香味,还可以荡秋千呢!

"如果有露天的圆桌也很好,到时候你读书,我写稿,我们可以在一起做各自喜欢的事情。"

一旦开始设想,思绪就刹不住车,时笺眼睛亮晶晶的,看着宋淮礼,连说带比画,神采飞扬。

极光来临的时候,整个世界好像只剩下她和他两个人。

时笺讲了很多个"我们",字里行间都是期许,宋淮礼声音低沉地一一回应。

"喜欢,你想取什么名字?

"好,你想住在郊区我们就搬家,过段日子我带你去选房。

"会有一个很大的后庭院,你喜欢郁金香,我就在园子里为你种花。等到了春天,天气晴朗的时候,我们可以一起坐在院子里上晒太阳。"

时笺光是听他说已经能想象到那个画面,碧绿的草坪上,遍地都是盛放的花,他们坐在秋千上温存,共同享受暖融融的阳光。

她没忍住,弯着眼凑过去,拿脑袋蹭了蹭他的颈窝:"你真好。"

虽然还有很多话未曾言明,但是时笺并不着急,他们有一辈子的时间可以对彼此诉尽心意。

从冰岛返程之后,时笺立刻给张玥打电话,说要回去一趟。

她已经许多年不曾踏足那个小城,她们也许久没有见过面,时笺想把自己的喜悦分享给心里最挂念的人。

"张妈,我要结婚啦!"她说。

张玥曾经从时笺的口中听过宋淮礼的名字,也听过他的故事。

张玥是乡下人,没什么文化,不懂那些家世背景如何衡量,也从不用世俗的眼光加以评判,只希望阿午能找到一个对她真心相待的人。

张玥听到这个消息万分高兴,甚至有些喜极而泣。

"阿午啊……"张玥说话间带着哽咽,"我好想你,你什么时候回来?"

"就这个周末,"时笺听见她的声音也有些鼻子发酸,"我想带他一起回去看你,可以吗?"

"当然没问题!我等你们回来,我要和老胡做一桌子好吃的饭菜!"张玥已经想到怎么张罗,"红烧鱼、糖醋排骨,你不是最喜欢吃牛肉了吗?我给你做一道杭椒牛柳……哦对了,宋先生是什么口味,你也得跟我说一下……"

时笺想起得知自己能去北京那天,张妈也是这样给自己做了一桌丰盛的菜肴。

有关于茂城的很多细节她都不记得了,但是记忆里那碗米饭真的很香很香。

远程旅途比较耗费精力,严寒的情况下护理条件也不够好,宋淮礼的意思是直接回茂城,但是时笺想让他多休息几天。

现在他的衣食住行通通交到她的手上，包括早上穿衣，晨起剃胡须，按摩复健，等等，时笺旁观学习了一整年，照顾他越发得心应手，凡是能够自己做的，绝不假借他人。

时笺很喜欢这种感觉。

不只是通过索取依赖来表达爱，他也无须通过被她需要来一遍遍证明自己存在的价值。每一天她都惊喜于他身体的康复状况，双腿拥有知觉，能够短暂地控制抬起，说不定过些时间会有更大的进展。

"张妈对我很好很好的，我高中时在她那里打工，她每天都会多给我十块钱，给我做午饭吃，后来又给我几千块让我来北京，还给我买了新手机。"

在去茂城的火车上，时笺对宋淮礼讲了很多过去的事情。

她省略了在袁家不怎么愉快的部分，只讲张玥夫妇的好，讲她在学校里的经历。

其实说真的，能讲的部分不多，时笺和宿舍的同学关系不佳，她们看不起她，言语尖酸刻薄，背地里闲话连篇。

她是好学生，是那种乖得老师也觉得不起眼的人，恍恍惚惚十八年这样跌跌撞撞地走过来，在乏善可陈的青春里，只有过两件最美好的事情——一件是有幸得到张妈的照拂，还有一件就是认识宋淮礼。

在当下的这个时候，时笺由衷地感到幸福。

从北京去茂城的火车要六个小时，窗外的景色飞逝，宋淮礼闭眼小憩，时笺挨在他的身边。

不知道过了多久，她也感到有些昏昏欲睡，半梦半醒间，感觉到手机在震动。

时笺拿起来一看，是一个陌生号码，被运营商标注成诈骗电话。

她抬手挂掉，但是过了一会儿，铃声再次响了起来。

眼看宋淮礼要被吵醒了，时笺蹙起眉，将这个号码直接拉黑，手机扔在一旁。

车厢内终于重归安静。

已经入冬，茂城的天气也变得寒凉，时笺穿宋淮礼给她买的棉外套，推着他的轮椅走在小巷上。阿明和医生拎着行李和礼品跟在后面，略显好奇地四处打量。

五年过去，这个地方还是能够一瞬间唤起时笺的思乡之情。

虽然在这里的回忆并不都是美好，但毕竟是她从小出生、长大的地方，听到江畔的涛声，看到石板上的青苔，依旧觉得无比亲切想念。

张玥住的那栋居民楼装了电梯，方便他们上去。

时笺敲门的时候心里就很紧张了，心跳得飞快，反而是宋淮礼坐在轮椅上，不发一言地牵住她的手。

他的掌心温热，指节也修长分明，时笺定了定心，坚定地回握了他。

"嘎吱"一声，门轴转动，是胡叔开的门。

胡叔一瞧见是他们，黝黑的脸上就冒出笑意，眼角带着细纹，迎上来："阿午来了！"

张玥在里屋忙着做菜，迎接他们的到来。一行人就这么浩浩荡荡地进了屋。张玥听到外面的动静，围裙都没来得及解下就跑出来。

"阿午！"

时笺被她用力地抱进怀里，这时候才忽然想到，其实张妈已经有五十多岁了。她也有了丝丝细密白发，刚才过来的时候腿脚都有些不便。

时笺闭上眼睛，压制住酸意，弯唇撒娇道："张妈，我好想你。"

张玥松开她，低头抹泪，过一会儿又看着一屋子的人笑："瞧我，这把年纪了还矫情。"

她抚了抚时笺耳边的头发，千言万语道不出，全留在心里："来，让张妈看看。"

二十四岁，长成大姑娘了，真的和以前不一样了。记得时笺刚来餐厅做工的时候，还是瘦瘦小小的模样，张玥一开始还不敢用，但是时笺恳求她说真的缺钱，张玥见小姑娘也着实可怜，就让她负责做些端盘打下手的轻活。

一晃儿这么多年过来了。

张玥看得很仔细,见时笺的气色好也就放心,又转向宋淮礼。

按照这里的习俗,结婚要给彩礼,张玥夫妇是时笺的长辈,如同亲父母,宋淮礼带了不少东西过来,有滋补保健的名贵食材,花胶、辽参、鹿茸、虫草等,还有品相上好的茶叶。

老妇人看到他的腿,什么也没问,热切地迎着他和时笺到客厅里坐下,给他们倒茶喝。

胡叔陪几个人聊天,张玥又去炒菜,没过一刻钟,就在厨房里吆喝一声:"老胡来端菜!"

时笺跟在胡叔后面,帮忙张罗,阿明也热情地拿碗筷盛饭,桌子上很快就摆满了香喷喷的佳肴。

大家围坐在一起。张玥和时笺叙旧,胡叔开了一瓶酒。宋淮礼不能喝,阿明和私人医生替他喝,一顿饭吃得暖意融融。

饭后,时笺陪宋淮礼出去,到她高中的学校里看一看。

这里和以前也不太一样了,建筑翻修,跑道换新,时笺的视线下意识地去寻榕树下的校园墙,看清之后松了一口气。

幸好还在。

只是上面的海报早就已经更换了,成了校园十佳展示板,上面是一张张青春活力的笑脸。

时笺看着那里片刻,也没能止住笑。

宋淮礼问她:"怎么了?"

"没什么。"

我就是在这里找到你的。

时笺将双手背后,绕到他跟前,扬唇甜甜地叫道:"宋叔叔。"

"嗯?"他抬起下颚,深棕色的眼眸很是好看。

时笺弯下腰,习惯性地搂住他的脖颈,叹息一声:"我好喜欢你。"

他们在榕树下接吻,风轻轻吹过,宋淮礼的气息温热,很低很低地回道:"我也是。"

第八章
告别海

时笺和宋淮礼在茂城待了将近一周,又到了德国神经专家过来治疗的日子。几个人告别张玥夫妇,回到北京。

通常治疗的过程时笺是不敢看的,她不愿见到他身上那些嶙峋的疤,所以一般都等在房间外,自己写点东西。

这回治疗到一半,门内传来动静,是阿明的声音,时笺的心一下子提起来,没忍住凑到门口,犹豫着要不要敲门。

"小姐!小姐!"

门还没打开,阿明的声音就已经隔着木板蹦了出来:"先生能够站起来了!"

时笺先是愣住,然后很快掩唇。里头有人开了门,她站在原地,一句话也说不出来,视线锁定屋子里的景象。

宋淮礼借助固定在地面上的两排横杠,稳稳地站在原地。

在电流的刺激下,他可以移动步伐,不过太久没有做出这样的动作,腿部的肌肉尚且不太适应。

时笺看着他一点点扶着横栏往前走,虽然行动无比缓慢,但是一直没有停下。

时笺捂着嘴,一直一直地看着他,直到泪眼模糊。

今天只是试探性训练,医生让宋淮礼不要操之过急。他没有异议,安静地重新坐下来休息。

专家离开房间,时笺跑进去,紧张兮兮地伏在他的膝边:"你现在感觉怎么样?累吗?不疼吧?"

宋淮礼凝视她半晌,伸出手摸了摸她的脑袋,温柔地道:"不疼。"

时笺吸了吸鼻子,将脸贴在他的腿上,呢喃着道:"那就好。"

不规则的光线落在窗沿,时间静静地流淌,这是一个值得铭记的午后。

他能够走路了,不知道为什么,明明是一件很值得高兴的事情,时笺却始终有种不安的感觉。

果然没过多久就灵验了。

到了晚上,宋淮礼又开始无缘无故地发烧,就像之前一样,体温高热,意识模糊而昏沉。

上次还能解释说是受风着凉,这回却再没有什么别的理由,时笺终于察觉出不对劲,去问阿明这究竟是怎么一回事。

阿明答应了先生,一开始不肯说,眼看时笺要急哭了才不得不磕磕巴巴地道出实情。

最激烈的治疗方法,宋淮礼需要承受数倍的痛苦,才能达到今天这样的效果,怪不得他能够恢复得这么快,时笺又生气又难过,也心疼得要命。

宋淮礼躺在床上咳嗽,这时哑着嗓子,有些艰难地开口:"囡囡……不要怪阿明,是我自己的主意。"

都这样了还有空去管别人。

时笺趴在床头,红着眼睛道:"你这个笨蛋。"

"对不起。"宋淮礼低声道歉。

她能怎么办呢?

时笺拿宋淮礼没有任何办法。

她用冷水浸湿毛巾,一边哭一边替他擦拭脸颊、脖颈。指尖的温度好像要燃烧起来,时笺脱去他的衣衫,为他擦身降温。

宋淮礼顺从地闭上眼睛，重复说"对不起"。

爱是折磨人的东西。

他的卑微，他的自惭形秽，他零落一地的尊严都深深刺痛了她。

时笺把毛巾放下，面对着他，一件件地脱掉了自己的衣服。

现在他们是一样的了。

"宋淮礼。"时笺紧紧地抱住他，湿润而滚烫的眼泪落在彼此的颈间，"我们明天就去结婚。"

这天是个好日子，宜婚娶，天气晴朗。

宋淮礼在正午时退烧，精神恢复了许多，司机载两个人去离家最近的民政局。

时笺精心打扮过，心情非常紧张。

半途中，时笺接到老师打来的一个电话，说之前采访的那个受害者联系她说有一些新消息要报告，她和师兄在外地赶不回来，请时笺方便的话，下午代自己去一趟。

"可能是得知什么重要的线索了，我听着他电话里情绪好像不太对。小笺，你可不可以尽快去一趟，新闻不等人。"

老师对时笺有恩，时笺于情于理都应该帮忙，只是这样的话就得推迟原来的计划。

放下手机，她有些不知所措地看向宋淮礼，生怕他的心里会失落。

宋淮礼却已经了然，宽慰她道："没关系，民政局一直到五点半都开门，我们晚些再去也不迟。"

车子改道，去了受害者李先生的住址，在郊区偏僻的居民楼。

时笺之前来过两次，已经熟门熟路。

之前的报道闹出一阵水花后又不知怎的销声匿迹，时笺知道以老师的脾性来讲，这个系列的跟踪报告可能还要出第三期。如果该受害者的新消息是比较关键的证据，会对调查有很大帮助。

车子停在楼下，分岔路口边上。时笺也不知道需要多长时间，只让宋淮礼在车上等自己，但他还是跟着下来，要在楼下亲眼看着她上去。

正当头的建筑物顶上，有一块巨大的旧广告牌，上面的印图已经风化模糊了，隐约可以辨认出"欢乐嘉年华"几个大字。

时笺说："宋叔叔，你在这里等我。"

宋淮礼坐在轮椅上，微笑着看她："好。"

时笺刚走了两步，忽然听到楼顶传来"咔嚓"的轻微响动，像是有什么东西在被挪移。

风声很大，先是铁架发出难听的"嘎吱"声，时笺抬头，高楼顶上有人影一闪而过，而头顶乌云蔽日，巨大的阴影顷刻间将她笼罩其内，根本没有任何时间反应。

"嘭"的一声。

震耳欲聋的重物撞地声响彻大地，那块广告牌从顶楼坠落下来，径直砸到地面。

时笺的视野在剧烈震荡，刻在记忆里最后的那个画面是宋淮礼扑过来，用自己的血肉之躯将她死死地护在双臂之下。

"阿午！"

轰鸣灵魂的巨响。

他只来得及最后再叫一遍她的名字。

凌晨六点钟，时笺突然从梦里惊醒。

她睁大眼睛，凝视着雪白的天花板，胸口有些剧烈地起伏喘息着。

怎么又做这个噩梦了？医院，消毒水气味，救护车的警笛声不断鸣响，嘈杂晃动的人群，阵阵声嘶力竭的哭喊……

床头柜有药瓶，时笺侧转身体，遵循本能反应伸手去捞，她惊魂未定地爬起来，身上全是细密的汗，就着一旁杯中的冷水咽下两粒具有镇定功能的药丸。

干他们这行就是这样，压力大的时候容易诱发一些心理和精神上的问题。

又是一年同学聚会，在盛夏，宋淮礼的生日要到了。自他双腿康复之后就开始接手宋氏更多的工作，这些天在国外出差，去了好久，她想他想得要命。

问他要什么时候回来，可是这次的事情比较棘手，也没个确切的归期。时笺心里盘算着，实在不行，她就飞过去陪他。

窗外的鸟儿在啼鸣，时笺怔怔地看着天花板，半晌才爬起身来。

近些天她总有些头疼，失眠，也不知道是什么原因，可能是因为最近有个大案子，事情发生得太突然，性质又太恶劣，影响了她的情绪。

她的床头总是放着装着安眠药的小白瓶，昨晚没忍住吃了两粒，没让宋淮礼知道，不然他一定会生气。

床上有一件他的旧衣服，是米色的衬衫，棉麻料子，每次他离开她太久的时候，时笺就会拿出来，晚上睡觉的时候抱在怀里，这样就好像他一直都在她的身边。

时笺起床，去洗漱刷牙。

她看向镜子里的自己，有一瞬间看到自己二十几岁刚毕业时候的模样，扎着高高的马尾辫，青春活泼，不谙世事。

再眨眼，面前是一位已经三十岁，成熟干练的职业女性。

时笺拍拍自己的脸，在心中无声地笑了笑。

今天是同学聚会，他们这些人进入社会以后就各奔东西，当年约定的一年一度的聚会再也没有实现，将近七八年过去，这么长的时间，终于能够再次齐聚一堂。

时笺穿过马路，在路口等司机来接送。

繁华的街市，市中心最大的购物商场，墙壁上挂着巨幅广告牌。

时笺突然感觉红绿灯的光晕晃动一瞬，待她仔细看清，周围人来人往，和刚才没什么两样。

时笺坐上车，习惯性地打开无线电广播，听着新闻。

司机浩昌是哑巴，不会说话，这么多年一直忠心耿耿地跟在宋淮礼的身边。时笺下车之后，在门外同他挥手作别。

浩昌看着她，似乎有什么话想说，时笺笑了笑："我这边好了就给您电话。"

车开走了。

时笺上楼，按照导航找到学生会那帮人定的餐厅。她的方向感一直不怎么好，要是宋淮礼在的话，肯定不需要找这么久。

明明预留了四十分钟的时间，结果找到包房的时候竟然刚刚踩上点。

房间里觥筹交错，他们已经迫不及待地开了酒，一张张笑脸出现在视野里。

时笺又看到了陆译年，他近日刚刚结婚，带来自己的新婚妻子，是个柔婉端庄的女人，并不是徐妙勤。女人小鸟依人地挽着陆译年的手臂，众人皆称羡。

这么多年过去，大家都变了许多。

褪去青涩，衣着光鲜，脸上的笑容恰到好处。有从事新闻业的后辈看到时笺，神情蓦地闪烁，然后小心而紧张地叫一声："时老师！"

对方端着酒过来，说自己非常崇拜她。

时老师可是鼎鼎有名的自由撰稿人，她对新闻的敏锐度和对记者这个职业的坚守令人敬佩。她从来只为真相说话，为最弱势的群体发声，尽自己的最大可能去帮助那些有需要的人。

时笺并不认识她，却非常亲近地与这位后辈碰杯。

等人差不多到齐了，大家围成几桌坐了下来。时笺被迎到主桌，安排在陆译年的旁边。

他们与彼此对视，释然地一笑。

仿佛学生时代还在昨日，在座的人都感慨万千。

席间可聊的话题有很多，聊到自己的伴侣，有人起哄说要大家轮流介绍，带了家属的要当众饮交杯酒，没带家属的要自觉罚酒。

众人轮了一圈，终于到时笺。

"我啊。"时笺的神情很温柔，"我先生他是做企业的，最近总是在外面出差，所以不能过来和大家见面。下次吧，下次有机会，我带他一起。"

这句话一说出来,在座有人调侃着接腔。

时笺饮了酒,头有些晕,她熬了几个大夜,没有听清对方说话,反而眼前一张张面孔变得模糊起来,看不太清晰。

时笺下意识地一愣,又听到周愿声音清脆地问道:"给我们多介绍一下吧,他是什么样性格的人?"

"他呀,"时笺想了想,不自觉地唇边就带了笑意,羞赧而甜蜜,"他是个很温柔的人,我十九岁认识他,二十三岁正式在一起,2021年我们结的婚。"

在座的同学们神情艳羡,举起酒杯,他们互相碰杯,敬不朽的爱情,敬友谊,敬崭新的明天。

一片欢声笑语中,时笺无意中对上陆译年的视线。

出乎她意料,陆译年的神情很复杂,深深地看着她,仿佛有什么想说却说不出口的话。

那种表情很奇怪,令时笺心跳如擂鼓,却不知道发生了什么。

"气管插管,呼吸机辅助。"

"阿午。"陆译年的声音和什么声音同时响起。时笺感到一阵不适,红酒喝得太多,想吐,她突然站起来,捂着嘴跑了出去。

她一直跑一直跑,跑到空旷的宴会大堂,那里被封锁,她找了个小门钻了进去。

她和宋淮礼的婚礼并不是在这样封闭的室内举行的,而是在室外,在草地上举行的露天婚礼。宋淮礼知道她不喜欢这种禁锢压抑的感觉,当时漫山遍野都是鲜花,是她喜欢的郁金香和向日葵,都是他亲手种的。

他们定居在京郊,买了一栋独楼别墅,还有一个好大的后院,院子里可以荡秋千。天晴的时候,他们养的小狗会在碧绿的草坪上跑来跑去。

这时候窗外下了雨,时笺站在落地窗前,怔忡地抬起掌心,观察上面错落的纹路。

她看了很久很久,几乎迷失在其中,身后却有很轻的脚步声响起。

时笺转过身,是陆译年。

他已经是而立之年，正是事业有成的时候，穿着一身笔挺的西装，从头到尾显得贵气。

时笺终于有机会恭喜他，单独对他道一声"新婚快乐"。

陆译年没有应声，却是一步步走近她。

"我没有结婚，笺笺，你记错了。"他微笑着看着她。

怎么会没有结婚？刚刚她还看到他的妻子，是他一起长大的那位青梅竹马，世交家的千金。

陆译年看着她疑惑的神色，表情突然变得很悲哀，时笺觉得自己似乎陷入了一个光怪陆离的梦境，自从今早起床好像很多事情都不对劲。

"心肺复苏。"

楼顶突然传来一声重响，时笺吓了一跳，转头一看，落地窗上生出一丝裂纹，她惊愕地转头，陆译年止步在她面前几米外，遥遥地看着她。

如果在梦里，没有看清某人的脸，证明以后还有机会见到对方。

这句话宋淮礼曾经告诉过她。

陆译年的脸笼罩在一片光晕里，什么都看不见，像是沉在一片茫茫的雾霭里，时笺听到他深深地叹息："这么多年了，阿午，你还是忘不掉他。"

心脏突然传来一阵剧痛，时笺如坠寒窖。

落地窗上的裂纹开始以极快的速度蔓延，他们所在的楼层突然疯狂地下坠，"嘭"的一声，整面玻璃破碎坍塌，玻璃碎屑溅了时笺一脸，刮出细微的血痕，随之而来的是响彻耳边巨大的撞击声。

连灵魂都在震颤，所有的感官、情绪，刹那间灰飞烟灭。

时笺站在一片看不见、摸不着的光晕里，刺眼的光亮照耀着她，她不知道为何开始一刻不停地掉眼泪，哭得肝胆俱裂。

时笺看过宋淮礼早年的采访。

天之骄子，宋氏未来的掌门人，一朝却落到这步境地。有好事的记者故意戳他的痛点，问他救人是否感到后悔。

记忆里宋淮礼坐在轮椅上，看着记者："我后悔过。"

"我也是凡夫俗子。

"我曾经想过,如果没有发生这样的事情,我就不会经历这么多的痛苦。"

时笺以为这就是全部,但是视频中长长的一阵沉默过后,宋淮礼很轻很轻地笑了:"但是如果一切再重来一遍,还是那样的情景,也许我依然会选择冲上去救人。"

很多记忆片段来回闪现,时笺如同坠落深海,无法控制它们通通泄洪般向自己涌来。

老居民房。

时笺和老师采访完受害者,宋淮礼在路边的车上等她。

宋淮礼牵住时笺的手,指节紧了紧,时笺直起身转头看他,发现他好像有心事的样子,低垂视线,侧颜显得很安静。

她抱住他的手臂,唇边的弧度稍敛:"怎么了?"

宋淮礼抬眸,轻声和她解释:"刚才我在礼节上应该跟你的老师和同事多聊几句,但是怕他们对你有看法,所以没有下车。"

时笺愣了一下,心里忽然感到有些发涩,仿佛被什么东西堵住一样,沉甸甸的。

他好像一直都是这样。

无论是在哪里见她,总是尽可能地等在偏僻人少的角落里,也很少主动要求和她的朋友或同事们打照面,除非时笺自己提出——宋淮礼好像默认,和他一同出现在公共场合会有损她的形象。

时笺的眼眶微微泛潮,她说:"可是我……"

她的话都没说完,宋淮礼就低声回应:"嗯,我知道。"

他的脸色平静,甚至还宽慰地笑了笑,时笺的指尖按紧在掌心,禁不住一阵难过。

他知道,知道她不在乎,知道她对他的一片赤诚。

可他做不到轻描淡写。

因她而有自尊心，因她而想要维持早已残缺的体面。

他不在乎旁人会如何看他，但他在乎旁人会因他而如何看她。

雨声在这个时候变大，在这个浑浊的世界，涤荡，洗刷掉一切脏污。

病房门外，时笺躺在床上，因为从工地建筑上摔下来，伤了腿。

徐妙勤过来看她，实际上只是想折损一番。

"我还以为你有什么好选择，谁知道你拒绝和陆译年复合，居然跑去跟一个残疾人在一起？可你怎么不给我们介绍一下？你是不是也觉得他上不了台面？不会就是图人家的钱吧？"

空调遥控器被时笺狠狠地摔在门口，她没有看到房间外面宋淮礼黯然落寞的表情。他的病没好全，坚持着要过来看她，但是好像没有选对合适的时机。

宋淮礼默默地调转轮椅，离开了病房门口。

这一幕如同退去颜色的影像，是黑白的默片。记忆被不断修正，时笺感到头痛欲裂。

那篇保健品的新闻报道没有延期，而是在时笺即将踏上冰岛旅程的时候预备发布，老师打电话过来，说她在外地赶不回来，请时笺代自己去一趟受害者家里。

那时她恰好和宋淮礼在一起，宋淮礼便亲自送她过去，因为不放心，还跟着她下了车。

隔着几米的距离，他还不能够自如地行走，却在那么短的时间里，扑过来牢牢地将她护在身下。

时笺的眼泪一直流一直流，她溺了水，而他是那片海。

广告牌砸下来，宋淮礼的第七节的脊椎被彻底碾碎，再也不能够站起来，甚至连他的右手都完全失去了知觉。

他们没能去成冰岛。

他们没能去看海。

她没能继续撰稿，也没有和他结成婚。

"以后的每天都跟之前一样,好不好？"时笺抚摸他的脸颊,颤抖着说,

"我替你擦身,我们去世界各地旅行,我们坐火车,我们吃各种牌子的糖。"

宋淮礼看着她笑。

他笑起来一直这么好看。

"那等我们老了呢?"

时笺把脑袋埋在他的颈间,湿热的泪水浸透了皮肤淡而细的纹路:"老了我也会陪在你的身边。"

宋淮礼有好长一段时间没有出声,安静得几乎像是了无气息,时笺觉得心慌,抬头去看他的表情。

她感到自己突然被什么击中。

宋淮礼的眼睛如同深秋的海,满是刻骨的潮意,抖落到灵魂深处,也是一地落寞。

"阿午,你要好好生活。"宋淮礼说。

"宋淮礼……"

时笺近乎恳求地看着他,眼中全是泪光:"你可不可以不要走?"

她没说他要去哪里,只是紧紧地攥着他的手,尚还温热的、宽大的右手,握到指骨泛着青白:"宋淮礼,我求求你,留下来。"

如果不是她,如果不是她执意要做记者,是不是就不会发生意外,事情就不会落到这样不可挽回的境地。

如果那一天,她能够多几分警醒,是否一切还有转机。

"不要走,求求你了,不要离开我。"时笺红着眼睛哀求。

滚烫的泪水流入彼此紧扣的指缝,几乎灼伤了她。

然而宋淮礼的生命在迅速消逝,他已经什么都感觉不到了,只是闭上双眼。

"阿午……"一声低叹。

"我不是海,不是你喜欢的海。"

他一直都想贪婪地握住这束光,但每时每刻心里都有一个声音在提醒自己——她从来不属于我。

你所看到的这些体面,是我费尽心力保留的残缺,它们只是轻薄而脆弱的表皮，表皮背后，是我仅剩的廉价自尊。

从来都不是海。

他说："我只是一艘快要沉没的船。"

时笺哭得泣不成声，视线里他离她越来越远了，她伸出手想要拽紧他，却只是徒劳。

白光越来越盛，雨声越来越大，她什么都留不住，指尖是冰凉的泪。

"阿午，往前走，别回头，别来寻我。"

说好要带你去看海，可惜做不到了。

好可惜。

但凡能够苟延残喘地活着，宋淮礼都不会轻易放弃，可惜船行到终点，他们都别无选择。

他躺在病床之上，气息越来越微弱，但英挺的眉眼还是带笑，温柔之至，一如曾经初相见。

"这样也好，不用再做自私的人，拖着你一辈子。

"囡囡，你忘了我吧。"

仿佛又回到了七年之前，那时候的深海。

时笺哭得喘不过来气，她看着自己从船上跳下去，潮水渐渐淹没了她的口鼻。

时笺因为溺水而挣扎，身体却沉了下去。

一个自己沉入海底，另一个却在海上漂浮，重度昏迷，被救护车送到医院时，她看到好多好多人，阿明、私人医生、张妈、大学室友、报社的老师，还有师兄……

他们神色悲戚，病床上的时笺脸色苍白，嘴唇干裂，整个人毫无生机，唯有心脏机械的跳动还能证明她的生命迹象。

"怎么会失足掉进海里……"

"医生，求求您再想想办法行吗？难道一辈子就这样，再也醒不过来了？"

关于宋淮礼的死讯，时笺一直拒绝相信。

他们的房子变得冷冷清清，少了人气，时笺心想，总有一天他会再回来，所有的摆件都维持着之前的样子没有挪动位置，连他放在桌面翻开的那本书都还停留在当时的页数。

她想，他只是去别的地方养病了，等病好了就一定会回来的。

他答应了她，不是吗？

他不会食言的。

二十四岁，她还那么年轻。

当时独自一个人坐船出海，不巧遇上暴风雨，所有人都以为是意外。

病房里的人在撕心裂肺地哭，时笺在海里看着，什么都做不了。

她努力伸出手，想发出哪怕是一点点微弱的声音，可惜一切只是徒劳。

病房里的景象远去了，时笺不停地坠落，泪水和苍茫的大海融为一体。

混乱的思绪纷飞，她溺了水，快要撑不下去了，头顶是蓝色的天幕，时笺怔怔地仰头，看着它越变越模糊。

她感觉好疲惫，任由神思渐渐潜在海里，从身体中剥离。

时笺感到身体一阵阵的冰冷，就在意识快要消散的时候，恍惚看到海里好像有什么出现。

一潮一潮的浪涌过来，铃兰手串发出无声的碰撞，绿宝石项链闪烁着暗淡的光泽，粉红色的贝壳船也随波游弋。

是很熟悉的东西。

时笺知道，那是属于自己的旧物。

这些年来，它们一直静静地漂浮在深海里，十几载春秋无人认领。

空气从胸腔里挤压出来，时笺颤抖着伸出指尖，迟疑着、缓缓地朝那个方向触碰过去。

"叮。"

波纹随动作一圈圈漾开，时笺感觉有什么东西蓦地席卷了她，让她得以再次喘息。这时水中渐渐显现出一条碧绿色的光带，仿佛某种指引，朝更远处，更深处的海漫过去。

　　头顶的天光大亮，暗色的海域都变得明亮起来，仿佛阳光就在前方。

　　时笺的心里忽然铆足一口气，开始朝盛光处奋力游去。光带不断变化，改变路径，时笺跟着它，追随着极光的踪迹。

　　不知道过了多久，听到浪潮涨起的声音，时笺依稀看见水中的另外一处海岸。

　　她快要脱力了，却仍旧执拗地摆动四肢，朝那个方向一点点靠近。

　　人的这一生就像是鱼。

　　哪怕是逆流，也要孤注一掷地溯游。

　　海岸越来越近，时笺的视野越发恍惚，氧气飞快地流失，在意识要消逝的那个瞬间，她感到自己被海中某股温柔的力量环绕住向上一推，整个人冒出了海面。

　　大簇大簇的空气环绕住她。

　　时笺从水中醒过来，鬓发湿乱，胸口剧烈地起伏。

　　眼前什么也看不见，是白色的，模糊的，耳边有很嘈杂的仪器声音在响，心跳声很快，她不停地吸气，呼气，浑身发抖。

　　忽然，一张脸映入眼帘。

　　时笺恍惚了好久，才认出这是阿明。

　　阿明什么时候变得这么老了？他的鬓边都有几根杂乱的白发了，面容沧桑，眼角也添上轻微的皱纹。

　　她想要说话，但是喉头仿佛被扼住，什么声音也发不出来。

　　"小姐，您终于醒了。"阿明哭了。

　　时笺躺在床上不能动。

　　她的泪早就干涸了，定定地看着医院雪白的天花板，不再言语。

　　宋淮礼牵着她的手向她求婚的画面那样鲜活，仿佛就真真切切地发生在昨天。

　　七年的时间，转瞬如云烟。

　　记忆浮在眼前，只剩下这场循她所愿，镜花水月的美梦。

什么是真？

什么是假？

时笺无从分辨，也不想去分辨。

她选择用这七年，偿还曾经没陪在他身边的日子。

宋淮礼的二十五岁到三十二岁，时笺心头高悬的遗憾，至此终于圆满。

"阿明哥，可以扶我起来吗？"时笺的声音有些沙哑，阿明小心翼翼地扶着她坐起来，给她端了一杯热水喝。

时笺不想喝水。

她说："带我去看看他吧。"

他们驱车来到北京一处风景美丽的陵园。

阿明在外面等她，时笺一个人走了过去。

她刚刚苏醒过来，身体还很虚弱，步伐却很稳。

时笺轻而易举地找到了他的墓碑，并不过分张扬，在一棵大榕树底下，时笺看到墓前摆放着新鲜的郁金香和向日葵。墓碑上除了名字什么都没有写，时隔多年落满了灰，连名字都要看不清了。

没有经过她的允许，他们谁也不敢来打扰他。

跨越漫长的时光，时笺静静地凝视着他，好久之后才能够开口说话。

"如果人真的有下辈子的话，我还是想跟你在一起。"

四周很安静，是盛夏，但是坠海的后遗症还是让她觉得有些寒冷。

"无论你是什么样子，我都只想和你在一起。我们不需要很多的钱，也不求锦衣玉食、荣华富贵，只要我们陪伴在彼此身边，哪怕挤在很小很小的房子里，也能安安稳稳，幸福地过一辈子。"

一滴雨落下，水花绽放在石台边缘，郁金香的花叶颤动一下。

时间过去得太久了，时笺伸手抹去碑上的灰，动作缓慢："曾经因为你，我对这个世界有期许。你也答应过我，要陪我去看海。我一直相信，你会兑现这个诺言。"

指尖描摹，一笔一画，停在他的名字上，时笺的声音突然哽住。

一滴又一滴，像是雨下起来，她的指节青白一片。

时笺连病号服都没换，衣服被雨水打湿，可她全然不在意。

"宋淮礼。"

好多年不曾说出口的一个名字，哪怕只是低低念起，心间也会有疼痛的感应。

时笺想到陆译年在梦中落下的叹息："你还是没忘记他。"

要怎么忘？怎么能够忘得掉？

跳下去的那一瞬间，咸涩的海水已经融入她的骨血，洗不尽，剥不开，忘不了。

无论经历了多长的时间，无论斗转星移，沧桑变化，他是刻在她心里的一道印，一条不可磨灭的疤，她永远都会深深地铭记。

记得世上曾经有一个人，珍重她如生命。

让她知道，生在这人世间原来是那样的好。

滂沱大雨中，所有污垢和泥泞都被洗刷干净，时笺靠过去，温热的脸颊贴在冰冷的墓碑上。

雨和泪混在一起，她用很轻很轻的声音唤他："宋淮礼。"

有温柔的风声在响，也许这就是他的回应。

时笺如释重负地笑了："我听说人有往生。如果你上了桥，一定要在那里等等我，我和你一起走。这辈子，下辈子，下下辈子，我们永远在一起。"

时笺在墓园待了两个小时，陪他说话。

阿明打着伞过来找她，又小心地给她披上干燥的毛巾："要是着凉，先生又该说我照顾不周了。"

时笺的反应并不大，阿明担忧地说："小姐，我送你回去吧。"

难得见到阿明哭的样子，眼睛红红的，时笺看着他笑了笑，说："我想现在去看海。"

阿明不解，但是小姐做事一定有她的道理，他欲言又止。他们开着车在大雨里行驶，赶在白天到达海边。

海潮声沸腾热烈，就像是一场永不停歇的颂礼，时笺对阿明说："阿明哥，你在这里等我，我去去就回。"

阿明原本不太放心，但是她的神情看上去特别平静，平静到让人足够信服。

这时候骤雨初歇，天边依稀出现一道弯弯的彩虹。阿明拉开车门，目送时笺顺着沙滩走了下去。

岸边有不少人，时笺一步一步地沿着海岸线缓慢地走，仰头看到朦胧的水汽中五颜六色的彩虹，她出神地凝视着，却始终没有停下。

柔和的微风吹拂而来，眼前是蔚蓝的大海，属于时笺和宋淮礼的一生在不断地倒带。

2021年，宋淮礼彻底不再需要轮椅，他们举行了婚礼，邀请了所有亲朋好友。

2020年，宋淮礼双腿的情况有所好转，能够依靠拐杖等外物的支撑站起来，能够像正常人一样行走。

2019年，时笺和宋淮礼去冰岛旅游，宋淮礼向她求婚，时笺答应。后来她大大方方地告诉了自己身边的好友，没有人质疑她的决定，所有人都为他们感到高兴。

2018年，他们知晓对方的模样。宋淮礼陪时笺过了这辈子最难忘的生日。她下定决心要留在他的身边。宋淮礼和时笺乘坐K3线列车去往德国，开始积极治疗。他们在莫斯科河岸亲吻，确认彼此的心意。

2017年，时笺遇到了很糟糕的事情，宋淮礼一直陪在她的身边，后来她长大了。

2016年，时笺正式接触新闻行业，从宋淮礼送她的西装套裙中摸出一颗蜜桃味的糖，是属于她的"福灵剂"。他陪她看电影《你的名字》，她送给他那条他最喜欢的海浪图案的薄毯。

2015年，时笺和宋淮礼开始发消息，通话往来，他送给她一个粉红色的DVD播放机，天气冷，叮嘱她多穿衣。

2014年，时笺机缘巧合地打电话给宋淮礼，他告诉她不要怕，他们相识。

....

如果有来生，如果一切能够再重来一回。

时笺不后悔和宋淮礼相遇，不后悔相知，更不后悔相爱。

只是这一生他们都太苦，想起来总觉得有些可惜。

沙滩边有小孩在玩闹，一家三口围在一起堆起沙土城堡，有男人背着小女儿在岸边奔跑，也有牵着手散步的情侣。雨早就停了，太阳冒出来，光线和煦，海风阵阵吹拂。

时笺走到海边，背影逐渐远去。

阿明等了很久，一直等到傍晚。

夏至日未远，太阳还是那么明亮灿烂。

我叫阿明。

有一天，我淘气的小孙女从我的藏品盒中发现一封泛黄的信笺，拿着来问我："爷爷，爷爷，这是什么呀？"

我戴上老花镜仔细地看了看，远去的记忆忽然在锁扣里应了声。

"这是，我的一位故人写给别人的信。"

小孙女眨眨眼睛："咦？那它为什么会在你这里呀？"

原因很简单，但我静静地抚摸落灰的信纸，没有回答她的问题。

时间过去很多年了，我却永远记得这封信的第一句话：阿午，展信佳。

"乖乖，把东西放回去吧，都沾灰了。"

小孙女驻足在原地片刻，还是听话地返回屋内，过了一会儿，她又出来，歪着头看着我，突然道："爷爷，你是想起什么了吗？"她说，"你看起来好像很悲伤。"

我已经很多年不想这些事。

记忆里的小姑娘，第一次见面的时候，她的双眸通红，小声地恳求先生，能否在房间里多加一张陪护床，她想学着去照顾他。

我听到先生叫她阿午。

那样温柔的，带着笑意的先生，我以前很少见到。

我是干粗活的人，总是慢半拍，少根筋，后来才反应过来她是谁。

这几年，那么多电话和短信，我作为旁观者也能感觉到先生的期盼和喜悦，以及那种洋溢得几乎满出来的幸福。

我知道先生和小姐之间的感情很深。

不是世俗意义上的爱情，是另一种爱，像水流，像大海一样，能够包容世间万物。

小姐选择在毕业后去当记者，偶尔有小磕小碰，先生许多次都私下跟我讲，他很担心。

担心他的囡囡在外面受到了欺负，担心她会遇上自己无法处理的危险。

可是，这是小姐的选择，是让她觉得自己的生命有意义有价值的事业，先生不想过多干涉。一般的案件他忍住不插手，但是过于危险的新闻，他还是会恳请旧友帮忙，暗中给予她保护。

我跟在先生身边很多年，见惯了人情冷暖，这些所谓的朋友，在没出事前，天天往先生跟前凑，先生式微后却躲得远远的，生怕和他沾上一点关系。

知道他不受家族器重，不再有利用价值，无法交换资源，这个社会就是这样现实、残酷。

先生现在动用所有能动用的这些人脉，也不过是在小姐进行新闻调查时有人随行，护她周全而已。

小姐不知道，为什么她几次乔装打扮出入荒郊野岭的烂尾居民楼，一切都进行得如此顺利。

其实那天晚上她和她的老师，还有师兄一道去采访，有几个人尾随，但是多亏先生提前安排，警方无声无息地将人拦截，抓捕。

假保健品这么大的地下网络，先前我们都未曾预料到，越挖掘越发现背后的势力莫测，超乎我们的想象，哪怕是警方也没办法在短时间内肃清。

这是先生无法掌控的事，他只想着，等小姐辞职之后就能够彻底安全了。

可是后来发生的事情，谁也没有想到。

我们都没有想到。

我永远痛恨自己，那个时候距离不够近，没有反应过来，眼睁睁地看着这一切发生。

人都是自私的，那么大的金属物落下来，黑压压的阴影笼罩，只想要跑，身边跟着的人没一个人要去救她。

除了先生。

事情发生得太急，也太快了。那些恶魔恨死记者，也恨死警察了。哪怕不是广告牌，也还会有别的意外。

先生走了好几年之后，那个最大的秘密据点才被警方一举捣毁，丧尽天良的坏人全数落网，得到了他们应有的惩罚。

我心里是高兴的吗？当然。

可是那又怎么样呢？离开的人再也回不来了。

小孙女见我哭了，一向调皮的她安静下来，拿着自己的小手帕凑到我跟前，小心翼翼地抬起肉嘟嘟的手，声音稚嫩："爷爷，擦。"

"小乖，去睡觉吧，时间很晚了。"

窗外是皎洁的月色，却像是亮堂堂的白昼，照到了我的心里去。

我在榻上翻来覆去，毫无睡意。

前年我参加了一场葬礼。老人家去的时候，嘴里还念叨着"阿午、阿午"。

"我的宝贝阿午，怎么还不回来呀？"张妈口中喃喃着道，"你们也真是的，怎么能让她一个人坐船出海，孤孤单单，也没个伴。"

老人家的记忆还停留在好多年前，和丈夫一生无子女。

她是小姐唯一的亲人，我理应为她送终。

哪怕是到了临走的时候，我也没有告诉她最后发生的事情。

我这个人简单朴实，但并不傻，小姐沿着海岸走下去的时候，我就已经明白，她也许不会再回来了。

就算这样，我还是让她走了。

那一天的风很温柔,夕阳都落幕了,我还在海边等。

等什么?

我也不清楚。

也许是等第二天早上旭日升起,等潮水涨起,等浪花翻滚。

我想,十二年的时间,大概很难忘记吧。

忘不了就不要忘了,我尊重她的选择。

我在先生的身边给小姐找了一个很好的位置,我想他们应该会想要永远待在一起。

离开的人会在天国再次携手,我一直这样相信。听说如果这辈子有很爱很爱的人,执念太深,缘分未尽,老天爷会垂怜这样的诚心,让他们下辈子还能和彼此相遇。

夜色静谧,窗外静悄悄的,我蹑手蹑脚地爬起来,佝偻着腰走到衣柜前,把最顶上的藏品盒悄悄拿了下来。

那封信就在最上面,我的指尖颤巍巍地触碰到它,纸张也似有感应般,泛起了潮意。

月光下,我将信展开,戴上老花镜,看到一行行镌刻的钢笔字迹,虽然有些模糊,一笔一划,却逐渐熟悉了起来。

先生后来不能够提笔,这封信是我代替他写的。他小心措辞,删删改改好久,最终还是没有送出去。

先生怕小姐放不下,临走的时候什么都没有对她说。

阿午,展信佳。

你那里天气好吗?

你还记不记得,我们刚认识的时候,你喜欢问我这个问题。

其实很多时候是雨天,我也回答你是晴。

那个时候我以为你喜欢晴天,就像我以为你对我而言,注定只能是一场短暂的相遇。

过去的每一分,每一秒,每一个瞬间,对我来说都是有今朝无明日的纪念。

然而命运垂青，赠予我们这长长的五年，我心里深怀感激，能够拥有这样难忘奢侈的幸福。

曾经我说我不是你喜欢的海。对不起，那些只是气话。

我别无他求，只是太想要一直陪伴在你身边。

我想永远做你的海，你的船。

我爱你。

你是我这平凡一生中，最为珍贵的颂礼。

送信的人早已不在，如他所愿，收信的人也不曾看过。

这段刻骨铭心的故事，只有大海知道。

番外一
平行世界的他们

时笺十一岁那年，就读的希望小学翻新，要把老的教学楼重修。

接到通知是夏季学期末，每年这个时候，父亲都会从北京回来陪她两个星期。

父亲每次回来都要带礼物的，这次带了一盒日本进口的樱花巧克力，包装十分精美，时笺满眼雀跃地解开粉红色的丝带，水蜜桃和鲜花的香气便争相冒了出来。

好甜呀，父亲笑眯眯地坐在摇椅上望着她，时笺觉得好像以前从没吃到过这么好吃的巧克力。

一个暑假后返校，学校果然焕然一新，不仅操场的塑胶跑道重新铺设过，教学楼也涂刷上了纯白色的油漆，教室里添了崭新的桌椅，高级的投影仪，甚至屋顶前后还各装了一个空调。

时笺是学习委员，新学期伊始，她收齐作业跑到老师办公室，正听到几位老师在讨论这件事——有了新教室和新设备，以后教学都方便。

语文老师说悄悄话："我听说这次，不光政府出了钱，还有一位先生捐款资助呢。"

"是吗？"数学老师接话，"是谁呀？"

"不知道，但听说很年轻，二十四五岁，大概是哪里来的企业家吧？"

时笺将整理整齐的作业簿放在英语老师的桌上，几个人不约而同地停了话头。兼职年级主任的语文老师亲切地招呼时笺："来，孩子。"

时笺乖乖地走过去，语文老师把一份文件交给她："替老师跑趟腿，把这个送到教务处。"

秋高气爽的天气，时笺走在崭新走廊里，觉得心情也无比舒畅。

她爬到五楼的教务处，礼貌地敲了敲门，里面传出来的一声："请进。"

时笺按照语文老师的吩咐把文件交给了指定的主任，主任翻阅的时候，她在旁边百无聊赖地站了一小会儿，目光不自觉地游离开来，落在桌上的另一份纸质书面上。

很多密密麻麻的条款和文字，时笺没能看懂，但她看到了最下面的签名。

是十分清隽飘逸的字迹，很舒展，尤其是最开头的那个"宋"字写得真好看呀，像是大树一样俊逸挺拔。

时笺觉得这个名字莫名地眼熟，但她又不知道为什么会有这样的感觉。

时笺离开主任办公室的时候，她还忍不住回头看了一眼，仿佛这样就能将三个行云流水的字刻在心底。

是一位好心的宋先生捐的款，十一岁的小时笺对于钱财没有概念，只知道她非常感谢这位宋先生，让她和朋友们能在这炎炎夏日里吹上凉爽的空调，坐在教室里看老师用清晰的、放大的幻灯片讲课。

学习知识成了一个更加美妙的过程。

老师们总说："你家时笺是个好苗子，以后好好考，指定是能上清大、京大的。"

时笺的父亲听这些话听得耳朵磨出茧子了，他反而经常跟时笺说，让她的压力不要太大，对于他来说，只要她能够平平安安、快快乐乐地长大就足够了。

不过时笺很争气，上初中以后总是考前三，经常拿第一，成绩是没话说的。

时笺寄住在姑妈家,但是她其实并没有那么喜欢姑妈家的氛围,尤其是对姑父,总是有种隐隐畏惧的感觉,所以每次父亲回来的时候,时笺都撒娇让他带自己到外面去住。

时笺的父亲仍旧是每年回一次家,有时候带她去海边,有时候带她去游乐场。时笺喜欢坐旋转木马,别人都爱骑马,她次次都选南瓜马车,就好像坐在南瓜马车上真的能变成公主。

时间过得很快,冬去春来,积雪融化,绿叶抽出枝芽。

时笺从初中毕业,读了当地较好的一所高中。

她的成长轨迹和每一个平凡的孩子一样,到了高中开始住校。

这里的生活和想象中不太一样,父亲不在身边,时笺并不能很好地融入集体住宿的氛围中。

她的性格本来就偏内向,跟舍友们更是话不投机半句多。不过好在时笺也习惯了独来独往,晚上躺在自己的小床上,听着舍友们嘈杂的交谈声也能入眠。

时笺偶尔会做梦,梦到一个看不清身影的人。

她不知道他是谁,一片雾蒙蒙的白色里,他总是给她一种很温暖的感觉,像映着朝阳的海,又像是光。

时笺只要梦到他就能安睡到天亮,也算是美梦一场。

不过每次醒来之后,那些情绪又像是潮水一般安静退去,时笺也觉得特别神奇,这世间万物自有机缘,也许她和某人前世有缘也说不定,便因此入了梦,入了心。

即将高考的孩子总是比其他的学生要更苦一些。

成堆的习题,做不完的考卷,极尽缩减的睡眠时间,进入高三以后,时笺的压力越来越大,渐渐感觉有些吃力。

这种吃力还不是来源于内部,而是源于对未来的迷茫。

时笺不清楚自己以后究竟要选择什么样的专业,父亲在外地工作很忙,姑妈时夏兰并不能给出什么很好的建议,姑父袁志诚则更不上心,甚至时不时地给她灌输一些"女孩子不要离家太远,只需要找个好男人足矣"的思想。

站在人生的岔路口,时笺感到有些害怕。

害怕成为大人,害怕一个人去面对所有的困境,害怕很多选择,害怕没有选择。

眼看着高考的日子一天天逐渐近了,时笺晚上窝在被窝里给父亲发短信,删删改改好几次,还是很犹豫不知道应不应该发出去。

"爸爸,高考的时候你能不能来为我送考?"

踌躇了许久,小时笺叹了口气,没有发出那条短信,而是将手机屏幕熄灭,藏在了枕头底下。

周末,时笺从学校回来,照例去张妈的店里帮忙,顺便蹭点吃喝。

张妈问她:"是不是马上要考试啦?"

时笺乖巧地点头:"还有十几天。"

张妈脱掉手套,将围裙解下,思索着道:"咱们这有座很灵的普济寺,下午我带你祈愿去!"

时笺早就听说这座寺庙的鼎鼎大名,在山上,很久之前就已经是佛家圣地,后来声名远扬,假期的时候来往游客也络绎不绝。

张妈遇上这种事偶尔会迷信一些,想要替时笺求个好意头,还要她带上了自己常用的笔袋和水性笔,说要请那里的大师开个光。

时笺很少去寺庙祈福,很多礼仪和常识都不懂,譬如不可踩踏门槛,佛前不可打诳语,张妈领着她拿了三支香,小声叮嘱她。

这里的香火很旺,阳光穿过树叶的空隙映在青石板上,时笺在菩萨跟前磕了头。

人不能贪心,她掰着手指头许了三个愿望。

第一,希望父亲在外工作顺利,赚到很多很多的钱,这样他就不用在不开心的时候还对她勉强露出笑容了。

第二,希望所有的亲人都能够平安喜乐,身体健康。当然,这个"亲人"也包括张妈和胡叔。

第三，希望自己高考能够考出一个理想的成绩，去到想去的地方。

什么是想去的地方，时笺还不清楚，但她希望这个地方能让她足够期许未来。

张妈拿着她的旧笔袋去找大师，时笺没有看到她偷偷藏在口袋里等待供奉的厚厚的香火钱。院子里有一棵很大的榕树，上面挂满了木牌和红色丝带，写满了世人的祝福和心愿。

微风吹过，铃铛碰撞声清脆作响。

时笺站在大树的荫蔽下，忽然有了想为某人祈福的愿望。

不知道他是谁，只在她梦里出现过的这个人。但是时笺想，她这辈子到现在从来没做过什么坏事，所以在她梦里出现的肯定也是好人，应该祝福一下。

木牌四十五块钱一个，好几个人从时笺身旁经过，买了木牌之后挂上树梢，时笺默默地看了一会儿，忍痛将裤子口袋里唯一的五十元纸币拿出来了。

该称呼他什么好呢？

时笺拿着油性笔陷入沉思。

海吧，称呼他为海先生。

神秘包容的大海，浪潮声温柔拂岸，这就是他给予她的最直接的观感。

"这位总是来我梦里拜访的，神秘的'海'先生，虽然我们素未谋面，我却对你感到非常亲切。我祝愿你身体健康，万事胜意，心想事成，一生幸福美满。不知道你的生日是什么时候，既然是祝福，顺便也祝你每一年生日快乐！"

一不小心写多了，时笺的字越写越小，都快冒出边了。

她跳上榕树周围高高的石台，踮起脚尖，颇有仪式感地将自己的木牌放在一个尽可能高的位置。

希望月光看见它，风雨听见它，没有人能够拿得走它。

"阿午！你在那棵树下做什么？"张妈扬声，在不远处举高她的笔袋朝她挥手，"过来，让师父也给你开个光！"

大师一脸弥勒佛的喜相，脖子上挂着一串不知什么木质雕刻的佛珠，一边摸时笺的脑袋一边对张玥说："这孩子福泽不浅。"

张玥惊喜地问道："怎么说？"

大师意味深长地笑笑，叹道缘也，不可说。

摸了脑袋就可以考得更好吗？时笺无从得知，不过当晚回去之后她又做了一个梦。

梦见没有边际的蔚蓝的大海，时笺坐在海边，听到一浪接一浪的海潮声。

她的脸上沾了沙砾，裙子也被打湿，但是这种声音让她感觉很安心。

她果然很喜欢大海。

海浪声好像永无止境，细听还含混着轻微的嗡鸣，好像有人在呓语，一团白茫茫的雾气弥漫过来，时笺站起身，好奇地问："是你吗？'海'先生？"

"……"

浪花依旧，潮水翻滚，没有人回应她。

还以为他又来了。

时笺重新坐下，仰头，头顶是湛蓝的天空，她喃喃自语着："也不知道这次高考我能不能考好。"

"哗啦啦"的海水涨潮，漫过沙滩原来的水位线，细碎的白沫在阳光的照射下化为了泡影。

等潮水散去，时笺诧异地发现原来的位置出现一个字——能。

怎么这么神奇呀！这里的海水会说话吗？

就算是做梦，这也略显不可思议。

时笺睁大双眼，确定眼前的的确确出现了一个汉字。

她试探性地往跟前凑了点，又问："你为什么会这么觉得？"

又一次涨潮，沙滩上原本的字迹消失，出现一行新字："因为阿午是个聪明灵光的小姑娘。"

时笺再一次被惊奇，挪过去用手指戳戳那行字。

奇怪，明明是普通的沙子。

时笺问："你为什么知道我的名字？"

海水温柔地拂过："大概是因为我原本就认识你。"

时笺又问，简直玩得不亦乐乎："你是什么时候认识我的？"

"海"说："是很早以前的事情。"

这是她的梦，他在梦里就是造物主般的存在，认识她也并不奇怪。

时笺认可了这个说法。

这时候夕阳快要落下，晚霞染红了半边天，时笺觉得自己似乎到时间要走了。

可她还有想知道的问题："那你是谁？"

沙滩上浮现一行字："我是你的海。"

时笺双臂抱膝，望着那里微微有些出神："你给我的感觉和一个人很像，但是我怎么也想不起他的模样。"她有点伤心，"我想他应该是对我很重要的人，可是我忘记了他。"

"海"在沙滩上写字："你看世界上的海水都是连在一起的。我生来并不属于你的海域，却跋山涉水来到这里，因为我想做你的海，这是出自我的心意。世上的缘分也是相通的，万事万物皆有因果，忘记并不代表失去，就像我与你相遇，从来都不是命运偶然的安排。"

在时笺的世界里，橘红色的晚霞在这一瞬间燃烧了起来，漫天的绚丽色彩倒灌而来，双脚陷入了温暖细腻的沙子里，海水淹没白皙纤细的小腿，和风扬起了少女柔顺的长发。

时笺怔怔地仰头望着眼前这一幕。

也许没有再继续追问下去的必要了，她已经得到了想要的答案。

时笺从梦中醒来，外面天光大亮，她好像已经过了半生。

那个人，仍然有机会再见吗？

晚上时笺给父亲打电话，谈到高考的日期，她的父亲略带歉意地说："实在抱歉，宝贝，爸爸这阵子工作很忙，可能不一定能及时赶回来……"

时笺垂眸，看到手上戴着普济寺求来的红绳，宽容地说："没关系的，爸爸，您安心工作，我一个人也可以的。"

原来在这种时候，她都会小声撒娇，求他回来，现在倒像是个成熟的小大人了。原本在等她闹的时夏正反而愣了一下，还有点不太习惯。

"您放心吧，爸爸，我突然觉得自己还是挺有信心的。"时笺的声音和语气都不似强颜欢笑。

时夏正觉得奇怪："状态很好啊。"想了一会儿还是确认般地询问，"你真不用爸爸回来？"

"真不用啦。"时笺说，小小地玩笑道，"等你工作完回来就好啦，或者你出钱，等我考完带我去北京吃烤鸭！"

时夏正笑着答应："好。"

"我还要吃那什么卤煮！"

"……"

时夏正没告诉她卤煮大概和她想象中的不太一样，不过到时候等她过来再说吧。

"行，你好好考啊，等爸爸带你去吃烤鸭！"

十八岁这年的高考，时夏兰把时笺送到路口，又打视频电话给时夏正，共同叮嘱了一些老生常谈的事项："别紧张啊，笺笺加油！"

其实和紧张的考生说别紧张是没用的，不过时笺这会儿没心思想这些，她踮起脚尖，看着鱼贯而入的考生们，心情有种难以言喻的激动感。

等姑妈走了之后，时笺仍然在校门口等了一会儿。

片刻后，张玥来了。

"开过光的笔带了没有？"张妈从来都是这么风风火火的。

时笺乖乖地点头："带啦。"

考场不能带吃的，因此张玥摸了摸她脑袋："考完就来张妈这儿吃好的。"

"好。"时笺弯起眼睛。

时间差不多快到了。

时笺背好书包，和张玥告别，正式步入校门。

五星红旗在空中飘啊飘，时笺心想，她一定能考好的。

为什么？

嗯，大概是因为有人曾经说过，她是聪明灵光的小姑娘，很讨人喜欢的那种。

"我要感谢的人是我的家人，尤其是我的爸爸，姑妈、姑父、还有张妈和胡叔，一直包容我，支持我……"

说是普通的采访，时笺还是很紧张，悄悄写了稿子，不过即使如此，仍然是卡了好几个地方。

幸好来采访的记者很有耐心，让她放轻松，看着镜头，就当是跟朋友说话。

她的父亲就在旁边，见她紧张，也招呼大家都回避一下，就留下记者一个人。

时笺缓了缓，在第四遍的时候终于说通顺了。

"那么未来有什么梦想呢？"

"梦想的话，我想当医生！"

"为什么呢？"记者感兴趣地问。

时笺认真地说："因为医生可以救死扶伤。"

时笺也不知道为什么，某一天就忽然冒出这种想法，可能是因为偶尔看到那些穿白大褂的叔叔、阿姨时，觉得这种职业真是让人动容。

是人就可能会生病，父亲以后老了也会生病，张妈也可能生病，生病会让人痛苦，她不想看到那样的情景。

如果可能尽自己的一份力，那也是好的，也算是行善积德，让自己在乎的人都受到庇佑。

对于她选择去学医这回事，时夏兰和袁志诚是颇有微词的，他们觉得女孩子应该读商科，好挣钱，医生这种职业，责任大，还难熬出头。

不过有时夏正在旁边，亲爸都没说什么，两个人毕竟也不好再发牢骚。

时夏正的想法很简单，尽管家里的条件没有那么好，但只要是时笺想做的事情，他都愿意去支持。

他的女儿实在太过懂事，懂事得让人心疼，所以时夏正也希望她可以像个孩子一样去自由地做选择。他还没老呢，还能赚钱，谈不上让囡囡牺牲自己的梦想。

高考完的这个暑假，时笺过得格外恣意，在网上看到自己的采访被编入一众考生采访合集之中。

也许是因为不太习惯镜头，她的表情有些拘谨，但是嘴角是朝上的，小脸粉扑扑的，眼神也很亮。

时笺终于能够放松，时夏正特意给她打了钱，让她和朋友到外面去玩一玩。

每件事情都令人开心，唯一让她心里有些低落的就是，时笺不知为何，她再也没有梦到那个看不清背影的人，也再没梦到过那片会说话的海。

张妈说要找个时间带她去还愿，时笺也想再去找当时挂在树上的那个木牌，是她给"海"先生写的那块，她想问问他，怎么不来她梦里了呢。

是被什么事给绊住脚了吗？

这次去得很早，日头在上，寺庙里的师父们还在门内诵经，梵语声起，熏香的味道沿着林荫小径弥漫过来，时笺一直都觉得这里不似凡间，因为阳光足够灿烂耀眼，能够照耀一切生灵。

张妈带着时笺找大师还了愿，正是午时，又去五观堂吃斋饭。

等饭的时间有点久，时笺提出要去院子里走走，张妈就让她去了。时笺费了些工夫找到那棵大榕树，人头攒动，远远地看到自己先前挂木牌的位置了，她迈着小碎步跑过去。

那棵树底下原本站着一个人，对着浓密的枝梢默默地凝视。在时笺朝这个方向奔过来时,他正好提步走开。

一阵温暖的清冽海风气息拂过鼻间,时笺在人群中与他擦身而过。

时笺蹦跶着跳上石台,踮起脚尖,寻找送给"海"先生的那块牌子。

循着记忆中的位置,她看到了她系得笨拙的那个丑蝴蝶结,时笺长出一口气,一边将木牌的正面转向自己一边想,这次要多加点祝福,免得"海"先生他觉得她没有诚意。

然而木牌上并不是她曾经写下的密密麻麻的小段,而是两行流畅清隽的字迹。

"愿阿午无病无灾,无忧无虞,岁岁年年所愿皆满,一生顺遂平安。"

没有署名。

木牌在空中轻轻摇曳,那字迹像是刻进了牌中,入木三分,和铃铛碰出脆声。无比熟悉的感觉从心里生长出来,像逐渐蔓延开的一片青苔。

时笺不知为何就泪流满面,怔怔地站在原地。

心脏突突地跳了起来,海风的味道好似还久久不能散去。时笺抹了一把脸颊,忽然折身返了回去,朝来时的路拔足狂奔。

他的脸和好看的眉眼在记忆中渐渐有了勾勒和映像,是那样重要的人啊,时笺你怎么能忘了呢?

你知道他等了你多久吗?为了做你的海从很远的地方来,你怎么可以把他忘了啊!

两旁的树影交错,视野恍惚不清,泪水散落在空气里,她想,你不要走得那么快,等等我,我们应该一起走,我们说好一起走的。

时笺找了好久都没看见他,也许是追不上了,她慢下了脚步,一边抹泪一边伤心地哭起来,仅一个转角,前方忽然出现一座高高的拱形石桥。

青灯古刹前一回眸,钟鸣声起,四季光阴也停息。

时笺停止哭泣,泪眼蒙眬地抬头。

那个人长身玉立,脸上是极其温柔的笑意,仿佛很早以前就等在那里。

他唤她的名字:"阿午。"

时笺无法呼吸,他英挺分明的面容轮廓在她的眼中逐渐变得清晰。

她记起他了。

记起他放在口袋里水蜜桃味道的糖,记得他送的漂亮的郁金香花,记得粉红色的贝壳船,记得莫斯科河岸无声的告白,记得他在极光下向她虔诚地求婚,记得每一次亲密的拥抱,每一个带有温度的吻。

还记得他说,他想做她的海,一辈子不分开。

隔着一道桥的距离,却已是半生。

"我又见到你了。"时笺哭得泣不成声,"真好。"

番外二
午海颂礼

时笺再一次睁开眼睛的时候,发现自己身处于一片极致的白光之中。

就像是偌大的雪地,白茫茫的一片,亮得有些刺眼,时笺感到心底一阵莫名的冷寂,这里没有人。

只有她自己,孤零零地站在鼎盛的光芒中央。

时笺感到很害怕,她向前拔腿狂奔,寒风掠过耳畔,发丝烙印在脸颊,膈得有些发疼。

她跑了许久,前方的景色还是一模一样,毫无变化,渺茫空洞的白色,像是某种怪圈,也仿佛没有边际的囚笼。

这里只有她自己。

宋叔叔在哪里?

他为什么就这样一声不响地把她抛下了?

时笺的心脏忽然变得好痛好痛,像是要死掉了一样,眼泪顷刻模糊视野,坠落海底的那种窒息感再次复苏而来。

绝望淹没了她,脑海中有什么画面一闪而过,黑影笼罩而来,时笺抬起头,感觉什么东西"嘭"的一声砸落在她的身上,随着沉甸甸的重量压下来,时笺感到有温热的液体落在她的颈间。

那一刹那所有的感觉都已消失不见。

时笺听不到声音,看不见色彩,嗅不到味道,仿佛灵魂也在震颤,她猛地从噩梦中惊醒了过来。

大口地喘气，一身冷汗浸透她的衣裳。

"宋淮礼，宋淮礼——"

时笺一下子就哭了，一声接一声，只知道喊他的名字。

下一秒钟一条手臂伸过来，将她用力搂进怀里。

时笺埋头撞进一个温热的胸膛。

"囡囡，我在这里，我在这里。"

他湿润的掌心护在她的后脑勺，微微施加了些许力气，声音又低又哑，很着急："怎么了？是做噩梦了？怎么哭了？"

时笺说不出话，一句话也说不出来。伸出双臂拼命地抱紧了他，脊背颤抖着，几乎泪流满面。

巨大的惊悸还未消散，那股令人窒息的后怕仍旧让她浑身发抖，心脏狂跳不止。

时笺闭着眼睛，哽咽着开口："我做了一个好可怕好可怕的梦。"

梦到你因为意外离开我，然后我坠了海。

宋淮礼的怀抱又宽阔又温暖，他什么也没问，只低垂下眼睛，压抑着气息，一下一下地去亲吻她。

吻落在她的额头、眼睛、鼻子、脸颊上。

"不哭了，囡囡，不要哭了。"宋淮礼的呼吸近在咫尺，哑着嗓子说，"那些梦都是假的。"

时笺的眼睛红红的，怔忡着道："……假的吗？"

"嗯，都是假的。"他的声音里满是克制的温柔，手掌不断地安抚着她，"你听，只有我才是真的。"

时笺的侧脸安静地紧贴在他的心口，听到里面一下一下的低沉的心跳，沉稳而有力，比潮起潮落缓慢起伏的海浪声还要让人感到心安。

"宋淮礼。"时笺带着哭腔小小地哽出一声。

"我在。"男人的声音很低沉。

时笺把脸颊完全埋在他的怀里，眼泪都蹭在他的衣襟上了，还是感到万分委屈。

他们才刚刚领了结婚证,她就做这样的噩梦,实在太不吉利,哪怕只有那万分之一的可能性,时笺也怕得要命。

"你发誓不会离开我……"

她的话没说完,宋淮礼就低声应道:"我发誓。"

他琥珀色的眼睛幽暗深邃,深深凝视着她,里面似映着浅潮的弧光。

须臾片刻,宋淮礼靠近,抵住时笺的额际,闭上眼睛,低喃着重复:"囡囡,我向你发誓。"

他们相拥,不声不响地好久,室内很安静。

半晌,才有人在他的怀里闷闷地吸了吸鼻子:"嗯。"

这时候,北京的天空飘下第一片雪花。

属于时笺和宋淮礼的温暖的冬天来了。

不久前,宋淮礼刚刚能在电击刺激下站起来,时笺知道来龙去脉以后,勒令他不准再用那样激进的疗法。

所有的节奏都放缓,宋淮礼听话地坐轮椅,医生重新为他制定了新的治疗方案。

正值晌午,午饭已经做好,用人见时笺推着宋淮礼的轮椅到饭厅中,扬声问好:"先生、太太,午安呀!"

阿明和私人医生恰好在这时走了过来,时笺的脸蛋和脖颈都红了一截,她还不是很习惯这个称呼,对面两个人明晃晃的笑意让她更害羞了。

时笺想说什么,却听宋淮礼温和应道:"中午好。"

他的眼底含笑,分明是在看着她的。

时笺抿着嘴唇,有些羞涩地小声地跟着回应道:"中午好。"

午间的菜肴很丰盛,饭后阳光正好,时笺回房间撰稿,宋淮礼在专家和医生的陪伴下做复健治疗。

他的腿部现在基本上恢复了知觉,能够控制着抬腿,但还是不能在不借助外力的情况下站起来。因此,一时半会儿办不了婚礼,也无法度蜜月,宋淮礼觉得很愧疚,不过时笺并不着急,在她的心里,这些形式上的东西都不大要紧。

这本来就是两个人的事,只要他们在一起,每时每刻都是无比甜蜜的。

宋淮礼已经找了顶级的设计师去定制婚纱,有关于婚礼的筹备也在进行中,时笺不写稿的时候就会和他黏在一起,有时候是陪他做康复训练,有时候是一起看老电影,听音乐,还有时候仅仅是依偎在一起欣赏窗外的美景,安安静静的,什么也不做。

时笺从未如此发觉,原来爱是这样神奇的东西。

它像是她心里一片没有边际的蔚蓝色的大海,每一天水位线都会上涨一点,寓意着她对他的爱比昨天更加浓烈。

宋淮礼为时笺在郊区买了一座独栋别墅,如她所愿,有一个很大的后院,还有精致漂亮的秋千和露天的圆桌,放眼望去,视野开阔,青草茵茵,绿意清新。

宋淮礼带着时笺去挑选了属于她的第一只小狗,是只可爱的比熊犬,灰色的,毛茸茸的,很不起眼,时笺却一眼就看到它缩在笼子的角落里。

怯懦的小东西,滴溜滴溜的圆眼睛好奇又胆怯地望过来,他们如此投缘,时笺把它抱回了家。

新房未装修好,两个人整日都在旧屋待着。

新来的家庭成员一开始有些不熟悉陌生的环境,但是它很乖,即便是害怕也不会大声吠叫,夜里就蜷缩在狗笼的小角落。经过几日的相处,渐渐开始熟悉和信任自己的新主人。

时笺给小比熊取名的那天早上,厨房恰好准备了灰色的芝麻糍粑作为糕点,小东西蹲在两个人的腿旁,不停地晃着尾巴,眼睛也亮晶晶的,时笺原本苦思冥想都举棋不定,这下即刻拍板。

糍粑草率地获得了自己的新名字。

它很喜欢家里二楼的阳台，一百八十度的落地窗，宽敞得可以撒开腿跑来跑去，下午太阳好的时候，细碎的阳光洒在靠窗的部分，糍粑常常摊开肚皮躺在窗边晒太阳。

新成员让这个本来就有十足生活气息的大房子更添几分朝气。

现在时笺夜里都是和宋淮礼同睡，她的睡相很好，不怎么担心会压到他的腿，而且养成习惯之后，如果一个人睡，时笺反而还觉得身边空落落的，不习惯。

她喜欢宋淮礼把自己抱得紧紧的，喜欢两个人亲昵，不分开。时笺有时睡着后位置会稍微往宋淮礼那边偏移一些，半梦半醒间就感到他力道温柔地将她揽进怀里。

冬去春来，宋淮礼的复健情况越来越好，再次尝试电击疗法，借助双杠直立行走。

时笺很担心这个过程，她从头到尾在旁边小心翼翼地看着，心里越发感到酸疼。

她知道他就算再疼，也会笑着告诉她自己没事，就像那天晚上，时笺无意中从睡梦中醒来，发现他背对着自己，脊背绷紧，努力平复着急促的呼吸，似乎在忍耐着什么难捱的痛楚。

时笺的情绪当即就沉了下来，她不敢碰他的背，只是声音发涩地问："宋叔叔，你不舒服吗？"

宋淮礼沉默了几秒钟，很快翻过身来，借着细微的月光，她看清他温柔的眉眼："阿午。"

他摸了摸她的脑袋："我没事，只是一时有些失眠。"

她的"海"就是这样温柔，无论经受怎样的磨难，总是一声不吭地默默忍耐。

时笺一看他这样就心疼得要命，但她知道自己帮不了他。

所以那个时候她也笑着回道："那我给你唱一首助眠的歌好不好？"

宋淮礼靠近她一些，顺从地弯唇低声回应："嗯。"

时笺给他唱了家乡的一首童谣，是以前她的父亲哄她睡觉的时候常常哼起的旋律。

宋淮礼闭上眼睛，气息逐渐变得均匀悠长起来。静谧的室内月光倾泻，他们面对面，距离亲密得呼吸交缠。

时笺仍旧小声唱着，没有停，她的视线有些模糊，眼泪的湿意渗透出来，染湿了她的半边脸颊。

但时笺没有哭出声音，只是悄无声息地流泪。

过了好一会儿，她抹干眼泪，轻轻地凑近，在他的脸颊上亲了一下，柔声道："宋叔叔，晚安！"

宋淮礼是在 2020 年的四月开始能够借助拐杖走路的。

一开始很艰难，不太着力，时笺扶着他一起练习时，阿明就推着轮椅走在后面，以备他想要休息的时候可以随时坐下。

后来，慢慢地，他就不需要人扶了，只依靠木质拐杖就可以行走，步伐虽然缓慢，但是每一次落地都很稳，不疾不徐。

尽管医生叮嘱，宋淮礼每天走路的时间不能太长，还是要保持坐轮椅的习惯，但时笺仍旧激动得不得了，立刻向张妈汇报了这个喜讯。

张玥也为治疗的进展由衷地感到高兴，马上要到端午节，寄了好多茂城的粽子过来给他们吃。

然后就是时笺的生日。

这个生日，他们哪里也没有去。时笺和宋淮礼窝在家里度过了一个甜蜜的夏至，一起看了电影《心灵奇旅》。

时笺发现，她和宋叔叔一起看的动画电影偏多。

是他说的，即便是动画，也能够有深刻的寓意，也能让人感觉到温情四溢。

时笺觉得，宋淮礼是在用这样的方式，用心地保存她童真的时刻。

How are you gonna spend your life?
你将如何度过这一生？

I am not sure, but I do know, I am going to live every minute of it.
我不确定,但我知道,我会珍惜每一分钟。

这是一部关于童年阴影,关于创伤,关于治愈的好电影,一条鱼游来游去寻找海洋,但其实它一直都在海里。从今以后,好好生活,享受海赐予它的礼物。

只要和你在一起,每一分钟都是如此珍贵。

宋淮礼之前看到过有艺术家用郁金香和蝴蝶兰干花拼出大尺寸的凡·高的画作《星月夜》,一直印象深刻,恰逢在拍卖会上出现,他就为时笺拍下了这幅价值不菲的艺术品,作为她的生日礼物。

时笺非常喜欢这个礼物,把它挂在一楼客厅的墙上,每天早上起来就能看到。

生日当晚,阿明和私人医生还有其他用人都很善解人意地回到各自的房间,把私人空间留给了先生和太太。

宋淮礼给时笺定制了一个三层的粉红色大蛋糕,水蜜桃加香草芝士,侧面用淡粉色的奶油装裱着花苞和舞动的缎带,像海浪一样,特别梦幻、漂亮,最顶上还有一艘白巧克力雕刻出来的小船,精致的舱门、甲板、圆窗、风帆一应俱全。

"祝我的阿午生日快乐!"

时笺的感动满得都快溢出来了,没忍住,扑到宋淮礼的身上,呜呜道:"你怎么这么好呀!"

男人小心地张开双臂,将她抱了满怀。

"阿午。"他温和低沉的声音贴着她的耳侧响起,像是某种弦乐奏在了心上。

时笺搂住他的脖颈,扬唇应声:"宋叔叔!"

客厅只留了一盏壁灯,周围的光线稍暗,只有点燃的烛火光芒在摇曳,映得她的眼睛清澈透亮,比世界上所有宝石都要好看,宋淮礼被蛊惑着向前,温柔地亲吻她樱桃色的嘴唇。

双唇触碰的时候,时笺的心底柔软得发颤,搂着他脖颈的双臂收拢,将他更近地拉向自己。

这种时刻,总是让时笺觉得很安心,他的温度、碰触、气息、拥抱,都是真真切切的。

他在这里,不是假的。

两个人温存片刻才松开彼此,时笺许了愿,宋淮礼给她切蛋糕。

他挑的这个味道果然很符合她的口味,时笺一勺一勺挖着,眼睛弯弯的,像月牙。

毕竟两个人吃不完三层的大蛋糕,时笺只尝了最上面的一层,其他没动的放进冰箱里,等明天再和阿明他们分享。

橘黄色的小壁灯下,宋淮礼看到时笺的唇角旁有不小心沾染上的淡粉色的奶油。他想拿纸巾给她擦干净,时笺却似有所感,下意识地伸出舌尖将奶油舔掉了。

宋淮礼的目光一顿,微怔着放下了手。时笺咬着嘴唇,也有些赧然。

指尖在这时候无意中碰到他宽大的掌心,彼此勾结着交握在一起。

"宋叔叔。"她喃喃着喊他,对视须臾,男人的手臂揽在她的肩头,他用了点力,将她再次拥进怀里。

温热的吻就这么压了下来。

时笺仰头,唇齿之间是他清淡好闻的气息,像一杯浓香四溢的茶,又像是沸腾起来的大海。

这一吻很长,温柔而热烈,时笺快要呼吸不了才被他放开。

宋淮礼明显也在平复着自己。

时笺红着脸喘息,被他紧攥住的指尖微微发着抖。

空气中隐隐有什么东西炽热相缠,时笺觉得口有些干,心跳也很快,她不敢去看宋淮礼的眼睛,小声地开口:"医生说了,我们现在可以……"

很多时候时笺会忘记他们已经结婚,是夫妻,这样世俗的定义似乎不能够框住他们。时笺只知道她爱她的"海",也恰恰是因为爱,所以想和他更加亲密。

一切都是源于本能的，未经修饰的愿望。

暧昧朦胧的灯影下，宋淮礼的耳朵染了一层淡淡的薄红，琥珀色的眼眸很深，他的喉结滚动，半响后声音低沉而嘶哑："囡囡……"

时笺也觉得心口处有什么在烧，还有些轻微地发痒，她读懂了他看向自己的这个眼神是什么意思——担心自己没有好全，因此给她带来不够愉悦的体验。

时笺盯着他看了几秒钟，蓦地去亲他轮廓分明的下颌。

宋淮礼想说什么，被她上移的吻制止住。时笺发亮的眼睛望着他，脸红红的，像是可爱的水蜜桃，她羞涩地说："回卧室好不好？在这里会把糍粑吵醒的。"

夜色落幕，狗狗已经趴在窝里睡了，一呼一吸的起伏很舒缓。屋外似乎开始响起落雨的声音，一滴滴地落在窗沿，像是滴在两个人心间。

宋淮礼那双深暗的眼睛默默地注视着她，什么也没说。

时笺小声道："宋叔叔抱抱我。"

宋淮礼没有办法拒绝她的任何要求，几乎是下意识就搂紧她，时笺顺着贴过去，在他耳畔软声道："好喜欢你。"

后来的事情时笺记得不是很清楚了，只记得卧室窗外的雨声很大，连带着室内也变得很潮湿。

她抱紧了宋淮礼宽阔紧实的脊背，感觉自己像是一条断了线的珍珠项链，在氤氲的昏暗中荡来荡去。月色照见他紧绷的下颌即将坠落的一滴汗，蔓延的温热里，宋淮礼闭上眼睛，隐忍而虔诚地亲吻时笺颤动不止的眼皮。

"我爱你，囡囡。"

月色高悬，时笺汗湿的发紧贴在鬓边，她不可自抑地想，很爱很爱一个人究竟是什么感觉？

大概是一种痛觉。

五脏六腑都同他相契，心也连着，有了这样的痛楚方才知道自己好好地活在这人世间，才能更加珍惜所拥有的一切。

时笺说不出话来，刹那间高浓度的海水汹涌而来，一阵沸腾而热烈的，令人安心的温暖严丝合缝地包裹住了她。

2020年12月，北京迎来第一场雪。

宋淮礼终于可以在彻底不借助外力的情况下平稳地行走。

时笺和学姐的公众号做得风生水起，拥有足够的粉丝基础，她们为底层群众的发声也有更多人能听到，在社会上产生了广泛的影响力。

年底一过，时笺给自己放了个小长假。宋淮礼妥善处理完公司的事情，带时笺去南边的某个海滨城市小住一段时间。

澎湃的海潮声响彻在耳边，宋淮礼牵着时笺的手，始终没有放开。

他们在海岸边散步，他还不能够走得很快，但是他们十指相扣的掌心握得很紧很紧。

微风拂过时笺留长的柔顺头发，掠过宋淮礼温和英俊的眉眼，晚霞的光晕将一切都渲染得极尽美好，他们看到了海。

蔚蓝的、深沉的大海。

宋淮礼把时笺抱进怀里，缓慢轻柔地抚摸她的头发。

她只有小小的一只，完全陷于他的怀抱之中，时笺仰起脑袋，一双眼清澈得像琉璃，盛满了对他的爱慕和依恋。

"宋叔叔，你说过，你会带我去看海的。"时笺的睫毛颤抖了一下，低下头，将脸紧贴在他坚实的胸口，喃喃着道，"你没有食言。"

宋淮礼抱她抱得很紧，声音喑哑而温柔："嗯。"

海面上涟漪几许，映出粼粼的波光，映出火红的落日。那样美丽的景色，天地间好像只剩下了他们两个人，极致的静谧。

海潮声热烈，就像是一场永不停歇的颂礼。

"囡囡，只要是向你许下的诺言，无论如何我都一定会兑现。"他说，"以后我们还会像这样，永远在一起，再来看很多很多遍海。"

学生会一届届换新，夏天一到，文艺部的老成员们又开始张罗着同学聚会。

宋淮礼早先时候可以完全脱离轮椅走路，家里的人得知消息后很高兴。虽然这么多年关系冷淡，但毕竟是血浓于水，他们如今有缓和的意向，也在试探阶段，递过来台阶，宋淮礼便接了下来。

近日他格外忙，总是跑各地出差，一是因为家里的权力再次分配，二是为了准备来年三月的婚礼。

之所以将婚期定在这个季节，是因为时笺喜欢的郁金香花期就在春天，万物抽芽，阳光灿烂，风一吹，成片的花海轻拂，浪漫极了。

宋淮礼人还在欧洲，常在夏季举行的同学聚会便如约而至。

他已经去了一周，时笺每天都盼着他回来，但想着有些事务刚接手，心疼他的压力会很大，所以一次都没有催过他。

时笺早上起床和他打电话，手机紧贴在颊侧，她小声地道："他们说，这次如果没带家属过来的话，就得罚酒。"

有些撒娇的意味，宋淮礼低沉地答应一声："抱歉囡囡，这次的确是去得太久了。"

时笺的胸口处轻轻跃动，还没回答，又听他的声音蓦地靠近，仿佛贴在她的耳畔："等我，我很快就回来了。"

时笺的心情一瞬间明亮起来："真的吗？什么时候？"

他没有说具体时间，但时笺估摸着大概也不超过一两天，乖乖地说："那我在家等你回来。"

"嗯。"宋淮礼的语气带着一丝浅淡的笑意，他的声音低沉而温柔，"晚上少喝点酒。"

"知道啦。"

时笺盼星星盼月亮等到晚上，推开宴会厅的大门，她如愿以偿地看到一张张熟悉的笑脸。

从十九岁到二十六岁，这些人参与了她整个青春，从未缺席。

周愿热情地迎着时笺坐下，在她旁边的是她的丈夫，郎才女貌，看着很相配。周愿对时笺嘘寒问暖，说听说她结婚了，可惜一直没能见面，怎么不趁这个机会把先生也一同带过来。

"他呀……工作太忙,我已经说过他了。"时笺的眼睛清澈透亮,双颊微粉,"下次我一定让他一起来。"

来的人实在太多了,哪怕他们订了一个很大的场地,也足足围了好几桌才坐下,席间气氛热烈,轮番地敬酒,觥筹交错,当年最积极活跃的气氛担当正在发言,欢笑声和哄闹声热情交错。

时笺在一众人中看到了徐妙勤一闪而过的脸,对方也看到了她,两个人对视之间,只剩下宽容,很多东西都已经不复踪迹,就像是海潮洗刷过岸边,带走了粗粝的落沙。

不知现在徐妙勤究竟如何,听说她没能和陆译年继续在一起,时笺看着她的身影,仍旧脊背挺拔,高仰下巴,像极了二十岁时那样灿烂又那样骄傲。

时间是伟大的主宰者,能够消弭罅隙,也能够化解一切龃龉。

曾经英勇无畏的、难忘的、释怀的,让人又爱又恨的,所有的记忆都封存在时光的长河中,但是那些因此而获得的力量久久地停驻在记忆里,不曾散去。

"时笺。"徐妙勤的手轻轻搭在她的肩上,"最近怎么样?"

时笺转身朝她淡淡地微笑,回答:"我挺好的,在搬家,你呢?"

"我也挺好的,最近交了一个很好的男朋友,终于感受到恋爱是怎么一回事了。"

两个人不约而同地笑起来。

徐妙勤还在报社工作,时笺又问起老师和一些旧友的情况,她撇着嘴说:"因为特殊原因嘛,采访什么的就不大方便。但有时候没办法,还是得去现场。"

像个小女生似的,自然而然地同时笺抱怨。

徐妙勤自顾自地讲了一会儿,又抬眼看时笺。

她的神色稍微有些不太自然,停顿了片刻才道:"时笺,我想我应该向你说一声对不起。"

时笺注视着她,等下文。

徐妙勤面有惭愧之色："当时不够成熟，所以总是针对你，说话……说话还很刻薄。这两年在外面跑新闻，也成长了许多。不知道你会不会原谅我，但……但还是想跟你说说这些话。"说完，她还有些不敢看时笺，仍低着头，"还有啊，听说你结婚了，祝你新婚快乐。"

"谢谢，也祝你和喜欢的人能修成正果。"时笺没有说什么多余的话。

她语气带着宽容，徐妙勤讶异地抬头，一瞬间时光好像回到很多年前，她们还在念大学的时候。

时笺变了很多，又好像哪里都没变。徐妙勤看到一颗美好又柔软的心躺在那里，散发着熠熠光芒。

不管她是否原谅自己，能得到她的一声祝福，徐妙勤感到释然了。

这世上很多事情都是缘分，茫茫人海，芸芸众生，能够相遇都是幸运的。

时笺今天格外高兴，情不自禁地多喝了几杯，饭局才到一半，她就觉得有些头晕，一头栽倒在桌子上短暂小憩。

不知道过了多久，放在桌面上的手机忽然震动起来。

是宋淮礼来电。

时笺稍微清醒了一些，坐直身体，伸手去接电话："喂？"

听到这样欢快得几乎要飘起来的雀跃的声音，宋淮礼开口："囡囡喝醉了？"

"嗯……没有醉啦。"语气软绵绵的，分明就是醉了。

时笺侧过脸，趴在自己的手臂上，小声嘟哝着道："宋叔叔什么时候回来？好想你哦。"

今天早上才同她说过的，她完全不记得了。

"还说没有醉，小骗子。"宋淮礼轻叹，语气带着纵容。

醉鬼的思维频道显然不和他在同一层面，时笺撒娇地问他："那你说有没有想我。"

"很想你。"宋淮礼的声音如海潮声拂岸，亲昵地道，"也很需要你，阿午。"

时笺道:"那你还不回来。"

只有喝醉了才偶尔这样小小地放任自己冲他蛮不讲理,明明都说了还差一两天,可她一秒钟也不想多等。

那头沉默了一瞬,响起他微微低沉的声音:"囡囡,想给你一个惊喜。"

"什么惊喜呀?"时笺没能理解他的意思。

"等半个小时你就知道。"宋淮礼的语气格外温柔,"少喝点酒,注意安全,不要一个人到包间外面乱跑。"

他对待她总是像在对待小孩子。挂了电话,时笺仍觉得胸口处洋溢着饱满的甜蜜。

这时旁边传来一个熟悉的沉着的声音:"笺笺。"

是陆译年。

方才在人群中打了几个照面,但一直没有找到合适的时机说话,时笺的脸有些红,抬起头,笑了笑,跟他打招呼:"好久不见。"

"好久不见。"陆译年垂眸凝视着她,笑容也很舒展。

岁月当真善待他,当年的那一丁点青涩也尽数退去,只剩下被打磨得光滑的成熟和沉稳。

他在她的身旁坐下:"这么长时间没联系,最近过得怎么样?"

时笺的脑袋晕晕乎乎的,简单说了下自己开了微信公众号的事情,又问他:"你呢?"

陆译年摊手笑:"还是老样子,不过工作时间好点了,不用总熬夜。"

没听说他结婚的消息,时笺还在踌躇着要不要问陆译年的情感状况,他倒自己提起:"我妈总催我找女朋友,但的确这么久也没遇到动心的。"

他的神情很坦荡,时笺不由得揶揄道:"和徐妙勤呢?"

陆译年的表情有点无奈,回答得很简单:"我们不太合适。"

陆译年母亲的性格有些强势,这么多年估计仍然想给他安排对象,陆译年也不是容易受摆布的人,形成僵局并不奇怪,时笺没再过多深入探究:"哦。"

陆译年沉默了一下，忽然道："听说你结婚了，恭喜啊！"

这种消息在校友圈子里一向传得很快，不过大家都以为时笺是今年结的婚。前两年宋淮礼还在康复期，时笺很少跟这些同学来往。

"谢谢。"她大方地接下。

周围人声依旧鼎沸，陆译年注视她须臾，迟疑地问道："你先生……是你工作以后遇到的人吗？"

时笺抬眸看他，陆译年却侧头去看酒桌上那些欢声笑语，语气轻松："他们都说不知道，我之前想问你来着，但一直没来得及。"

时笺知道，周愿一直怪她太神秘，结婚了也不带人出来见一见。包括姚乐安、褚芸和江唯唯，这些大学玩得好的朋友其实对她都是颇有微词的，说时笺工作了之后，好像与她们的联系都变少许多。

时笺也感到很抱歉，但是怎么说，那时候她一心就想着宋淮礼能够平平安安，身体健康，的确顾不上其他的事情。

这么想着，时笺回答陆译年的问题："不是工作后才遇到的人。"

"嗯？"

提起这个，时笺忽然觉得有些害羞，大学时他们吵架，闹分手，她信誓旦旦地说只把宋淮礼当亲人，当成"叔叔"，但是谁知道后来会变成这样。

"这个人你认识的。"

时笺是真醉了，看着陆译年因不解而蹙起的眉，脸颊泛红，说："是'海'。"

宋淮礼到达宴会包间的时候，大部分的人都还在，不过局面混乱成一团，都喝高了喝嗨了，鲜少有人注意到他。

原本出差预计还需要一段时间，但他极力压缩时间，就是为了能够早点回来见她。

宋淮礼毫不费力地在人群中找到了时笺。

小姑娘趴在某一个圆桌上睡着了，与这吵闹的聚会显得有些格格不入。他看到她的身边坐着一个年轻男人,宋淮礼走过去,掌心轻抚她的背,轻声唤道:"阿午。"

酒喝多了容易困,时笺睡得很熟,宋淮礼没再尝试叫醒她。

不过此时一旁的男人显然注意到了他,转过身,恰好对上视线。对方的眼神有着不小的变化,被宋淮礼捕捉到。

他礼貌性地解释:"你好,我是时笺的丈夫。"

年轻男人站了起来,声音有些清冷:"你好。"

原本以为只是某个学生会的同学,但是听他自我介绍的名字很熟悉,宋淮礼愣了一下,还未应声,对方就接着说道:"我很早就听说过你。以前在学校里的时候,时笺就和我提起过你。"陆译年的眸色在吊灯的光影下无法辨清,"她说你对她很好,很关照,就像是亲人一样。"

时笺闭着眼睛,小鼻子粉粉的,长长的睫毛因呼吸而微微颤动。

宋淮礼垂眸,就那么凝视着她,没有说话。

"我知道她应该也和你提起过我。坦白来讲,当年我们还因为你吵过架。"陆译年笑了笑,自顾自地说,"不过那时候是我的年纪小,不够成熟,如果不是我当时无理取闹,也许一切都会不一样。"

宋淮礼这时候才抬起眸,声音辨不出喜怒:"陆先生现在说这些,是想表达什么?"

其实陆译年也不知道自己怎么了,只是初恋而已,也不过是有点遗憾而已,却总是不能够彻底忘记。也许因为一直都是天之骄子,没遇到过什么挫折,所以才会觉得心间夹着根刺。

陆译年沉默片刻,忽然问:"宋先生难道不觉得自己的年纪与笺笺并不相配?"

这个问题直白得令他显得有失教养,但陆译年还是忍不住有此一问,说不上是因为一时之间难以接受这样的事实还是别的什么。

周围人来人往,都是和时笺一样,二十五六岁,有活力的年轻人。

而宋淮礼坐了十个多小时的飞机,急匆匆地赶回来,一身西装革履的,都没来得及换。

宋淮礼垂在身侧的手指轻微拢紧,很快又松开。

他当然知道。

他比阿午要年长许多,落在旁人的眼里难免给她惹些闲言碎语。

但是没有办法。

谁叫宋淮礼爱时笺呢。

哪怕是在双腿没有恢复的时候,他也没打算放开她的手,更何况现在。

就算是自私,也要和她一辈子在一起。

"相配与否从来都是由是否相爱决定的。"宋淮礼温柔地注视时笺片刻,俯下身将她打横抱了起来,"陆先生不是局中人,恐怕也不好切身评判。"

眼前人身上的气息熟悉又让人有安全感,时笺无意识地哼唧两声,侧身将脸颊依恋地贴在宋淮礼的胸口,呢喃着:"宋叔叔抱……"

陆译年定定地看着这一幕,一瞬间忘记任何语言和动作,见宋淮礼要走,才反应过来,蓦然向前踏上一步:"等一下!"

宋淮礼停住脚步,回身。

"宋先生有没有想过,"陆译年的声音低了些,瞥开视线,暗暗绷紧了咬肌,"时笺之所以会选择你,是因为曾经对你太过依赖,所以误把这种感情当成了爱情。"

听闻此言,宋淮礼的反应并不大,他的目光平静地道:"就算是这样,我也不在乎。"

陆译年愣住:"什么?"

"这些对我来说并不重要。"宋淮礼说,"只要她愿意待在我的身边,我可以什么都不在意。"

宋淮礼抱着时笺从餐厅走到宽阔的街边的时候,她才茫然地醒了过来。

这时的夜色很温柔,霓虹长亮,人影稀松,时笺揉了揉醉意残存的双眼,凝视宋淮礼几秒钟,才反应过来。

"宋叔叔！"她惊喜地搂住他，"你怎么这么快就回来了？"

宋淮礼弯唇："嗯，事情比预期计划得更加顺利，提前完成了。"

时笺注意到他的衣着，肩颈处略微有些褶皱："你刚下飞机吗？"

"嗯。"

时笺心疼地贴近他的脖颈，叹着气道："很累吧？还要调整时差呢。"

也就是将她拥紧在怀中的这一瞬间，宋淮礼才感觉到所有的辛苦都是值得的。他一眨不眨地凝视着她，双眸在路灯的映照下微微发亮："有点累。"

时笺立刻凑过去亲亲他，一脸稚气地说："贴贴就不累了。"

"嗯，不累了。"宋淮礼好看的眉眼舒展开来。

吃饭的地方离家里没多远，宋淮礼没叫司机送他们，他想带时笺散散步，悠闲地吹吹晚风。

这时候马路上的车不多，但是因为隔一段距离就会有一盏橘黄色的路灯，所以并不显得冷清。

怕她被抱着不舒服，宋淮礼换了个姿势背着她。时笺的发尾在微风中轻轻扬起来，担忧地看向他的双腿，小声道："也可以放我下来，陪你一起走的……"

宋淮礼的步伐沉稳踏实，手臂也有力："别担心。"

他身上有种温暖的木质香调，总让人想起冬天在炉火旁烤火的情景，时笺亲昵地趴在他的肩头上，脚丫随他的步伐在空中晃晃悠悠的。

路灯将他们的身影拉得很长很长，树枝轻轻摇曳，不一会儿，下起了小雨。

宋淮礼背着时笺，时笺打着伞，同他有一搭没一搭地分享这一周中发生的事。

"你还记得周愿吗？就是我在学生会玩得很好的那个学姐。她本来以为你这次会去同学聚会的，还特意把她的先生带来。"时笺醉酒之后说话比清醒时显得更软糯，"我给你看过照片的，你刚刚离开的时候有看见她吗？"

宋淮礼紧了紧手臂,回忆道:"好像没有。"

"那她应该是先回家了。好可惜哦,下次再约好了。"

宋淮礼轻声答应:"嗯。"

时笺又讲了许多,同时关心他出差和工作的情况,宋淮礼轻声慢语地同她讲一些旅途中的事情。

讲着讲着,他察觉到她有些困了,将下颌搁在他的肩头,声音也低慢下来,没之前那样雀跃。

酒醉后确实会很疲倦,宋淮礼温柔地道:"囡囡睡吧,很快到家了。"

时笺闭着眼睛,却还说:"没事,我陪你。"

于是宋淮礼不再出声,两个人就这样静静地漫步在雨中。

时笺喜欢下雨,喜欢潮湿的清新,雨天的时候总感觉两个人的心也挨得很近。霓虹的光投射下来,在路面的积水上映出漂亮、绚丽的色彩。

时笺出神地望着那里。

相贴的颈侧传来熨帖的温度,她忽然感觉心间的海潮声也汹涌澎湃,浸润肺腑。

外面的雨是冷的,伞和他宽厚的脊背隔绝出来的空间是温暖干燥的,如同世外桃源。

"好像还没对你说过呢,不过我觉得你应该早就知道啦。"时笺的声音贴近他的耳畔。

宋淮礼不由自主地放慢了脚步:"什么?"

"宋叔叔。"模糊又温柔的雨声中,她的声音显得又细又软,惹得宋淮礼心头发颤,"我好爱你哦!"

回到家以后,时笺已经趴在他的肩头睡着了,呼吸均匀而绵长。

宋淮礼轻声哄着:"囡囡,换身衣服,不然第二天早上起来不舒服。"

她不依,半梦半醒间,撒娇要他帮忙。

宋淮礼抱她去浴室擦了身子,换了一套干净又暖和的睡衣,然后才顾得上自己。

宋淮礼洗完澡出来便接近凌晨，时笺已经搂着小被子入眠，只不过身体偏向他那侧，还侧着身蜷缩着，通常是等他抱抱的姿势。

宋淮礼的动作放轻，上了床。他也侧身，将她揽进怀里。

好多天没能抱着她入眠，此时充实而慰藉。她说的那句话一直萦绕在他的脑海里，让他的心绪久久震荡不停。

他的阿午，之前确实没对他说过这个字呢。

宋淮礼心满意足地闭上眼睛。

温热的呼吸交织在一处，窗外的月光皎洁而动人。这样静谧的午夜，房间里的人依偎在一起，等待第二天早上将会升起的旭日。

多么美好。

时笺的公众号已经达到了每篇文章十万以上的阅读，收入也日渐可观。她和学姐共同成立了一个工作室，又招聘了几位撰稿记者，这样日常新闻的跟踪也能够轻松些。

同学聚会之后马上就是七夕节。

时笺一直在想要给宋淮礼送什么礼物。

她的确很会做些毛线编织的小玩意儿，但是之前几次的礼物都有相关的元素，再加上他已经有了那条海浪薄毯，今年她想做个不一样的东西，给他足够的惊喜。

思来想去，时笺打定主意做一本相册，纪念他们在一起的点点滴滴。

宋淮礼本身是个很热爱生活的人，只要和她出去旅游都会给她拍照，恰好时笺又是个很善于观察记录的人，这下文字和图片就都齐全了。

时笺买了一本宽大的书册，将这些照片都印好贴上去，甚至将他们看电影、坐飞机和火车留下的票根都一并收集起来，在旁边备注写上当时发生的故事。

不整理还不知道，原来他们之间的甜蜜回忆有这么多，时笺光是看照片都几次感动落泪。

为了突出这本纪念册的特殊性，时笺还用粗羊毛线给它织了个包装封皮套在外面，深蓝色的海，海里有两颗星星，一颗大的，一颗小的，好像依偎在一起的两个人。

书名是《午海颂礼》。

午和海的生活点滴，就是最美好的颂礼。

后来宋淮礼收到这个礼物的时候喜欢极了，时笺瞧着几乎要和那条海浪毛毯一样，天天被他带在身边，他上班时放办公室桌上，睡觉时也放在床头柜，不离身边。

而宋淮礼七夕送给时笺什么礼物呢？

时笺拆开礼盒的时候就忍不住笑了。

居然是一条针织的毯子，上面的卡通图案是一朵盛放的小太阳花，线脚收得有点丑，歪歪扭扭的，虽然能看得出来完全是个新手，但是真的好可爱。

"宋叔叔，你做这个花了多久哦？"

他在手工这方面的天赋确实有些欠缺，宋淮礼脸上浮现的表情让时笺忍俊不禁："大概两周。"

她不可自抑地弯起了眼，熟练地翻滚进宋淮礼的怀里，亲了他两口。

最打动人的，其实并不是做你本来就擅长的事情，而是明明不会，还要这样执拗笨拙地示爱，就让人觉得好暖心。

中秋节这天，宋淮礼和时笺在刚搬的新家里赏月。

虽然宋淮礼的双腿已经康复，但是轮椅仍旧保留着。这个轮椅是智能万向轮，现如今成了时笺的娱乐设施。

宋淮礼坐在轮椅上，亲昵地抱着时笺坐在他的腿上，在绿草茵茵的庭院里环绕着移动。时笺紧搂着宋淮礼的脖颈，一边惊奇地感受这种离心力的作用，一边笑得很开怀。

糍粑也格外兴奋，在院子里跑来跑去，天空中挂着一轮皎洁的圆月，光辉毫不吝啬地洒向大地。

今夜月色烂漫，夜凉如水，他们坐在一起赏月、聊天，她一口口喂他吃月饼。

时笺喜欢吃甜月饼，莲蓉的、紫薯的、冰糖官燕的，宋淮礼还给她定制了水蜜桃味的，虽然有点甜腻了，但时笺还是很喜欢。

宋淮礼对于月饼的口味并没有太多偏好，就感觉时笺吃完剩下的这些好像每一个都挺好吃的。

也偶尔有朋友陆续发来微信祝福，时笺靠在宋淮礼的肩头，惬意地一条条进行回复。

她就在他面前用手机，完全没避着他，所以当陆译年的消息进来的时候，就显得格外显眼。

他没有发很长的话，只简单的一句祝福"中秋快乐"，后面跟了两个烟花和贺礼的表情，都没有称呼，像是凑数的群发。

时笺想了想，给他也回了句"中秋快乐"。

正准备退出聊天框的时候，那头迅速弹出来新的消息："时笺，你现在方便打个电话吗？我还是觉得有些话想跟你说。"

时笺的心头一跳，第一反应是去看宋淮礼的表情，可她发现他没看她的手机屏幕，刚才在陆译年发过来"中秋快乐"的时候，他就别开了脸，此刻正安静地望着一旁绿意浓郁的庭院。

时笺一下子就觉得自己真爱他呀。不管什么时候，他都坚定不移地给予她应有的尊重和信任。

时笺退出手机界面，凑过去小声："宋叔叔。"

宋淮礼这才转过脸，深沉的琥珀色眼眸里藏着不为人知的情绪，声音故作平静："回完了？"

时笺看着他："嗯。"

宋淮礼也回应："哦。"

时笺依稀记得那天聚会见面时，她坦诚宋淮礼的身份之后，陆译年的表情一直不对劲，后来她喝醉了，记不清了，也没有再联系。要不是今天他发消息，她都快忘记这件事了。

时笺蜷起小腿，缩在座椅上，她心有感应："那天你去同学聚会接我的时候,是不是碰到陆译年了?"

宋淮礼垂眸:"嗯。"

"那当时他有说什么话吗?"

宋淮礼沉默了片刻,微微摇头:"没有。"

时笺也摸不清以陆译年如今的性子,当时那种情况是不是还是会说两句,但是她了解自家先生,这样子怎么看都像是受委屈了。可他哪怕遇上再不开心的事也从来都是埋在心里,不将任何负面情绪传递给她。

时笺抿着嘴唇靠近他:"其实,刚才陆译年都和我说了。"

宋淮礼的睫毛一颤,蓦地抬起下颌,他的目光好像有点无处安放,欲言又止:"那……"

对方能说什么呢?无非还是那些话,他们不相配。

宋淮礼为了她可以什么都不在意,但是他还是想要知道她是怎么回答的,一言不发,只默默地凝视着她。

时笺一看他的这个反应就全懂了。

世人最喜欢居高临下地评价和指点他人的人生。这些年她也听到过旁人的只言片语,尤其是在他的双腿还未能恢复的时候,他们所面对的异样目光更多。

时笺很不喜欢这些虚浮浅薄之人,只是她没料到陆译年也来犯这个忌。

宋淮礼就是她的忌,没有人有资格说他任何一个字。

时笺当着宋淮礼的面,在联系人通讯录里找到了陆译年的名字,把他删了。

宋淮礼愣住了,要说什么,被时笺凑过去,捧着脸颊吻住了。

怎么总是让自己受委屈啊,笨蛋!

明明这么介意,还忍着不说,是不是就想骗她心疼。

时笺跨坐在他的腿上,搂着他的脖子亲吻他,他刚想开口,她就缠住他,不给他说话的机会。不一会儿,宋淮礼的耳朵有点泛红了,掌心轻按在她的腰上,闭着眼和她接吻。

他有点动情,喘息声比以往更沉,很隐忍,修长分明的手指沿着时笺的腰侧缓缓摩挲,力道却分外克制。

他做什么事情都这么温柔,时笺很受不了这个。

糍粑滚了满身的青草,也不撒野跑了,就蹲在草地上好奇地看着他们。

露天小圆桌上还有没喝完的红酒和没吃完的月饼,时笺感到有些口干舌燥,埋在宋淮礼的肩头撒娇:"抱我回卧室。"

良辰美景,当晚她充分体会了什么叫作花好月圆。

2022年三月,宋淮礼和时笺的婚礼在荷兰举行。

蓝天白云下,在漫无边际的花海里。

时笺后来才知道,这里大片大片的郁金香都是宋淮礼亲手种的。从去年以来,他就开始频繁地去欧洲,原来还做了这么多事。

他们邀请的宾客并不多,只有自己觉得最重要的人,一同来见证这个无比幸福的时刻。

时笺穿上了独属于她的婚纱,纯白色的裙摆又大又厚,长长的拖曳在身后,上面镶嵌着闪闪发光的钻石,是宋淮礼请人精心打磨了一年多才设计出的作品,全世界只此一件。

给时笺做造型的妆娘为她细致地编织盘发,夸她的肩颈处弧度优美,皮肤也白皙,上了妆尤其好看。一双明媚清澈的眼睛特别有神,眼睫卷翘,下眼睑特意扑上细闪的眼影,脸颊晕上粉面桃花,别提有多漂亮。

连阿明都在一旁忍不住叹道:"先生一定会喜欢的。"

他是来帮忙的,提前看到了保密的新娘造型。

时笺听不习惯"太太"这个称呼,于是阿明还是叫她小姐。陪伴这种事情不是谁都能做到的,只要经过了时间的考验就是一辈子,时笺早就把阿明也当成是她和宋淮礼的家人。这些年看不得他孤家寡人一个,时笺时不时催促阿明也赶紧找一个自己中意的人成家。

此刻听到阿明的赞叹,时笺有些赧然,跟着喃喃笑:"阿明哥也觉得好看的话,那他一定会喜欢的。"

褚芸和江唯唯在外面招待宾客，这时候姚乐安进来察看进度，只看了一眼就兴奋道："天哪！亲爱的，你太美了！"

大学同寝的生活好像就在昨天，姚乐安看着化妆间里的忙碌情景，不由得心生感慨，时间真的过得太快了，而她们都还在这里，没有被所谓的光阴洪流冲散。

过了一会儿，褚芸和江唯唯也进来了，还像小女生一样，围着时笺乱叫："啊，好漂亮，这是哪里的仙女下凡呐！"

经由时笺组局，几个人先前见过宋淮礼一次，印象极其深刻。

宋先生的长相出挑，言行绅士有礼，成熟沉稳，体贴周到，对时笺更是格外温柔，总是轻声慢语的，从没见过他着急的模样。

她们并不了解两个人具体是怎么结识的，只听说是因为一件很有缘分的事。这天下最难得的便是"缘分"二字，冥冥中就让人有了命中注定的感觉。

时笺有张妈和胡叔挽手走上红毯，宋淮礼却没有人陪。她担心他会觉得孤独，还是没忍住在婚礼开始前同他见面。

时笺拎着裙摆原地转了一圈，羞涩地问他："好看吗？"

虽然隔着薄薄的一层头纱，但还是可以看到宋淮礼炽热的目光。

那一瞬间是真的忘记了呼吸，他的喉结上下滚了滚，低低地出声："好看。"

这个房间是临时搭出来的，外面就是郁金香花海，还有坐在位置上等待着的宾客。

时笺仰起雪白细腻的脖颈，脸颊微微有些红："现在新郎可以亲吻新娘了。"

宋淮礼小心翼翼地撩起头纱，微俯下身，双臂搂住她的腰，闭上眼睛轻轻地、温柔地吻住她的唇。

仅一幕之隔，外面人声鼎沸，橘黄色的花团锦簇，芬芳灿烂，里面亦是一树春天，鲜花绚烂地绽放，永开不败。

我好爱你，不是因为太过依赖才误认为是爱情，而是因为我爱你，